KB260794

김대산 新무협 판타지 소설
FANTASTIC ORIENTAL HEROES

잡조행 雜組行

잡조행 5

김대산 新무협 판타지 소설

초판 1쇄 찍은 날 § 2009년 6월 30일
초판 1쇄 펴낸 날 § 2009년 7월 7일

지은이 § 김대산
펴낸이 § 서경석

편집장 § 문혜영
편집책임 § 문정흠
편집 § 정서진

펴낸곳 § 도서출판 청어람
등록번호 § 제1081-1-89호
등록일자 § 1999. 5. 31
어람번호 § 제2-1773호

주소 § 경기도 부천시 원미구 심곡2동 163-2 서경B/D 3F (우) 420-822
전화 § 032-656-4452 팩스 § 032-656-4453
http://www.chungeoram.com
E-mail § eoram99@chollian.net

ⓒ 김대산, 2009

ISBN 978-89-251-1857-4 04810
ISBN 978-89-251-1681-5 (세트)

잡조행

5

금강부동(金剛不動)

雜組行

김대산 新무협 판타지 소설

FANTASTIC ORIENTAL HEROES

책
라
도서출판

目次

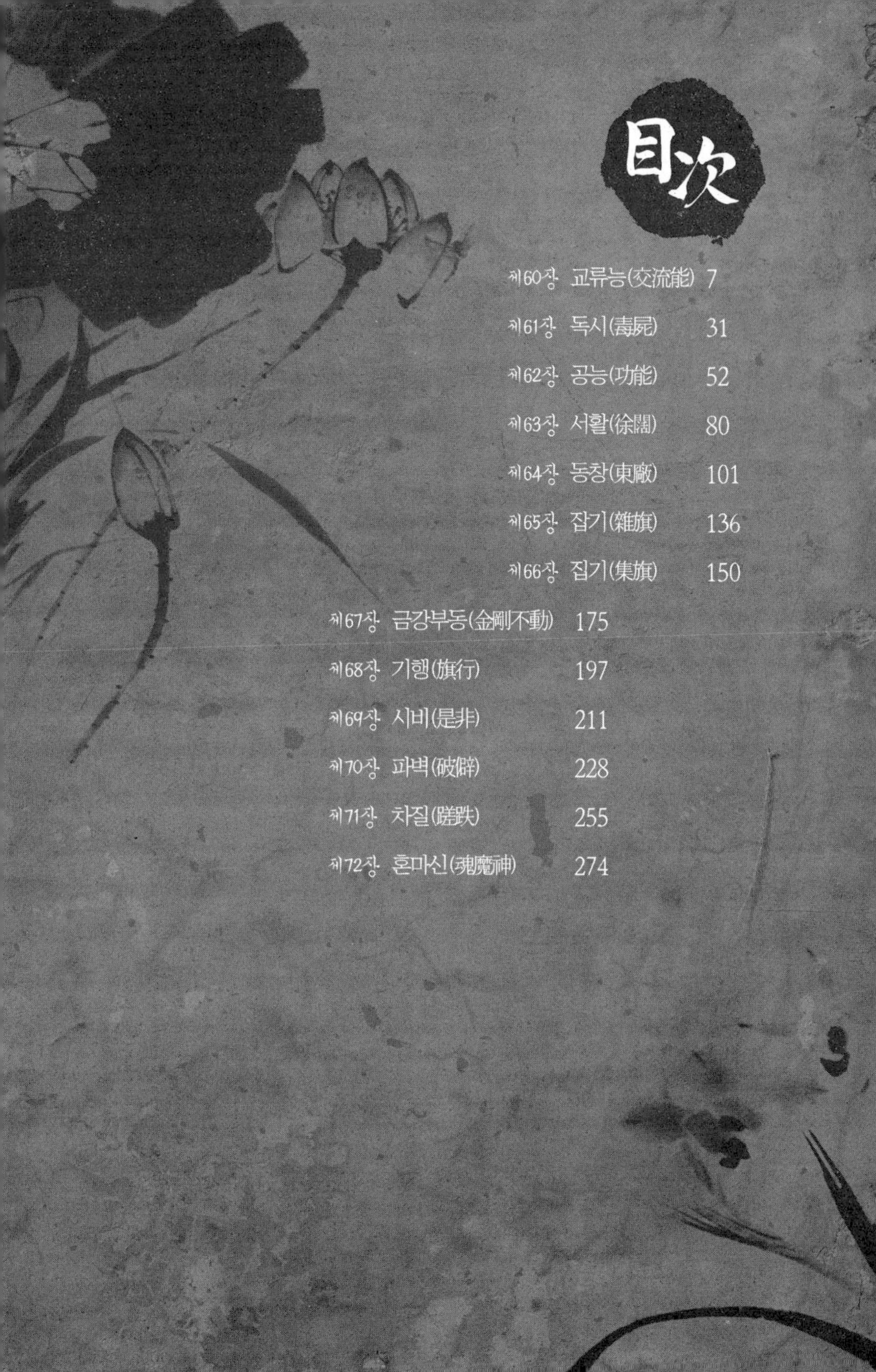

六十
교류능(交流能)

1

'무슨 일이 생겼음에 분명하다.'

노달은 점차로 불안을 느끼고 있었다.

분지 내부의 사정을 파악하고 돌아 나오기에 충분하다 싶을 만큼의 시간이 흐르고, 다시 또 한참의 시간이 더 지났지만 강산과 유정은 돌아오지 않고 있었고, 게다가 분지 안쪽에서는 조그만 동향조차 보이지 않고 있었다.

그때 바깥에서 하오문의 장한 하나가 조심스럽게 들어와 우 노대의 말을 전했다.

선변에게서 전서가 왔는데, 즉시 출발할 것이니 자신이 당도할 때까지는 일체의 모든 행동을 보류하고 기다리라고 했다는 것이었다.

그러나 강산과 유정에게 무슨 일이 생겼을지도 모르는 상황에서 무작정 선변이 오기를 기다리고 있을 수는 없었기에 노달은 단안을 내렸다.

바깥의 우 노대와 하오문의 사람들에게 만약의 경우를 대비해 분지로부터 좀 더 멀찍이 피해 있게 하고, 자신과 윤파, 그리고 이강이 분지 안으로 들어가기로.

2

노달 등 세 사람으로서는 강산과 유정이 했던 것처럼 흉내를 내기는 아무래도 어려웠다. 적들을 경동시키지 않고 분지를 가로질러 가는 일 말이다.

그들은 차라리 정공법으로 치고 나갈 작정을 했다.

윤파가 선두에 서고, 그 후방의 좌우를 이강과 노달이 받치는 삼각진의 형태로 세 사람이 일시에 치고 나가자, 분지를 지키는 자들이 신속히 대응했다.

삑!

제일 앞쪽에 위치한 두 채의 간이 가옥 주변에서 경계를 서던 두 명의 무사는 노달 등을 발견하자마자 곧바로 경고음을 냈다.

이어 중간 지점과 끝 지점을 포함해 여섯 채의 간이 가옥에

서 각기 예닐곱씩, 모두 합하여 사십여 명의 무사들이 잇달아 쏟아져 나오더니 조금의 허둥거림도 없이 곧장 분지를 차단하는 삼 단계의 저지선을 구축했다.

그야말로 잘 훈련된 모습들이었다.

윤파가 첫 번째의 저지선을 향해 곧장 부딪쳐 갔다.

곧장 뚫고 나갈 작정으로 윤파는 처음부터 쌍검을 펼쳤다. 그러나,

차차차차창!

격렬한 부딪침이 일어난 순간, 윤파는 곧바로 뒤로 물러나올 수밖에 없었다.

무사들의 저항은 생각 이상으로 강력했다.

열 몇 명의 무사들 모두가 가히 일류급이라고 할 만큼의 고강한 무공을 지니고 있었을 뿐 아니라, 보다 위협적인 것은 윤파와 부딪치는 순간 좌우의 무사들이 돌아 나오며 구사된 능숙한 합공의 진형이었다.

그러나 그러한 양상은 다만 일시적인 것일 뿐이었다.

그들이 어찌 정반합삼십육검(正反合三十六劍)이라는 희대의 기검법(奇劍法)을 창안하고 스스로 무수한 시행착오를 거쳐 이제 그 절정의 진수에 근접해 있는 윤파의 진정한 상대가 될 수 있으랴.

"죽기 싫은 자는 비켜나라!"

우렁차게 외치며 윤파의 쌍검이 맹렬하게 돌아가기 시작

했다.

파아아아아!

그의 쌍검에서는 파도 소리가 났다. 잔잔하게, 거칠게, 사납게.

윤파의 좌우검(左右劍)에서 동시에 남해삼십육검 중 환환비해(幻幻秘海)가 펼쳐지고 있었다. 좌검에서는 반(反)의 환환비해가, 그리고 우검에서는 정(正)의 환환비해가.

무사들은 대번에 주르르 뒤로 밀려나고 말았다.

더욱이 그때 뒤에 섰던 이강이 한걸음에 앞으로 미끄러져 나왔는데, 그의 손에서 한 자루 청홍보검이 윤파의 쌍검세에 보조를 맞추어 부드럽게 춤을 추기 시작하자 무사들은 그야말로 파죽지세로 픽픽 쓰러져 나갔다.

첫 번째의 저지선이 그렇게 간단히 뚫릴 때 뒤쪽에서 노달이 외쳤다.

"손속에 사정들을 두어주게!"

그러나 노달의 그 외침이 아니었어도 이강은 물론이거니와, 윤파도 굳이 살상까지는 하지 않았다.

그저 어깨와 허리 아래를 찔러 무사들이 다시 기동하기 어렵게 만들었을 뿐이다.

그러나 노달이 일부러 부탁까지 하는 것에는 뭔가 사정이 있을 것이기에 윤파가,

"예! 알겠습니다, 영감님!"

하고 호응을 해주었다.

노달은 바로 뒤따르지 않고 쓰러지거나 다친 자들 사이를 돌며 일일이 마혈을 제압했다.

뿐만 아니라 출혈이 심한 자들에게는 지혈의 조치까지 해주었다.

윤파와 이강이 두 번째의 저지선에서부터는 검인(劍刃)을 쓰는 대신에 아예 칼등을 써서 적들을 제압했다.

그렇게 거침없는 돌파로 윤파와 이강이 이윽고 세 번째의 저지선을 향해 나아갈 때였다.

적들 중에서 한 인물이 마주 나오는데, 한눈에도 그 기도가 다른 무사들과는 달라 보였다.

한 자루 커다란 도를 두 손으로 비껴들고 달려오는 그는 탄탄한 체구에 사각형의 각진 얼굴이 강직해 보이는 사십대의 중년 대한이었다. 아마도 분지를 지키는 무사들의 우두머리이리라.

그때 조금 처져서 따라오고 있던 노달이 문득,

"저자는 노부에게 양보하게!"

하고 나직이 외치며 빠른 신법을 전개하여 윤파와 이강을 제치고 앞으로 나아갔다.

대한이 노달을 마주하여 도를 떨치며 부딪쳐 드는데, 그 칼놀림이 다른 무사들과는 확연히 차이가 날 만큼 무겁고도 날카로웠다.

위이이이잉!

대한이 휘두르는 한 자루 도가 허공을 베며 내는 무거운 바람 소리로 거기에 실린 내력의 심후함을 미루어 짐작할 수 있었고, 첩첩이 중첩되어 퍼지는 칼 그림자는 그 변화가 가히 무궁하였다.

"좋구나!"

노달이 보법의 조화로 대한의 도를 피해내며 짐짓 감탄하였다.

그러나 그런 중에도 노달은 사뭇 여유가 있어 보여, 언뜻 보기에 마치 대한과 한판의 대련(對鍊)을 해주고 있는 듯이 보일 정도였다.

그런데 노달의 무공이 대한의 무공과는 두어 수 차이가 나는 것은 분명해 보였지만, 그렇다고 적을 대함에 있어서 지금과 같이 넘치도록 여유를 부릴 일은 아닐 것이었다.

뿐만이 아니었다.

노달은 대한이 펼치는 도초(刀招)에 대해 자신의 손바닥을 들여다보듯이 잘 알고 있는 듯했다.

"칠화(七華)의 경지를 이룬 것을 보니, 그동안 진력을 다해 수련을 하였구나! 요명(樂明)!"

순간 중년 대한, 요명은 도를 허공에다 뻗은 채로 우뚝 멈춰 서고 말았다.

그리고 경악 서린 목소리로 묻지 않을 수 없었다.

"누구십니까?"

노달은 대답하지 않고 빙그레 웃고만 있었다.

그러나 요명은 이미 짐작하였다.

비록 얼굴은 다르지만, 그의 이름을 알고, 더욱이 광한도법(廣限刀法)에 대한 그의 성취를 이처럼 정확히 알아볼 사람은 단 한 사람뿐이었다.

공평한 인재 등용 정책을 펼쳐 아무런 배경이 없던 하급무사들 중에서도 자질을 지녔다면 과감히 발탁하여 능력을 키우고 발휘할 기회를 주었던 사람.

그런 덕분으로 그는 전대의 마교 절학인 광한도법을 접할 수 있었고, 각고의 노력 끝에 마침내 그토록 동경해 마지않던 마교제일의 정예 무력 집단 마존대(魔尊隊)에 들어갈 수 있었다.

그리고 지금에 이르러 부대주의 직위에까지 오를 수 있었던 것이다.

3

요명이 깊숙이 읍하며,

"이 년 전부터 마존대 부대주의 직위를 맡게 되었습니다. 모두가… 예전에 입은 은혜 덕분입니다."

하고 치르는 인사에 노달은,

“아니다. 모든 것은 너의 성실함과 노력이 만들어낸 결과일 것이다.”

하고 잠시 흐뭇하게 웃었다. 그때 요명이,

“그럼에도 마교의 교도된 자로서 하달된 임무와 명령에 따라야만 하는 처지임을 용서하십시오!”

하고 말하며 무거운 기색이 되었다. 그에 노달이 웃으며,

“허허허! 자네의 처지와 심정은 능히 헤아리고도 남음이 있네.”

하고 짐짓 담담하게 답하였으나, 이내 무겁고도 안타까운 기색이 되며 덧붙였다.

“그러나 마교의 교도된 자가 진정으로 따라야 하는 것은 마교의 교리이니, 위로부터의 명령이라 하여 그것이 교리와 상통하는지를 따져 보지 않고 무조건 신봉하여 따르는 것은 옳지 않은 일이 아니겠는가?”

요명이 잠시간 생각하는 기색이었으나, 이내 차분하고도 결연한 기색이 되어,

“하찮기 그지없는 저 따위가 어찌 그런 이치까지를 따져 볼 수 있겠습니까? 저로서는 교의 명령을 곧 교리로 여기고 받들 수밖에 없으니, 감히 주어진 명령을 임의로 재단하지는 못합니다. 그러나 또한 오늘의 제가 있을 수 있도록 일생의 은혜를 베풀어주신 분께 칼을 겨눌 수도 없는 일이니… 미욱한 제가 선택할 수 있는 단 하나의 길은……”

하고 말하고는, 갑자기 칼을 거꾸로 돌려 자신의 목을 찔러 가는 것이었다.

그러나 그때 대경한 노달이 급히 튕겨낸 지력이 늦지 않게 요명의 마혈을 제압하였다.

갈등과 고뇌로 한껏 일그러진 얼굴로 굳어진 요명을 보며 노달은 순간 안타까움과 동시에 극렬한 분노를 느꼈다.

그러나 그는 이내 허탈하게 나직한 탄식을 토해냈다.

"아아! 내가 하고자 하는 것이 진정으로 옳은 길인가?"

십 년 전 자신의 손으로 발탁했던 마교의 인재가 지금 그의 앞에서 스스로 죽음을 선택하려 하는 데 대한 회의이리라.

그러나 노달은 금방 심정을 추슬렀다.

이제 와 흔들리기에는 그가 그간 쌓고 또 쌓아온 신념이 너무도 확고했다. 그는 당연히, 그리고 지극히 옳은 것이다.

노달의 시선이 문득 한쪽에 물러서 있던 이강을 향하였다.

"이강!"

다소간 조심스러운 기색으로 이강이 다가오자 노달은 절로 온화한 얼굴이 되며 말했다.

"그것을 한번 보여줄 수 있겠느냐?"

"예?"

"너의 그 장심(掌心)… 인(印) 말이다."

"아!"

이강은 노달이 무엇을 말하는지 그제야 알아차렸다.

태극혜검의 심결을 검이 아닌 손바닥에 집중하여 운용할 때 장심에 나타나는 일종의 특이한 표식 같은 것이 있었다.

심결을 굳이 손바닥에다 운용하게 된 것은, 예전에 노달이 검을 지니기 어려운 평상시의 수련법으로 전수해 준 일종의 무검(無劍) 수련법 때문이었다.

그리고 그 특이한 표식 같은 것이 확연히 드러난 것은, 그의 성취가 태혜(太慧)의 경지에 접어들고 난 이후부터였다.

그들이 해남도에 머물 때, 노달이 그 표식을 본 적이 있었다.

그런데 그때 노달이 겉으로는 무덤덤한 척하였으나 실은 놀라고 기꺼워하는 기색이 뚜렷하였다는 것을 이강은 기억하고 있었다.

"다른 의미는 없다. 다만 이자를 살려보려는 것이다."

이어지는 노달의 말은 이강으로 하여금 의혹을 가지지 않을 수 없도록 만드는 데가 있었으나, 이강은 곧바로 우장(右掌)을 가슴 앞으로 세웠다.

이어 이강이 가만히 운기하자, 그의 장심에는 이내 은은한 황금빛이 어렸다.

그 모습을 의아하게 보고 있던 요명의 두 눈이 어느 순간 부릅떠졌다.

만약 마혈이 제압되지 않았다면 그는 부르짖었을 것이다.

"천마인(天魔印)!"

이라고.

그러나 경악에 뒤이어 요명은 곧바로 지극한 혼란에 빠져들지 않을 수 없었다.

천마인!

말 그대로 장심에 도장처럼 만들어지는 천마의 상(像)이다.

그 자체로 허공을 격하고 상대의 몸에 천마의 형상을 남기는 장공(掌功)으로, 일단 격중되면 상대의 내부를 완전히 폐허로 만들어 버리는 공포의 무공이었다.

그러나 천마인에는 마교인들에게 있어 보다 중요한 의미가 하나 더 있었다.

바로 천마인 그 자체로써 마교의 최고 권위를 상징하는 의미가 되는 것이었다.

지금 요명의 혼란은 우선 천마인이 왜 황금색이냐는 것에 대해서였다.

당대에, 아니, 근 천 년 동안 천마인을 직접 본 사람은 없었다. 천마 조사 이후로 역대의 마교 조사들 모두가 그것을 이루기를 소원했지만, 그 누구도 이루지 못했기 때문이다.

다만 그것의 경지에 따라 흑인(黑印)이나 적인(赤印)의 형태로 나타난다는 사실만 전해져 내려올 뿐이다. 그런데 황금의 천마인이라니?

그러나 다음 순간 요명의 두 눈은 잔잔히 젖어들었다.

너무도 생생한 천마상이었다.

그리고 그 순간 요명에게는 그것이 적인이든지 흑인이든지, 혹은 황금인이든지 하는 것은 크게 상관없는 일이 되어버렸다.

다만 그것이, 그 생생한 천마상이 한순간 그의 가슴에 뜨거운 감동으로 녹아들었다는 것만으로 충분했다.

노달의 두 눈에도 일시 따뜻한 온기가 번졌다.

이강의 천마인은 지난번 그가 처음 보았을 때보다 한층 더 선명해져 있었다.

그때 뒤쪽에 섰던 윤파가 무슨 일인지 자세히 볼 양으로 앞으로 나오는 중에 막 이강의 손바닥에서 사라지는 황금빛 문양을 스쳐 본 모양이었다.

"어? 이강! 너 손바닥에 그거 뭐냐?"

이강이 손을 거두면서 사뭇 태연하게 대꾸했다.

"아무것도 아닙니다."

"야! 아니긴 뭐가 아니야? 금방 뭐가 번쩍거린 거 같았는데?"

이강은 그저 담담히 웃었다.

윤파가 의심스러운 빛을 거두지 않으며 노달에게 확인했다.

"영감님! 영감님도 방금 보시지 않았습니까?"

노달 또한 담담히 웃으며 대꾸했다.

"무얼 말하는 건가? 난 못 봤는데?"

"아니, 금방……."

하다가 윤파는,

"허?"

하고 짧은 헛바람을 뱉고 말았다.

그제야 두 사람 간에 그들만 알고 있기를 원하는 무엇이 있다는 걸 알아차린 때문이리라.

그렇다면 굳이 물고 늘어질 윤파는 아니었으니,

"쳇!"

하고 혀를 차며,

"잘들 해보십시오!"

하고 퉁명스레 뱉고 말았다.

노달이 요명의 마혈을 풀자 요명은 그대로 바닥으로 몸을 던지려고 했다.

노달이 얼른 요명의 팔을 낚아채 일으키며 보니 요명의 두 눈에 감동과 경배가 가득하였다.

노달이 나직이 말했다.

"그만! 되었네!"

노달은 이강이 자신의 장심에 새겨진 그것이 바로 천마인이라 불리는 마교의 상징이며, 최고 권위 중 하나라는 사실을 알기를 원하지 않았다.

적어도 아직까지는 그도, 이강도 그런 데 대한 준비가 되어 있지 않았다.

태극혜검은 검결(劍訣)이기 이전에 그 자체로 궁극에 달한 이치를 담고 있는 하나의 절세 심결(心訣)이었다.

그러나 그러한 지극한 깨달음을 담고 있는 만큼 창안자의 깨달음을 후대에 그대로 전하기란 사실상 가능하지 않은 일이었다.

후대의 자질이 미치고 미치지 못하고 하는 것과는 별개로, 창안자가 보유했던 경험과 경륜, 혹은 사고의 형식과 깊이와 넓이를 후대가 동등 이상으로 가진다는 것 자체가 불가능한 일이기 때문이다.

그럼으로써 무당 시조 이후로 누구도 태극혜검의 대혜지경(大慧之境) 이상의 진경을 본 사람이 없었다.

그런데 이강은 이제 겨우 약관의 나이에 믿을 수 없게도 태혜지경(太慧之境)까지 성취를 이루어낸 것이다.

이강이 그런 경이로운 진정을 이룰 수 있었던 데에는, 우선 타고난 그의 자질과 순후한 심성이 훌륭한 기반이 되었음은 굳이 말할 필요가 없을 것이다.

거기에 다시 순동이 전해준 극강의 내공이 결정적으로 기여하였음 또한 물론이다.

그러나 그가 한 가지 희대의 기연을 만나지 못했더라면 그런 훌륭한 기반과 결정적인 기여에도 불구하고 그처럼 빨리, 그렇게 놀라운 경지에까지 오르는 일은 결코 가능하지 않았을 것이다.

희대의 기연이란 바로 정사 양도의 최고 무공 두 가지가 이강의 한 몸에서 합일된 것을 말함이다.

즉, 정도제일의 검결, 태극혜검(太極慧劍)과 마도제일의 신공, 천마지존공(天魔至尊功)이다.

그 두 가지 상극의 무공이 한 사람에게 전해지리라는 것과 또한 그것이 과연 진정으로 합일되리는 사실은, 과거와 현재를 통틀어 그 누구도 미처 상상하지 못했던 일일 것이다.

그러고 보면 그 두 가지 무공의 상극은 결국 사람들이 만들어낸 이념(理念)의 상극이었지, 결코 무공 그 자체로서의 상극은 아니었던 모양이다.

내부의 모반으로 교주의 직위를 찬탈당하고 마교를 탈출할 당시 노달은 중상을 입어 무공의 팔 할을 상실한 처지였다.

절치부심 무공의 회복을 꾀하며 강호를 유랑하던 중에 그는 이강을 만났고, 이후 우여곡절 끝에 함께 사해상단으로 흘러 들어간 뒤부터 노달은 이강에게 무공을 전수했다.

그런데는 이강의 자질의 뛰어남과, 더욱이 그 처지와 사연이 노달 자신만큼이나 기구하다는 점에서 느낀 연민과 기이한 끌림이 강하게 작용했다.

그러나 노달이 이강에게 전수한 것이 완전한 천마지존공인 것은 아니었다.

본래의 천마지존공에서 마교의 이념과 제반의 절차적 상징성과 형식들을 철저히 배제한, 오로지 순수 정통 마공으로써의 무공적인 정수와 당장의 위력보다는 근간의 이치에 대한 깊은 이해와 깨달음을 전한 것이다.

그런 데는 역시 이강에 대한 연민이 있었다.

이강이 무당의 파문 제자로서 그의 정신적 고향인 무당파로는 영원히 되돌아갈 수 없는 운명이었다.

그런데 거기에다 다시, 어쩔 수 없이 그의 정신적 기반을 이루고 있을 정파의 사상에 정면으로 배치되는, 마교의 사상적 굴레를 덧씌우는 잔인을 베풀 수는 없다는 생각이었던 것이다.

그랬기에 이강 역시 처음에는 그것이 마공인 줄은 조금도 알지 못했다.

그리고 점차 진경을 보이면서 그것이 마공의 갈래인 줄 어느 정도 짐작하게 된 다음에도, 적어도 무공적인 견지에서는 그것에 대한 거부감을 거의 느끼지 않았다.

오히려 이강은 그 두 가지 정사 양도 절세무공의 도리를 자신만의 방식으로 조화시켜 체득해 나갔고, 그런 중에 그는 우연히도 한 갈래의 오묘한 깨달음을 접하게 되었다.

그리고 마침내는 궁극에 달하는 하나의 또 다른 길에 들어서게 된 것이다.

궁극에 달하는 또 다른 길이란 두 가지 절세무공의 특징들을 고스란히 다 담고 있으면서도 한편으로는 완연히 다른 새로운 형태이기도 했다.

즉, 무당에서 보자면 태극혜검이라 할 것이며, 마교에서 보면 천마지존공이라 할 것이나, 사실은 그 둘과는 엄연히 다른 것이었다.

그리하여 그것이 최종적으로 어떠한 형태가 될지는 이강 자신도 알지 못했다.

그것은 그가 마침내 그 길의 궁극에 달했을 때, 그때에야 비로소 확연해질 것이다.

5

노달은 요명과 잠시 따로 얘기를 나누었다. 짧지만 깊은 대화였다. 그리고 요명은 수하들을 챙겨서 서둘러 분지를 떠났다.

우방은 간이 가옥 안에서 결박되긴 했으나 멀쩡한 채로 발견되었다.

요명에게서 우방이 무사하다는 사실을 이미 확인한 터이지만, 그래도 무사한 우방의 모습에 노달은 짧은 안도의 한숨을 내쉬었다.

그에게 새로운 악연 하나가 생기지 않았음에 대해, 그리고 우방과 우 노대 두 조손이 감격의 재회를 할 수 있게 된 데 대해.

이강과 윤파를 뒤따르게 하고 앞장서 동굴로 들어서서 조심스럽게 나아가던 중에 노달은 문득 약간의 어지럼증을 느꼈다.
노달이 즉시,
"모두 호흡을 멈춰!"
하고 외치고는 곧바로 두 사람을 재촉하여 왔던 길을 되돌아 동굴 밖으로 나왔다.
그러고는 이강과 윤파는 밖에서 기다리게 하고, 노달 자신은 비상용으로 가지고 다니던 해독제 한 알을 복용하고서 다시금 동굴로 들어갔다.
일반 독에 대해 광범위하게 작용하는 해독제이니 잘 들으리라는 보장은 없었다.
그러나 좀 전 미량의 흡입에서 그 증상이 강하지 않았고, 또한 그의 오랜 경험으로 보아서도 동굴 내에 살포된 것이 곧바로 생명에 위협을 주는 치명적인 종류의 독은 아닌 것 같았다.
아마도 사람의 정신을 흐리게 하는 몽혼약의 일종이리라.

동굴의 깊숙한 안쪽으로 진입해 들어가는 중에 노달은 문득 크게 놀라며 흠칫 그 자리에 멈춰 섰다.

앞쪽 장방형의 공간 가운데쯤에 깃발 하나가 꽂혀 있었다.

엄지손가락 굵기에 세 척 길이의 붉은 깃대 끝에 달려 있는 손바닥 세 개 정도의 넓이를 가지는 삼각형의 검은 깃발.

그 깃발에는 주먹만 한 크기로 황금색의 글자 하나가 새겨져 있었다.

독(毒).

6

칠관통(七貫通)의 완성 다음에 온 그것은 무어라 표현하기 어려운 미묘한 현상이었다.

뭐랄까?

외기(外氣), 즉 자연 대기와의 소통이랄까, 교류랄까?

강산의 관통된 내부 관문들, 즉 이백쉰두 개의 관문들은 지금 특별한 외부자극이 있는 것도 아닌데 저절로 신체 외부의 대기와 미묘한 소통을 하고 있었다, 끊임없이.

그런 중에 강산은 각 관문들에 아주 미미하게, 어쩌면 다만 그런 느낌일지도 모를 극미량의 기들이 조금씩 축적되어 간다고 느꼈다.

각각의 관문들이 저마다 독립적으로 숨을 쉰다고 할까?

아니면 호흡 중에 자연 대기 속에 분포된 기를 미미하게 빨아들인다고 할까?

그러나 강산은 더 이상 깊게는 생각하지 않았다.

다만 그러한 현상을 흡능의 또 다른 진화 단계로 보고, 그저 가볍게 새로운 이름 하나를 붙였다.

교류능(交流能)이라고.

어쨌든 그의 내부에서 일어나는 현상이니 그것에 대해 어떻게 정의를 하고 어떻게 이름을 붙이든, 그것이야 어디까지나 그가 내키는 대로 해도 뭐라고 할 사람은 없는 것이었다.

강산이 침잠해 있던 생각에서 퍼뜩 깨어났을 때, 그는 허공을 껴안고 있었다, 완전한 나신인 채로.

문득 코끝으로 지독한 악취가 와 닿았기에 강산이 아래를 내려다보니 바닥에는 한 줌의 노란 액체가 고여 있었다.

순간 강산은 아득한 심정이 되며 가만히 고개를 저었다.

아마도 그것이 바로 그가 좀 전에 마주쳤던 거구의 홍피괴인(紅皮怪人)이 이 세상에 마지막으로 남긴 유일한 흔적이라는 것을, 호호탕탕(浩浩蕩蕩) 그의 내부로 쏟아져 들어오며 마치 대번에 그의 내부를 한 줌 재로 태워 버리고 말 듯이 그처럼 뜨겁고도 강렬하던 흐름의 결과라는 것을 퍼뜩 짐작해 볼 수 있었기 때문이다.

그러나 그 한 줌 황수(黃水)의 주인이 바로 신주십삼존의
한 사람이자 희대의 독인인 독중독존이며, 적어도 그의 입장
에서는 참으로 어이없는 최후였다는 사실까지야 강산으로서
는 상상조차 할 수 있을 리 없었다.

강산이 문득 유정에게 생각이 미치는지라 급하게 돌아보
니, 바로 옆 구석의 바닥에 그녀가 뉘어져 있었다.

번뜩!

눈길이 닿는 순간에 미처 몸을 일으키는 것 같지도 않았는
데 강산은 어느새 유정의 곁에 있었다.

유정의 얼굴빛은 이제 완연한 흑색이었다.

강산이 크게 당황하여 코끝의 호흡을 살피니 겨우 숨결이
느껴지는데, 미약하기 이를 데 없었다.

강산이 더욱 다급해져서 일시 어쩔 줄을 몰라 하던 차에,
마침 바깥에서 사람의 기척이 느껴졌다.

강산이 조심스럽게 유정을 품으로 안아 올렸다. 그리고,

번뜩!

하는 순간에 그의 신형은 흔적도 없이 석실에서 사라져 버
렸다.

"헛?"

눈앞에서 갑자기 솟아나는 신형을 보고 노달은 다급한 헛
바람을 토해내며 반사적으로 펄쩍 뛰어 뒤로 물러섰다.

그리고 그 신형이 바로 강산이며, 그가 온몸에 실오라기 하나 걸치지 않은 알몸임과, 더욱이 품에는 의식을 잃은 유정을 안고 있는 것을 일별하고 다시금 놀라지 않을 수 없었다.

그때 강산이,

"영감님! 유 소저가… 독에 중독되었는데… 상태가 지극히 엄중합니다."

하고 말하였는데, 그 목소리가 몹시 당황스럽고도 다급하였다. 그에 노달이 손짓으로 강산을 진정시키며,

"일단 소저를 바닥으로 내려놓게!"

하고 차분하게 일렀다.

강산이 조심스럽게 유정을 바닥에 내려놓자, 노달은 일단 품속에서 해독환 한 알을 꺼내 유정의 입안에 넣어준 다음 손목을 잡고 맥을 짚어보았다.

사실 독에 관한한 그가 파악할 수 있는 사항은 지극히 기초적인 것에 불과했으나, 일단은 강산을 진정시켜야만 했다.

노달이 자신의 장삼을 벗어 강산에게 건네며,

"조장의 벗은 몸이 제법 볼만한걸?"

하고 짐짓 농을 던지자 강산이,

"예?"

하고 얼떨떨해하더니 이내 얼굴을 붉혔다. 노달이 빙그레 웃으며 다시,

"너무 걱정하지 말게! 일단 해독환을 먹였으니 우선 당장

의 급한 지경은 면했다고 해도 좋을 것이야. 그리고 이제 곧 선변이 당도할 것인데, 아마도 그녀에게는 필시 무슨 방도가 있을 것이네.”

그 말에 강산이 다소간이나마 안도가 되는지라 그제야 노달이 건네는 장삼을 받았다.

강산이 장삼을 걸치는 것을 보고 있다가 노달이 다시 물었다.

“그런데 혹시 이 안에 누가 있지 않았는가?”

강산이 아주 잠깐 머뭇거리다가 고개를 저었다.

다른 이유가 있어서가 아니라, 그가 아직까지 전체적인 상황 정리가 안 된 상황인데 괜히 두서없이 이런저런 얘기들을 하였다가 만약의 쓸데없는 오해가 생길지도 모른다는 생각이 문득 들어서였다.

어쨌든 그가 나신인 채로 혼절한 유정을 품에 안고 나오는 모습을 노달이 보았지 않은가?

다만 그런 중에 강산으로서도 궁금한 점이 없는 것은 아니어서,

“저 깃발은 대체 뭡니까?”

하고 앞쪽 바닥에 꽂혀 있는 예의 그 황금색의 독 자(毒字)가 새겨진 검은 깃발에 대해 물었다. 노달이,

“허허!”

하고 웃으며 일시 애매한 얼굴이 되는 듯하더니 이내 서둘

렸다.

"그것에 대해서는 나중에 얘기해 줌세! 그보다 지금쯤에는 아마도 선변이 당도했을 것이니, 일단은 여기를 나가고 보세!"

그런데 유정을 안은 강산과 노달이 막 움직이려는 때였다. 그들의 뒤쪽에서,

끽!

끼익!

하는 지독히도 귀에 거슬리는 소리가 들리는 것이었다.

조금 전 강산이 나왔던 석실의 왼쪽에 있는 또 하나의 석실 안쪽에서 나는 소리였다. 노달이,

"저 안에 무엇이 있는 것 같은데, 잠깐 확인만 해보고 가도록 하세!"

하고는 강산의 대답을 기다릴 것도 없이 선뜻 석실 쪽으로 다가갔다.

강산이 설핏 찡그린 얼굴이 되었지만 하는 수 없이 노달의 뒤를 따랐다.

六十一
독시(毒屍)

1

선변은 분지에 도착하여 우선 우방과 해후하고 위로한 다음에, 우 노대와 이강 등으로부터 간단히 현장 상황을 파악했다.

노달이 분지를 지키고 있던 무사들을 임의로 풀어주었다는 사실과, 더욱이 그들이 마교의 마존대 휘하 무사들이었다는 사실을 듣고는 잠시 짙은 우려의 기색이 되었지만, 선변은 곧 당장의 일들에 대해 빠르게 조치를 취해 나갔다.

동굴에 독이 살포되어 있다는 소리를 듣고는 선변이 소매 속에서 작은 구슬 하나를 꺼내 입에다 넣는데, 이강이 설핏 보니 은은한 홍광이 도는 콩알만 한 구슬이었다.

　이어 선변은 조금의 거리낌도 없는 듯이 선뜻 동굴 안으로 들어가서는 입구에서 열 걸음쯤 되는 곳에서 손수건에다 한 줌의 흙을 담아와 우방에게 건넸다.

　"이 흙 속에 함유된 독의 성분에 대해 알고, 또한 독의 전반에 대해 가장 정통한 사람을 긴급히 찾아서 데리고 오세요!"

　우방이 급히 계곡을 떠나고 난 뒤, 선변은 자신이 데리고 온 사람들에게 각자의 역할들을 세부적으로 하달했다.

　그리고 자신은 다시금 동굴 안으로 들어갔다.

　윤파와 이강은 우방이 급히 분지를 나서고, 수십 명의 하오문 사람들이 이리저리 바쁘게 움직이고, 선변이 혼자서 동굴로 들어가는 모습들을 그저 지켜만 보고 있을 수밖에 없었다.

2

　석실 안은 푸르스름한 빛이 도는 운무로 자욱했다.

　운무의 진원지는 석실 가운데에 있는 하나의 연못이었다.

　신기하게도 운무는 연못을 중심으로 미미하게 출렁이기만 할 뿐, 사방으로 흩어지지는 않고 있었다.

　그런데 푸른 운무 속에서 연못의 수면 위로 지금 십여 개의 괴물체가 둥둥 떠 있었고, 그 희미한 형체는 영락없이 사람의 그것이었다.

　"흡!"

조심스럽게 석실 안으로 한 발을 들이밀며 가볍게 장력을 쳐내어 운무를 흩뜨리던 노달은 돌연 다급한 소리를 뱉어내며 그대로 쭉 뒤로 미끄러져 나갔다.

아주 잠깐, 그것도 직접 닿은 것도 아니고, 공간을 격하여 장력을 발했을 뿐이었다.

그런데도 한순간 손바닥으로부터 마치 타는 듯한 자극과 통증이 느껴졌던 것이다.

뿐만이 아니었다.

물러서서 손바닥을 보니 금세 거무죽죽하게 변색이 되고 있는 게 아닌가.

노달은 급히 운기하여 삼매진화를 일으켰다.

치지지직!

살갗이 타는 듯 푸르스름한 연기가 솟아오르며 매캐한 냄새가 났다.

그러고 나서야 그의 손바닥은 다시 불그름한 원래의 살색으로 돌아왔는데, 손목과 비교해서는 여전히 약간의 검은 기운이 남아 있었다.

참으로 지독한 독이었다.

흩어진 운무 사이로 수면 위에 떠 있는 괴물들의 형상이 분명하게 보였다.

끔찍한 형상들이었다.

얼굴의 이목구비는 아예 구멍뿐이거나, 밋밋하니 윤곽으

로만 남아 있었다.

피골상접의 바짝 마른 몸은 핏기 하나 없이 마치 시체처럼 창백하기만 한데, 기이하게도 검푸른 인광(燐光)이 희미하게 번들거리고 있었다.

그 괴이하고도 흉측한 괴물들은 이따금씩 꿈틀거리고 있었다. 예의 그 지독하게 거슬리는 소리와 함께.

"끽!"

"끼익!"

노달이,

"요물(妖物)이로다!"

하고 우렁차게 외치며 무겁게 일장을 쳐내자,

우우웅!

하는 웅장한 소리와 함께 거무스름한 오광(烏光)이 깃든 원기둥 형태의 한 줄기 장력이 강력하기 이를 데 없는 기세로 석실 안으로 쭉 뻗어나가더니,

쾅!

하는 폭음과 함께 괴물들 중 하나의 머리통을 정통으로 가격했다. 그러나,

끄아아악!

귀를 따갑게 하는 괴성과 함께 그 괴물의 몸은 수면 아래로 쏙 들어가 사라지고 장력의 여력은 그대로 물을 때려 커다란 물보라를 만들어냈다.

그러나 결과적으로 노달은 차라리 괴물을 안 건드리는 것
이 더 나을 뻔했다.

촤아악!

일순 연못 위로 커다란 물기둥이 솟구치더니 그 속에서,

크아악!

소름 끼치는 기성과 함께 전신에 번뜩이는 인광을 두른 괴
물 하나가 경중거리며 연못 바깥으로 뛰쳐나왔다.

바로 좀 전에 노달의 장력에 맞고 수면 아래로 가라앉았던
그 괴물이었다.

괴물의 머리통을 강타한 노달의 장력은 같은 크기의 바윗
덩어리라도 능히 산산조각으로 박살 내고 말 위력이었는데,
기껏 괴물을 깨우는 역할을 하고 만 듯했다.

크으으!

나직이 으르렁거리며 사방을 살피던 괴물은 이윽고 석실
바깥의 노달과 강산을 발견하였는지, 곧장 방향을 잡고 석실
을 걸어나왔다.

그런데 언제부터인지 놈의 전신에서는 반투명의 푸른 기
운이 뿜어지고 있었다.

그리고 그 푸른 기운에 닿은 바닥이며 석벽의 표면은,

피시식!

피시시식!

소름 끼치는 소리를 내며 그대로 까맣게 타들어갔다.

"독공(毒功)이다! 호흡을 멈추고 뒤로 물러서!"

노달이 강산을 경각시키고 난 다음에 자신 또한 호흡을 멈추고 급급히 뒤로 미끄러져 나갔다.

괴물이 뿜어내는 반투명의 푸른 독기는 점차 그 범위를 넓혀 나갔다.

더욱이 처음에는 경중거리며 부자연스러워 보이던 놈의 몸놀림은 점차로 유연해지고 또한 빨라져서, 이윽고 놈은 뛰는 듯이 두 사람을 쫓아오고 있었다.

노달이 급한 눈짓으로 강산에게 먼저 이곳을 빠져나가라는 뜻을 전하고, 자신은 강산의 앞쪽을 막아서며 십성의 내력을 쌍장으로 끌어모았다.

우우우우웅!

은은한 소리가 울려 나오며 노달의 쌍장은 이내 완연한 오광의 빛무리로 감싸였다.

바로 그때였다.

휘류류류류!

그의 뒤쪽에서 기이한, 그러나 그의 귀에 결코 낯설지 않은 소리가 들렸다.

그리고 이내 무언가가 번뜩하며 그의 시야를 스쳤다.

뒤이어 노달이 보다 분명한 시야로 접한 광경은 천천히 바닥으로 무너지는 중에 환상처럼 머리와 몸통이 분리되고 있는 괴물의 모습이었다.

그리고 처음부터 그 자리에 있었다는 듯이 유정을 안은 모습 그대로 태연히 그의 옆에 서 있는 강산의 모습이었다.

"허어!"

노달이 어쩔 수 없이 뱉어내고 만 그 한마디의 탄식에는 놀라움이나 감탄보다는 차라리 허탈감이 담겨 있었다.

두 개의 덩어리로 해체되어 바닥에 널브러져 있는 괴물에 대해, 그 너무나도 간단한 해체에 대해 가져 보지 않을 수 없는 일시의 진한 허탈감.

비록 스스로의 안력(眼力)으로는 미처 보지 못했지만, 그 허탈하기 짝이 없는 해체가 어떤 연유로 해서 이루어졌는지에 대해서는 노달로서도 능히 짐작하고도 남음이 있었다.

그것이 바로 무명에 의한 것임을.

비록 그것이 발능(發能)이라는 강산의 독특한 진기 수발법에 반응하여 드러난 무명의 절대예기(絶對銳氣), 기인(氣刃)의 발현에 의한 것이라는 자세한 사항까지는 결코 알 수가 없는 일이겠지만.

3

하나의 괴물을 도륙내고 난 다음 강산은 내처 연못 속에 떠 있는 나머지 독강시들을 모조리 일도양단 내버리려고 했다.

그러나 살기를 느낀 때문인지 괴물들이,

"끽!"

"끼익!"

하는 기성들을 흘려내며 꿈틀거리는 바람에 강산은 차마 무명을 떨쳐 내지 못하고 망설였다.

다만 흉측하다는 이유 때문에, 혹은 세상에 유해할 것이라는 선견 때문에 눈앞에서 살아 본능적으로 꿈틀대고 있는 생명체들을, 그것도 무방비의 상태로 있는 것들을 무참히 베어버리는 데 대한 꺼림칙함이 없을 수는 없던 것이다.

그런 강산의 심정을 짐작한 노달이,

"저것들은 몸에 품은 맹독만으로도 혹시 바깥으로 유출되기라도 한다면 세상에 지극한 해를 끼칠 독물들일세! 그러니 가벼이 인정을 둘 생각 말고 가차없이 베어버리게!"

그에 강산이 다시금 마음을 다잡는데, 바로 그때 바깥쪽에서,

"잠깐만요!"

하고 급하게 외치는 목소리가 들리더니 곧이어 선변이 빠른 걸음으로 달려들어 왔다.

우선 주변의 상황을 일별하고 난 선변은 곧바로 강산에게로 다가왔다.

그리고 그의 품속에 죽은 듯이 안겨 있는 유정의 입에다 붉은빛이 도는 대추알만 한 구슬 한 알을 넣어주었다.

아무 말 없이 하는 선변의 그 짓에 대해, 강산은 별로 마땅하다는 심정이 아니었다. 그런데 옆에서 보고 있던 노달이,

"피독주!"

하고 놀란 목소리를 토하는 것이었다.

그것이 과연 피독주라면 노달이 놀랄 만도 했다.

크기에 따라서는 한 알로 능히 성 하나를 살 수 있다고 할 만큼 희귀한 보물이 바로 피독주였다.

그러한 가치에 대해 노달이 자세히 알고 있는 것은 아니지만, 지금 유정의 입에 물린 정도의 크기 정도라면 세상에 보기 드문 보물임에 분명했다.

한편 무림인들에게 피독주는 말 그대로의 무가지보(無價之寶)였다.

피독주 한 알을 지니고 있으면 웬만한 독은 범접하지 못하며, 세상에 드문 극독에 중독되었다고 하더라도 일단 피독주를 입에 무는 순간, 최소한 독이 더 이상 번지는 것만큼은 막을 수 있다고 하니, 그야말로 필사의 위기에서 목숨을 보존시켜 주는 절세의 기물(奇物)이 아니겠는가.

그때 선변은 다시 노달과 강산에게도 각기 작은 콩알만 한 붉은색의 구슬 한 알씩을 건네주었다.

도대체 이토록 귀한 보물을 한 알도 아니고 몇 알씩이나 어디에서 어떻게 구하였는지, 노달이 선변의 역량에 대해 새삼 놀라움을 금치 못하였다.

노달에 비해 강산은 그저 덤덤히 구슬을 받아 들었다.

그것은 강산이 피독주의 가치에 대해 노달만큼 알지 못하기 때문이기도 했지만, 그보다는 이상하게도(?) 독에 대해 그다지 두려움이 생기지 않는다는 이유가 더 컸다.

그런데 그때 강산이 언뜻 보니 유정의 얼굴에 드리워졌던 검은 기운이 적어도 얼굴 주변에서는 한결 희미해져 가고 있었다.

그에 강산이 대번에 희색과 안도의 기색이 되어서는 얼른 자신이 받은 구슬을 유정의 입속으로 마저 넣어주었다.

그때 마침 선변과 노달은 심각하니 얘기를 나누기 시작한 중이라 강산의 그런 짓(?)을 보지 못하였다.

4

선변은 그 열 구의 괴물이 독강시라고 했다.

천하의 온갖 기독들을 사용해 특수한 방법으로 제련된 고금에 드문 기물(奇物)이라는 것이었다.

듣고 있던 노달이 무거운 어조로 말했다.

"삶과 죽음이 유별한 것이 하늘의 올바른 도리일진대, 이미 죽은 자를 흉측한 방법으로 되살려냈다는 것만으로도 이미 천리(天理)를 크게 거스른 짓이다. 이치가 그러한데 저것들을 어찌 기물이라고 할 수 있겠느냐. 세상에 나와서는 안 될 요물(妖物)이요, 흉물(兇物)일 뿐이다.”

선변이 설핏 미간을 좁혔으나 이내 표정을 부드럽게 만들며,

“그 제련 과정의 사이함으로 보면 할아버님의 말씀이 과연 옳습니다.”

하고 일단 노달의 말에 동조하고 난 다음에 다시 덧붙였다.

“그러나 이미 만들어진 것이고, 또한 세상 만물의 가치는 결국 그것이 어떻게 쓰이느냐 하는 것에 따라 결정되는 것이 아니겠습니까?”

“하면 너는 저것들을 없애지 않고 오히려 살려서 쓰겠다는 것이냐?”

“제가 보건대, 저 독강시들은 이미 완성직전의 단계에 이르러 있으니, 이제 우리가 적당한 방법으로 최종적으로 완성시킨 다음에, 또한 정당한 수단으로 활용한다면, 저것들은 결코 요물이나 흉물이 되지는 않을 것입니다.”

“음!”

노달이 무거운 침음성을 흘리고 난 다음에,

“우리가 전일 마교의 마신체(魔神體)를 겪어본 바 있지만, 그것은 다만 마교 내 한 사람의 이단자가 저지른 만행일 뿐이다. 기실 마교에서는 그와 같이 강시를 제련하는 행위에 대해 선대로부터의 유훈에 따라 지난 천 년간이나 금기시하여 온

바 있다. 그것이 무엇 때문이겠느냐? 그러한 것들의 제련 과
정이 사이하고도 흉악할 뿐만 아니라, 막상 완성된 이후에도
반드시 세상에 커다란 폐해를 끼치기 때문이다."

그러나 선변은 부드러운 중에도 자신의 의지를 꺾지 않았
다.

"할아버님께서도 아시겠지만, 그런 쪽에 대해서라면 마교
보다는 오히려 저의 사문 쪽이 보다 유서 깊고 정통한 지식과
경험들을 보유하고 있다고 할 것입니다."

"으음!"

노달은 다시금 침음성을 흘리지 않을 수 없었다.

선변이 말하는 사문이란 곧 배교이니, 그녀의 말은 사실인
것이다.

선변의 말이 차분히 이어졌다.

"저를 믿으십시오. 제게는 저 독강시들을 더욱 강력하고도
완전하게 재탄생시킬 비전(秘傳)이 있고, 또한 완성 후에도
능히 통제할 비법이 있습니다. 또한 할아버님께서 말씀하신
마신체는 저희에게 현실적으로 강력한 위협이 되는 존재이
니, 우리로서는 그에 대한 대응책을 가져가지 않을 수는 없는
문제입니다. 그런 점에서라도 이 독강시들은 우리에게 커다
란 힘이 될 것입니다. 더욱이 우리가 만든 것이 아닌, 바로 그
들에 의해 만들어진 것이니, 그야말로 역리(逆理)로써 다시
역리를 바로잡는 경우가 되지를 않겠습니까?"

　노달은 이제 묵묵히 듣고만 있었다.

　사실 일의 근원을 따지고 보자면, 그 모든 시작은 한때 그가 교주로 있었고, 이제 다시 되찾고자 하는 마교로부터 비롯된 일이었다.

　다시 이어지는 선변의 어조는 여전히 부드러웠으나, 다만 조금의 힘이 더해졌다.

　"그런 이유 말고도 이제 급속도로 확장되고 있는 우리의 세(勢)를 확고히 관리하고 더욱 키우기 위해서라도 지금쯤 우리는 실질적이면서도 강력한 힘을 보유해야만 할 필요가 있다고 하겠습니다. 가장 절실한 것은 강력한 정예 무력의 확보입니다. 이제 우리가 본격적으로 강호에 나서고 나면 매 순간 어떤 상황이 벌어질지는 누구도 장담 못할 것인데, 정말 긴박한 상황을 맞아 건곤일척으로 단번에 난관을 돌파해야 할 경우가 생길 수도 있을 것이고, 혹은 정말 믿고 목숨까지를 맡길 수 있는 내 사람이 아니면 시킬 수 없는 특수한 종류의 일이 생길 수도 있겠지요. 바로 그럴 때를 대비하여 강력한 정예 무력이 필요하다는 것입니다. 소수이나 가장 강력하고, 결코 배신하지 않는. 저는 벌써부터 그런 점에 대해 깊은 고민을 해오고 있는 중이었는데, 마침 오늘 이 몇 구의 독강시들을 발견한 덕분으로 그 고민이 어느 정도까지는 풀릴 듯합니다."

　노달은 묵묵히 선변의 말을 듣고만 있었다.

　노달의 그런 모습 때문에 강산은 오히려 약간의 못마땅함
이 생겼다.

　그러나 그런 못마땅함을 굳이 표시할 필요는 없을 것이었
다. 선변에게도, 그리고 노달에게도.

5

　이강과 윤파, 그리고 일단의 하오문 사람들이 동굴 내로 들
어왔는데, 우 노대와 우방을 비롯한 몇몇을 제외하고는 강산
과 노달이 대부분 알지 못하는 얼굴들이었다.

　그들의 대부분이 하오문 중 상가(喪家)의 인물들이라는 것
은 나중에야 알게 되었다.

　선변은 즉시 하오문 사람들을 진두지휘하여 준비해 온 광
목과 관 등으로 독강시들을 수습하여 밖으로 옮기게 하였
다.

　선변이 분주한 것을 보고, 노달은 씁쓸한 기색을 감추지 못
했다. 선변이 이미 만반의 준비를 갖춰왔음을 짐작할 수 있었
기 때문이리라.

　사람들이 그 특별한 일에 대해 어느 정도의 요령이 붙고 난
다음에야 선변은 다시 강산에게로 왔다.

　그런 선변의 뒤를 두 사람이 따랐는데, 그중 한 사람은 강
산도 얼굴이 아주 낯설지는 않은 하오문의 문도였고, 나머지

한 사람은 처음 보는 사람이었다.

그런데 그 사람의 생긴 모양은 참으로 기괴하고도 흉측한 데가 있었다.

마치 지독한 화상이라도 입었는지 이목구비가 녹아내리다 만 듯 그 윤곽이 분명하지 않았다.

뿐만 아니라, 목과 손 등 밖으로 드러난 피부 역시도 온통 붉고 흰 얼룩으로 가득하였다. 선변이 그 사람에 대해,

"이 사람은 발특(渤特)이라고 하는데, 묘강의 독문 출신으로, 독에 관해 상당한 경험과 지식을 지닌 전문가랍니다."

하고 소개하였다. 그러나 강산이 별 반응을 보이지 않자 그것을 시큰둥해하는 것으로 해석했는지 선변이 엷게 웃으며 덧붙였다.

"저 역시도 오늘 처음으로 이 사람을 보는 것이나, 동굴 입구부터 살포되어 있던 독을 쉽사리 제독(除毒)하였고, 또한 석실 안쪽 연못의 독무(毒霧)와 독강시들에게서 번져 나오는 맹독을 일시라도 차단시켜 저처럼 사람들이 용이하게 다룰 수 있도록 한 것만으로도 그의 능력을 일단 믿어봐도 좋을 듯합니다."

그제야 강산은 가볍게 고개를 끄덕였다.

그리고 품에 안고 있던 유정을 조심스럽게 내려 바닥에 앉히고 곁에서 부축하였다.

선변이 눈짓하자 발특이 얼른 다가앉으며 유정을 살폈다.

손목의 맥을 짚어보고, 얼굴과 목, 그리고 손의 색을 주의 깊게 살피고, 또 눈동자를 한동안 들여다본 다음에 그가 뭐라고 말하였다.

그러나 강산으로서는 알아듣지 못할 말이었는데, 곁에 바짝 붙어 있던 하오문도가 그 말을 해석하여 말하기를, 유정이 갈독(蝎毒) 한 가지와 황독(荒毒) 한 가지에 중복하여 중독이 되었다고 했다.

그중 갈독은 다만 사람의 정신을 혼미하게 하는 것이니 치명적이지 않거니와, 해독 또한 그리 어렵지 않다고 했다.

그러나 황독의 경우에는 두 가지 이상의 독들이 복합적으로 혼합된 형태인데, 지금 발특이 잠시간 분석해 낸 것만도 십여 가지가 넘을 만큼 다양한 종류의 독들이 복잡하고도 교묘하게 합성되어 있는 까닭에 발특 자신의 재주로는 감히 해독을 시도해 볼 수 없다는 것이었다.

그에 강산이 당황스럽고 다급해지는 마음을 참지 못하고서,

"뭐요? 그럼 해독이 불가능하다는 거요?"

하고 따지듯이 물었는데, 발특이 재빠르게 또 다른 말들을 쏟아냈다. 하오문도가 또한 급하게 해석했다.

"배합된 독의 종류와 배합 비율을 정확히 알기 전에는 해독이 불가능하답니다. 피독주와 유 소저의 심후한 내공 덕으로 독이 억제되어 당장에는 발동하지 않고 있는 것은 다행이

나, 그러나 그런 상태가 그리 오래 지속되지는 못할 것인데,
만약에 일단 독이 발동하기 시작한다면 그때는……."

하오문도는 차마 뒷말까지는 옮기지 못했다.

그러나 그가 맺지 못한 뒷말이 무엇인지는 자명하였으니,
강산은 다급함이 지나쳐 차라리 일시의 분노로까지 치밀고
마는 것이었다.

"이런! 뭐야? 전문가라며? 전문가면 안 되는 이유 따위나
주워섬길 게 아니라, 어떻게 하면 되는지 방법을 찾아내야 되
는 거 아냐?"

강산이 죄없는 선변에게 거친 목소리를 쏟아내고 마는데,
그런 강산의 심정을 이해하지 못할 것도 아니라 선변은 무거
운 표정으로 입을 꾹 닫고만 있었다.

그때 하오문도에게서 강산의 말을 전해 들었는지 발특이
힘 빠진 목소리로 뭐라고 중얼거렸고, 하오문도가 덩달아서
힘 빠진 목소리로 말을 옮겼다.

"방법이라면 오직 처음에 독을 만든 자에게서 해독 비방을
얻어내는 것과……."

그 말에 강산의 눈꼬리가 대번에 확 치켜떠졌다.

이미 세상에 없는 자에게 무슨 수로 해독 비방을 얻어내란
말인가?

강산의 기세에 하오문도가 움찔하며 입속으로 기어들 듯
이 말을 마저 이었다.

“혹은 독을 온전하게 체외로 배출시키는 방법뿐이랍니다.”

순간 강산의 두 눈에서 번쩍하고 안광이 뿜어지는 것 같았으므로, 하오문도는 자신도 모르게 휘청하며 한 걸음을 뒤로 물러서고 말았다.

강산이 금방이라도 폭발할 것만 같았기 때문이다.

“음!”

강산은 무겁게 침음성을 흘렸다.

그러나 그것에 분노나 절망이 담겨 있지는 않았다.

‘독을 체외로 배출시킨다고? 배출시킨다?’

강산은 퍼뜩 흡능을 떠올리고 있는 중이었다.

‘흡능이라면? 흡능으로 그 독을 내가 흡수해 버린다면?’

그는 이미 홍피괴인의 그 지독하고도 엄청난 양의 독을 모조리 흡수한 바 있는 것이다.

그렇다면 이제 유정의 체내에 있는 독이라고 해서 흡수하지 못할 까닭이 없었다.

비록 홍피괴인의 경우에는 그의 몸속으로 밀려들어 오는 독을 피동적으로 흡수했던 것과는 달리, 이제 유정의 경우에는 그녀 몸속의 독을 그가 능동적으로, 강제로 흡수해 들여야 하는 차이가 있긴 했다.

그러나 그의 흡능은 이제 그 스스로 완성 단계에 이르렀다고 정의한 바 있을 만큼, 그런 차이가 크게 문제가 되지는 않으리라는 자신이 생기는 것이었다.

"그건 내가 어떻게 한번… 빨아들일 수도 있을 것 같은데?"

명확하지 않은 강산의 말에 선변이 쫑긋 관심을 보이며,

"예? 빨아들여요?"

하고 되물었다.

강산이 간단히 부연 설명을 할까 하다가는 곧 고개를 젓고 말았다.

흡능을 대체 어떻게 설명할 것인가?

그때 선변이 문득 무엇을 떠올렸는지,

"혹시……?"

하더니 곧바로 얼굴을 빨갛게 물들이는 것이었다.

갑자기 제풀에 당황하고 부끄러워하는 그 모습에 강산은 의아할 뿐이었다.

사실은 그때 선변의 머릿속에,

'음양화합?'

이라는 엉뚱하기 그지없는 생각이 떠올라 있는 줄을 강산이 어찌 짐작이라도 할 수 있었으랴?

선변이 겨우 당황을 진정하고 나서,

"어떻게 하시게요?"

하고 슬쩍 한 번을 더 찔러보는데, 강산은 그저,

"몰라! 그냥 어떻게 해보면 될 것 같아!"

하고 말았다.

그런 점에서 강산이 더욱 시치미(?)를 떼는 것으로 보였기에, 그리고 마침 상가의 사람들도 작업을 마쳤기에, 선변은 서둘러서 노달과 이강과 윤파, 그리고 하오문의 사람들을 몰다시피 하여 동굴 밖으로 나갔다.

이제 강산과 유정이 행할 그 특별한 해독 과정은 절대로 다른 사람들이 보아서는 안 되는 장면인 것이다.

6

강산과 유정은 채 일각(一刻)을 넘기지 않고 동굴에서 나왔다.

강산의 가벼운 부축을 받고 있기는 했지만, 그리고 아직까지 얼굴에 창백한 기운이 남아 있었지만, 유정은 스스로의 두 발로 걷고 있었다.

그런데 사람들을 보고 반가움에 엷은 미소를 머금던 유정은 문득 당혹감을 느끼지 않을 수 없었다.

사람들의 시선마다에 미묘한 느낌들이 담겨 있었다.

노달은 빙그레 웃고 있었고, 윤파는 괜히 실실거렸다.

선변은 완연히 붉어진 얼굴에 무엇이 많이 궁금한 기색으로 탐색하는 눈빛이었다.

이강 또한 상기된 얼굴이었는데, 그는 감히 강산이나 유정과 눈을 마주칠 생각조차 하지 못하겠다는 듯이 아예 바닥으로 눈길을 떨구고 있었다.

유정이 당황스러운 마음에 흘깃 강산을 돌아보았다.

그러나 강산은 사람들의 그런 미묘한 기색들에 대해 아무런 눈치를 채지 못한 것처럼 태연하기만 했다.

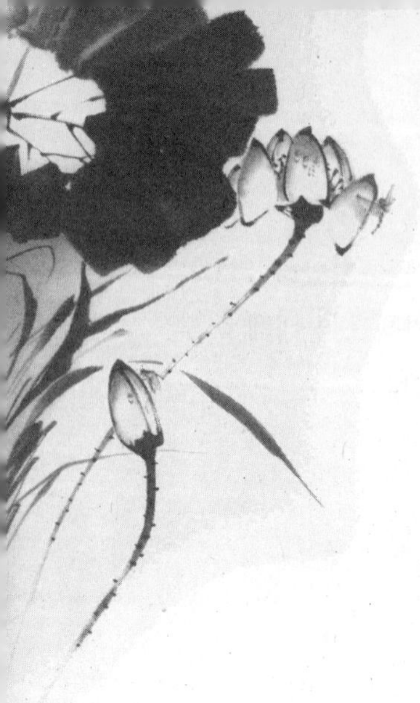

六十二
공능(功能)

1

　선변은 벌써 한 달여째나 두문불출이었다.

　아니, 어디에 있는지조차 알지 못하니 그녀에 관해서는 오리무중이라고 해야 할까?

　그래도 가끔씩 전해오는 소식에 따르자면 그녀는 지금 모처에서 긴요한 일을 처리 중이라고 했는데, 그 긴요하다는 일이 바로 독강시에 대한 것이란 건 짐작하고도 남음이 있었다.

　하루는 잡조가 임시로 머무는 거처로 동자(童子) 하나가 찾아왔는데, 심부름이라면서 서찰 한 장을 지니고 있었다.

　마침 마당에 나와 있던 이강이 누가 누구에게 전하는 것이냐고 물었더니, 동자는 자신은 아는 것이 없으며 다만 심부름을 시킨 사람이 말하기를, 서찰의 뒤에 적힌 이름을 아는 사람에게 전해주라고 했다며, 이강에게 서찰을 건네고는 제 할 일을 다 했다는 듯이 뒤도 돌아보지 않고 휑하니 가버렸다.

이강이 서찰의 뒷면을 보았더니,

도순학(度純學) 배상(拜上).

이라고 적혀 있었다.

2

사해상단 하북 지단(河北枝團).

유정과 강산은 좀 전에 막 그곳에 도착해서 도순학을 만나고 있는 중이었다.

"우리가 황도에 있다는 걸 어떻게 알았죠? 변장까지 했으니 우리를 알아보기만도 쉽지는 않았을 텐데?"

유정의 물음에 도순학이 빙그레 웃으며,

"소저께서는 상단의 정보력에 대해 그다지 신뢰를 하지 않으시는 모양이군요?"

하고 말한 데 이어서, 부연 설명을 하듯이 찬찬히 덧붙였다.

지난번 유정이 선변과 의자매 맺은 것을 기념하여 천추제

일관에서 회식 자리를 가졌을 때, 그곳에서 일하는 사람 중에 그들을 알아본 사람이 있었다는 것이다.

변장한 얼굴들이었지만, 본래 그런 데서 오래 일한 사람들 중에는 사람의 외모보다는 그 사람이 가지는 분위기와 기품, 기세 같은 것을 기억하는 경우가 많다고 했다.

특히 유정의 경우에는 풍기는 기품이나 느낌은 상당히 특별하고도 강한 편에 속한다는 것이었다.

아마도 유정이 어려서부터 불문에서 생활했던 특이한 이력과, 혹은 타고났다고 해야 할 고귀한 기품 등등의 까닭 때문일 터인데, 어쨌든 그러한 까닭에 비록 그녀가 본래의 모습을 감추었다고 하더라도 주의가 깊은 사람이라면 그녀가 지닌 고유한 기품과 느낌을 알아볼 수 있다는 것이었다.

"그만 상단으로 돌아오시라는 총수 대인의 엄명이십니다."

도순학의 말에 유정이 언뜻 미간을 좁혔다가 다시 가만히 강산을 보았다.

그런데 도순학이 보기에 유정의 그런 모습은 마치 강산에게 대답을 미루겠다는 뜻으로도 보이는 데가 있었다.

사실 유정의 그러한 모습은 그녀가 이곳에 오면서 홀로 오거나, 혹은 잡조 모두와 동행하지 않고서 굳이 강산만을 대동해 온 이유와도 무관하지는 않을 듯싶기도 했다.

그런저런 까닭으로 해서 도순학의 시선 역시도 사뭇 복잡한 의미를 담고서 강산에게로 향하였다.

강산은 잠시 도순학의 시선을 마주 바라보고 있다가 문득 차분한 어조로 입을 열었다.

"저희 잡조는 상단과 대치되는 입장에 서기를 결코 바라지 않습니다. 그러나……."

도순학이 선뜻 말을 잘랐다.

"자네의 그 말은 혹시… 원하지는 않지만 상황에 따라서는 상단의 명령을 거스를 수도 있다는 의미인가?"

강산은 대답하지 않고 묵묵히 도순학을 바라보았다.

강렬한 눈빛은 아니었고, 오히려 담담한 눈빛이었다.

그러나 강산의 그 눈빛에서 도순학은 무언지 모를 강한 힘이 느껴지는 것만 같았다.

그런 불편한 느낌을 부정하듯이 도순학이 다소간 강한 어조로 다시 물었다.

"단적으로 묻겠네. 잡조는 여전히 상단에 예속된 조직이 맞는가?"

강산은 이번에도 대답하지 않았다.

아니, 선뜻 대답하지 못했다.

그에 상황을 지켜보고 있던 유정이 대신 대답을 하고 나섰다.

"잡조는 여전히 상단 편이에요."

"편이라고 하시니 그 의미가 모호하군요. 저는 예속 여부를 물었습니다만?"

"상단에 예속되어 있는지 아닌지 하는 것이 그렇게도 중요한 문제인가요?"

"그렇습니다. 여러 가지 측면에서 그것은 아주 중요한 문제가 됩니다."

"그러나 제 생각은 도 조장님의 생각과 조금 달라요."

"무슨 말씀이신지?"

"지금 상세한 얘기를 하기는 어렵지만, 어쨌든 도 조장께서도 조만간 알게 되실 거예요. 상단의 입장에서도 잡조에 대해 더 이상 과거와 같이 대하기는 어렵게 되었다는 것을."

도순학이 잠시 강한 의혹의 빛을 띠었으나 이내 힘주어 말했다.

"이번에 저는 총수 대인으로부터 분명하고도 확고한 명령을 받은바 있습니다. 그러니 만큼 소저를 항주로 모셔가는 것 외에는 제게 다른 어떤 선택도 있을 수 없다는 것을 깊이 헤아려 주셨으면 합니다."

그 단호함에 유정이 언뜻 당혹스러운 기색이 되고 말았다.

그때 강산이 문득 얼굴 표정을 굳히며,

"유 소저가 스스로 가기를 원하지 않는 이상, 어느 누구도 내 앞에서 그녀를 강제로 데려갈 수는 없소!"

하고 말하는데, 사뭇 강한 어조였다.

도순학이 대번에 노기를 드러냈다.

"자네가 감히 나에게, 나아가 총수 대인께 항명을 하겠다는 것인가?"

그러나 강산으로서는 기왕에 결기를 보인 이상, 조금이라도 굴할 까닭이 없었다.

"말씀드린 대로 상단과 대치하기를 바라지는 않습니다. 그러나 그 누구라도 잡조에 대해 원하지 않는 방향으로 구속하거나 위해를 가하려 한다면 저는 결코 용납하지 않을 것입니다."

도순학이 차갑게 말을 받았다.

"솔직히 말하자면 자네와 잡조가 상단에 예속되거나, 혹은 이탈하는 문제에 대해 상단에서는 이제 그다지 큰 관심을 가지고 있지 않네. 그러니 자네 또한 이제부터는 상단의 일에 대해, 그리고 유 소저의 일에 대해 더 이상의 관심을 가지지 말아주길 바라네."

그에 대해 강산은 간단하고도 분명한 대답을 내놓았다.

"그럴 수 없습니다."

"뭐라?"

"상단의 일에는 굳이 관여할 마음이 없으되, 유 소저의 일만큼은 그럴 수가 없습니다."

"자네가 감히 무엇이기에, 무슨 자격으로 그런 소리를 함부로 지껄이는 건가?"

"잡조의 조장으로서입니다. 그리고 그녀가 잡조의 조원이기 때문입니다."

"이……? 그게 도대체 무슨 말도 안 되는……?"

도순학은 순간적으로 말도 제대로 잇지 못할 만큼 크게 흥분하고 말았다.

그런데 그때 유정이 차분한 목소리로 입을 열었다.

"그의 말이 맞아요. 지금 현재의 저는 분명히 잡조에 속해 있어요."

그에 도순학이,

"소저?!"

하고 나직이 외치며 차라리 어이없다는 기색이 되고 마는데, 유정은 더욱 차분한 어조로,

"돌아가세요. 돌아가셔서 할아버님께는 때가 되면 제 스스로 찾아뵙겠다고 말씀드려 주세요."

하고 말하였다.

도순학이 일시 크게 당황하고 말았으나, 이내 단호하게 표정을 고치며 결연히 말하였다.

"결코 그럴 수 없습니다. 그러기에는 총수 대인의 의지가 너무나 확고하십니다. 반드시 소저를 모셔오라고 하시며 특별히 한 분을 저와 동행케 하셨지요."

이어 그가 바깥을 향해 나직이 외쳤다.

"들어오십시오!"

사해상단 총수 특별 호법.

고강한 무공을 지닌 것은 알고 있지만, 외형상으로는 그저 무덤덤한 인상에 특징없는 모습의 노인일 뿐인 그의 진실된 내력이, 바로 신주십삼존(神州十三尊) 중 한 사람인 독행괴마(獨行怪魔) 모걸(牟杰)이라는 사실을 도순학이 알게 된 것은 불과 얼마 전이었다.

이번에 황도로 떠나오기 전에 유 총수가 넌지시 단서를 준 덕분이었다.

강산은 모걸에 대해 두려운 마음이 들지는 않았다.

그것이 지금 모걸이 그에 대해 친숙한 느낌이 드는 엷은 미소를 띠고 있기 때문은 아니었다.

그보다는 일 년여 전에 이미 한번 모걸의 극강한 무력을 직접 경험해 본 적이 있기 때문이리라.

그때 전후좌우, 상하, 육합의 모든 방위에서 눈에 보이지 않는 거대한 철벽처럼 그의 전신을 조여들던 불가항력의 힘. 그 무형의 거대한 힘이, 바로 절고(絶高)의 무공 경지인 무형강기라는 사실에 대해서 강산은 여전히 알지 못하고 있었다.

그러나 강산은 자신했다. 이제는 모걸의 그 힘이 자신에게 결코 불가항력을 느끼도록 만들 수 없음을.

모걸은 인정하지 않을 것이나, 사실 그 당시에도 강산은 이미 모걸의 무형강기를 기의 극복해 낸 바 있었다.

　나아가 그것 덕분으로 육관통(六貫通)을 이루기까지 했던 것이다.

　물론 그때 모걸의 무형강기가 전력을 다한 것이야 아니었겠지만, 그런 점에서는 강산 역시도 그때의 강산이 결코 아닌 것이다.

　누구도 조장하지 않았지만, 은연중 실내의 분위기는 이미 두 사람에게 한바탕 힘의 시위를 벌이기를 재촉하고 있었다.

　다만 그런 중에도 도순학이 의혹을 가지지 않을 수 없는 점이 하나 있었다.

　바로 유정의 무덤덤해 보이는 기색에 대해서였다.

　강산이야 또 천지 분간을 못해서 그럴 수 있다고 쳐도, 유정까지도 두 사람의 격돌을 굳이 만류할 의지가 없어 보이는 것이었다.

　물론 그녀가 총수 특별 호법이 바로 독행괴마 모걸이라는 사실까지야 알 수는 없는 일이겠지만, 그래도 일 년 전 지단 순행 시에 모걸의 무위를 본 적은 있었음에도 불구하고 말이다.

4

모걸의 무공 특기는 공수박투(空手拍鬪)에서 각종 병기의 사용에 이르기까지 제반 종류의 무공에 두루 능했지만, 지난번처럼 그는 이번에도 가장 조용한 방법을 택하기로 했다.

굳이 소란을 떨 필요까지는 없다는 생각이거니와, 더욱이 값비싼 가구와 장식물들로 잘 꾸며진 실내가 아니던가?

물론 강산이 제법 놀라울 정도의 무공 내지는 어떤 특별한 능력을 지니고 있다는 것은 모걸도 몇 차례 목격한 바가 있었다.

그랬기에 그는 지금 처음부터 칠성(七成)의 내력을 끌어올리고 있는 것이었다.

강산의 주위를 완전히 에워싼 모걸의 무형강기는 아주 천천히 범위를 좁혀들었다.

처음에 강산에게서는 아무런 저항도 없었으나, 조금 더 좁혀가자 비로소 어떤 반응이 있었다.

그것은 아무런 성질도 없는 무색의 저항이었다. 튕겨내거나, 밀거나, 미끄러뜨리거나 하지 않고 그냥 버티고만 있는 저항.

모걸이 완급과 강약의 변화를 주어도 봤지만, 강산의 그 기묘한 저항은 마치 철옹성처럼 꿈적도 하지 않았다.

모걸은 내심 혀를 차며 내력을 더욱 끌어올릴 수밖에 없었다.

팔성(八成)!

그리고 다시 모걸의 내력이 구성(九成)에 이를 때,

"이제 그만하시지요!"

하는 강산의 나직한 말에 모걸은 경악하지 않을 수 없었다. 이런 와중에 입을 열어 말을 하다니.

그러나 그것은 곧 모걸에게 불같은 호승심을 불러일으켰고, 그는 다시 한 단계 내력을 끌어올렸다.

십성(十成)!

이윽고 강산의 얼굴이 일그러지기 시작했다.

그것을 보고 모걸은 드디어 강산이 견딜 수 있는 한계에 도달한 것이라 믿어 의심치 않았다.

와릉!

와르릉!

은은한 뇌성과 함께 실내의 공기가 흔들리고 있었다.

또한 버티고만 있던 강산의 저항 벽이 마침내 꿈틀거리며 흔들리기 시작했다.

그러나 그것은 이내 점차로 강력해지며 모걸의 무형강기를 밀어내기 시작했다.

그리고 어느 시점부터는 보다 거칠게 튕겨내기 시작하는 것이었다.

그것이 바로 강산의 탄능(彈能)이 작동하기 시작한 때문이라는 것을 모걸로서는 알 도리가 없었다.

　도순학은 정신을 차리지 못할 지경이었다.

　실내의 기류가 거세게 파동 치며 기물들이 마구 흔들리고 있었다.

　마치 보이지 않는 무엇이 가슴을 짓누르는 듯이 호흡이 턱턱 막히고, 온 몸의 피가 세차게 돌며 잔뜩 부풀어 오른 혈관이 금방이라도 터져 버릴 듯한 고통이 느껴졌다.

　유정은 도순학의 입이 벌어지고 숨을 헐떡거리는 것을 보고서 곧바로 도순학의 소매를 잡아 방 바깥으로 끌어냈다.

　그제야 도순학은 막혀 있던 숨통을 틔우고,

　"푸우우!"

　하고 길게 숨을 뱉어냈다.

　십일성(十一成).

　모걸은 마침내 내력을 한계까지 끌어올렸다.

　십일성의 수준까지 내력을 끌어올리는 것은 그로서도 처음으로 경험해 보는 일이었다.

　십성을 넘는다는 것. 무인에게 있어 그 의미는 결코 간단치 않다.

　그것이 내력 운용의 안정성을 장담할 수 없기에, 경우에 따라서는 그 스스로도 예측하기 어려운 돌발적인 타격을 받을 위험성이 있었다.

　그래서 한계라고 하는 것이다.

콰릉!

콰르릉!

벽력음이 일며 실내의 기류가 이윽고는 거세게 소용돌이 치기 시작했다.

사방의 벽이 흔들리고, 작은 집기들은 바닥으로 떨어져 마구 굴러다녔다.

모걸은 급격한 내력의 소모를 절감하며 거칠어지는 호흡을 애써 진정시켰다.

믿을 수 없게도 강산의 저항 벽은 여전히 난공불락의 굳건함을 지키고 있었다.

모걸은 이제 최후의 선택을 두고서 갈등하지 않을 수 없었다.

십이성(十二成). 그 극한지경까지 가야 하는지를 두고.

그리되면 그는 스스로의 내력을 통제하지 못하게 될 것이고, 그 부작용에 의해 승패에 관계없이 치유하기 어려운 심각한 내상을 입게 될 것이다.

그런데 한순간 모걸의 두 눈이 찢어질 듯이 부릅떠졌다.

그의 내공이 급속도록 소진되고 있었다.

아니, 소진이 아니라 어딘가로 미친 듯이 빨려 나가고 있다고 하는 것이 차라리 맞으리라.

그 다급한 상황에 대한 당황과 공포는 모걸로 하여금 다른 선택의 여지가 조금도 없도록 만들었다, 곧바로 최후의 내력을 끌어올리는 것 외에는.

한순간 모걸의 전신이 마치 폭풍에 마주 선 것처럼 크게 흔들거렸다.

동시에 그의 얼굴은 전신의 피가 몰리는지 검붉은 색으로 변하였고, 이마에는 몇 가닥의 굵은 힘줄이 돋아나 마치 지렁이처럼 꿈틀거리기 시작했다.

바로 그때였다.

"멈춰요!"

짧은 호통 한마디가 짜랑하니 일대의 대기를 뒤흔들었다. 동시에,

쾅!

잔뜩 응축되었던 무엇이 터져 나가는 듯한 폭발이 생겨났다.

곧바로 실내는 풍비박산의 형상으로 화하고 말았는데, 그런 속에 모걸이 홀로 넋 잃은 모습으로 서 있었다.

"후우! 후우우!"

거칠게 내뱉는 숨소리.

단정히 묶어놓았던 머리는 풀어져 봉두난발이 되었고, 찢어지고 풀어진 옷매무새는 마치 정신줄 놓고 떠돈 지 며칠쯤 된 광인과 같은 형상이었다.

모걸의 눈이 빠르게 강산을 찾았다.

그러나 강산은 방 안에 없었다.

모걸이 강산의 모습을 발견한 것은 방 바깥이었다.

강산은 유정의 곁에 서 있었다, 담담한 모습으로.

모걸의 두 눈에 다시금 한자락의 경이가 떠올랐다.

도순학은 두 눈을 크게 뜬 채로 난장판으로 화한 방 안을 들여다보고 있었다.

그로서는 어찌 된 영문인지를 도무지 알 수가 없을 터였다.

유정은 애써 담담한 체하고 있었으나, 슬며시 곁에 선 강산을 돌아보는 그녀의 두 눈에는 뿌듯해하는 기색이 녹아 있었다.

좀 전 그녀는 두 사람의 대결이 상상했던 것 이상의 엄청난 양상으로 진전되어 가자 급하게 도순학에게 모걸의 진정한 내력에 대해 물었고, 그가 바로 독행괴마 모걸이라는 사실을 듣자마자 '멈춰요!' 하고 사자후를 발한 것이었다.

5

난데없는 폭음 소리에 놀라 달려온 지단 사람들을 적당히 무마하여 돌려보내고 난 뒤, 도순학은 다른 방을 마련하여 다시 유정과 얘기를 나누려고 하였다.

그러나 유정은 이미 할 말을 다 하였다며 마다하였다.

　강산과 함께 지단의 대문을 나서는 유정의 얼굴은 착잡해 보였다. 조부에 대한 죄송함과 송구함 때문이리라.

　대문간에 서서 배웅하는 도순학의 어깨 또한 잔뜩 아래로 처져 있었다.

6

　오전부터 날씨가 꾸물거리더니, 기어코 빗방울이 떨어지기 시작했다.

　지단을 나선 이후 내내 무겁고 착잡한 기분으로 각자의 생각에 빠져 말없이 걷고 있던 두 사람은,

　툭!

　투둑!

　하고 얼굴과 손등에 빗방울 몇 개가 떨어진 덕분으로 그제야 서로의 얼굴을 마주 보았다.

　"비가 오네요!"

　"곧 쏟아질 듯하니 걸음을 서두릅시다."

　강산이 잔뜩 찌푸린 하늘을 올려다보며 말하였다. 그때 유정이 문득,

　"호호호!"

　하고 까닭없이 소리 내어 웃더니,

　"아녜요. 그러고 보니 비 맞아본 지도 꽤나 오래된 것 같은

데, 오늘은 좀 맞아보기로 하지요. 안 그래도 가슴이 답답하던 참인데 시원해질 것 같네요."

강산이 다시 하늘을 올려다보니 그새 시커먼 먹장구름이 손에 잡힐 듯이 낮게 내려앉아 있었다.

그러나 그는 말없이 유정과 걸음을 맞추었다.

몇 방울씩 떨어지던 비는 이내 추적거릴 정도로 변하더니, 이윽고 소낙비로 쏟아졌다.

삼단 같은 머리가 빗물에 젖어들자 안 되겠던지, 유정이,

"어머! 안 되겠어요. 우리 잠시 피했다 가요!"

하고는 방금 전에 자신이 했던 말에 대해 멋쩍은 듯이 배시시 웃고 말았다. 강산이 빙그레 웃으며,

"그냥 갑시다. 시원하고 좋은데 뭘?"

하고 짓궂게 받자 유정이 가볍게 웃으며,

"훗! 그래요?"

하는데 그 미소에 슬며시 장난기가 서리는 것이 머리가 온통 젖어들고 있음에도 그녀 또한 딱히 싫은 건 아닌 모양이었다.

강산은 자신의 장삼을 벗어 유정에게 건네주었다.

유정이 보니 강산이 안에 입은 것이 얇은 무복이라 비에 젖으면 추울 것 같았지만, 기왕에 강산이 보인 성의인지라 사양하지 않고 못 이기는 체 다소곳하게 장삼을 받아 들었다.

사실은 강산이 이처럼 직접적으로 마음을 표시한 것은 그

녀로서도 미처 기대하지 못했던 일이라 가슴 한편이 은근히
설레기도 하는 것이었다.

"우리 같이 써요!"

유정이 장삼을 머리 위로 펼쳐 올리며 하는 말에 강산이 웃
으며,

"그럽시다!"

하고는 그 한쪽 끝을 마주 잡아서 머리 위에서 넓게 펼치니
마치 두 사람이 하나의 커다란 우산을 쓴 것 같았다.

"와아!"

유정이 짐짓 과장스럽게 감탄성을 냈다.

물론 금방 젖어들고 말 장삼 자락으로야 어차피 금세 물에
빠진 생쥐 꼴이 되고 말겠지만, 그러면 또 어떠랴? 둘이 같이
있다는 사실만으로도 충분한 것을.

그와 함께 둘만의 오붓한 시간을 가질 수 있다는 것만으로
도 더할 수 없이 좋은 것을.

유정은 문득 가슴이 뭉클해져 오는 것 같았다.

갑자기 마음이 들뜨는 것 같은 느낌도 들었다. 마치 소풍을
나선 것처럼.

조금 걷다 보니 유정의 한쪽 어깨가 자꾸 장삼 자락이 만드
는 우산의 바깥으로 벗어나려는 듯하기에 강산은 자신도 모
르게 한 팔로 그녀의 허리를 부드럽게 감아 당겼다.

순간 찌르르 하니 온몸에 전율이 흘렀다.

두 사람을 동시에 마비시키고 만 전율이었다.

온몸의 감각을 모조리 마비시키고 마는 한순간의 전율 다음에는 이상하게도 포근한 안도가 밀려왔다.

그리고 둘 중 누구도 거부하지 않고 있다는 느낌을 확인한 순간, 안도는 이윽고 마음 깊은 곳에서 은밀히 피어오르는 작은 환희로 전이되었다.

이 순간만큼은 두 사람이 완벽히 공감하고 있다는 일체감의 환희였다.

그러한 것은 비록 순간에 불과하였지만, 두 사람 모두가 끝나지 않기를 비는 마음이었기에 두 사람에게는 영원 같은 순간이 되고 있었다.

그 순간 머리 위에 펼쳐진 한 벌의 장삼 자락 아래는, 두 사람에게 세상에서 가장 편안하고 따뜻한 보금자리였다.

갑자기 쏟아진 소낙비 탓으로 거리에는 지금 그들 두 사람뿐이었다.

그 덕분에 한 벌의 장삼을 같이 덮어쓰고 서로의 허리를 껴안은 채 걷고 있으면서도 주위의 어색한 눈치를 살필 필요가 없어 좋았다.

빗줄기는 더욱 굵어지고 있었다.

유정은 가만히 소원해 보았다.

'이대로 계속되었으면……!'

그때 강산의 소원도 그녀와 조금도 다르지 않았다.

한순간 몰려드는 주체하기 어려운 부끄러움에 유정의 뺨은 발갛게 달아오르고 말았다.

그리고 혹여 강산이 붉어진 그녀의 뺨을 볼까 싶어 고개를 들 수가 없었다.

슬며시 자신의 허리에서 풀려 나가는 유정의 손을 느끼고, 강산 또한 아쉽게 그녀의 허리를 두르고 있던 손을 가만히 거두었다.

사실 유정이 영원히 깨고 싶지 않던 호젓한 행복에의 몰입에서 문득 깨고 만 것은, 그녀에게 문득 참을 수 없는 호기심 하나가 생긴 때문이었다.

유정의 호기심은 바로 두 사람이 머리 위에 쓰고 있는 장삼이 거의 젖지 않고 있다는, 아주 이상한 현상에 대해서였다.

놀랍게도 세차게 쏟아지는 소낙비는 장삼에 닿지 못하고 미끄러지고 있었다.

그런데 그 이상한 현상에 대해 호신강기쯤이려니 하고 여길 수 있었다면, 그녀는 차라리 강산의 무공 경지에 대해 경악을 느꼈을지언정 그처럼 참을 수 없는 지경의 호기심까지 느끼지는 않았으리라.

그러나 호신강기가 아니었다. 만약 그랬다면 그녀는 분명 어떤 내력의 흐름이나 파장을 벌써 감지했을 것이므로.

유정이 궁금함을 참지 못하고,

“어떻게 된 거예요?”

하고 물었을 때, 강산은 오히려 궁금해하며 물었다.

"뭐가 말이오?"

사실은 강산 자신도 미처 모르고 있던 사실이었다, 그것이 칠관통의 완성으로 인해 생긴 공능의 한 가지로 인해 벌어지는 현상이라는 것을.

그리고 조금 뒤늦게 강산은 그것이 아마도, 유정에게 비를 맞히지 않게 하려는 마음에서 자신도 모르게 발동시킨 칠관통의 한층 진화된 무형 방호막일 것이라는 짐작을 해보게 되었다.

그러나 그러한 것을 유정에게 적절하게 설명할 만한 논리와 말재주가 그에게는 없었다.

"하하하! 그저 잔재주를 한번 부려봤을 뿐이오."

그러나 얼렁뚱땅 넘어가려는 정도로는 유정의 호기심을 충족시키기 어려웠다.

"잔재주라니요?"

"그러니까 그게… 음! 사실은 이 장삼에 한 가지 묘용이 숨겨져 있는데… 그게 뭔가 하면……."

"아! 장삼의 묘용이요?"

"그렇소. 선변에게 얻은 건데… 무슨 피수피화(避水避火)의 공능이 있다고 하도 생색을 내길래… 그때는 그저 장난으로만 듣고 말았는데, 그게 정말일 줄은 나도 미처 몰랐던 일이오."

　강산이 무슨 죄를 지은 것도 아니건만, 유정의 채근에 당황하여 점점 더 말을 꾸며내는 지경을 자처하고 말았다.

　그러나 유정이 듣기에는, 선변이 이미 예전에 강산에게 무명을 준 일도 있고 하였으니, 강산의 그 말이 제법 그럴듯하게 들릴 법도 했다.

　"음! 선변 동생은 진기한 기물(奇物)들을 많이 가지고 있는 모양이군요. 나중에 제게도 하나 달라고 부탁해 봐야겠어요."

　유정이 웃자고 하는 말이겠으나, 기왕에 내친걸음의 강산인지라,

　"흠? 그렇게 하도록 하시오! 선변이 다른 사람은 몰라도 당신의 부탁만큼은 결코 거절하지 못할 거요."

　하고 적극적으로 권하듯이 말을 하고 말았다.

　자신의 거짓말이야 금방 탄로나겠지만, 그것이 누구에게 해를 끼치는 정도는 아니니, 그때 가서 어떻게 또 모면해 보면 되리라는 계산이었다.

　그런데 문득 보니 유정의 표정이 사뭇 묘하게 변해 있었다.

　안 그래도 내심 찔리는 구석이 있는 터에, 강산은 그만 움찔 어깨를 움츠리고 말았다.

　그러나 한참 때 놓친 노총각으로 그런 방면에서는 숙맥의 주제를 못 면한 그가 어찌 알랴?

　유정의 묘한 표정이 바로 그가 무의식적으로 뱉은 중의 한

마디 때문이라는 사실을.

　바로,

　'당신!'

이라는 그 한마디 때문이었음을.

7

　쇠털보다도 오히려 가느다란 암기였다.

　더욱이 세차게 쏟아지는 빗줄기 사이로 날아드니 분간할 도리가 없었다.

　그러나 유정은 이미 절정에 달한 고수였다.

　등 뒤에서 암기들이 빗방울들과 마찰하는 그 미세한 기척을 느끼는 순간, 그녀는 반사적으로 강산의 몸부터 옆으로 떠밀려 했다.

　그러나 그녀는 그렇게 하지를 못했다.

　한순간 억센 팔 하나가 그녀의 어깨를 감아서 끌어당기며 꼼짝도 하지 못하도록 구속했기 때문이다.

　물론 그 팔은 강산의 것이었고, 그녀는 강산의 넓은 품속으로 얼굴을 묻으며 급한 경호성을 내뱉을 수밖에 없었다.

　"어머!"

　그러나 당황과 다급으로 뱉은 그녀의 경호성은 이내,

　"아!"

하는 감탄과 안도의 탄성으로 변해 나왔다.

그리고 그 기물, 강산의 장삼에 단지 피수피화의 공능만 있는 게 아니란 사실을 절감하였다.

그들을 덮쳐 오던 그 무수한 쇠털 같은 암기들은 강산의 장삼에 가로막혀 모조리 튕겨 나갔다.

사실 그중에는 장삼과는 무관하게 저절로 튕겨 나간 암기들도 있었으나, 유정으로서는 알지 못할 일이었다.

바로 강산의 무형 방호막에 의해서였다.

유정은 강산에게 암습자가 있다는 사실을 새삼 알려줄 필요가 없었다. 강산의 눈빛이 이미 분노하고 있었으므로.

다만 바닥으로 떨어진 암기들이 물에 잠겨서도 은은한 녹광을 발하는 것을 보고,

"조심하세요! 독 암기예요!"

하고 경각시켜 주는 것으로 충분했다.

번뜩!

갑자기 사라져 버린 강산에 대해 유정은 이제 크게 놀라지 않았다.

그 같은 일은 이제 그녀에게 한두 번 겪는 일이 아니었기에. 대신 그녀는 강산의 장삼을 품으로 당겨 꼭 끌어안고서 강산이 향했음직한 쪽으로 온 신경을 집중시켰다.

그런데 잔뜩 긴장한 때문인지 유정은, 예의 그 피수피화에다 암기까지 튕겨냈던 강산의 장삼이 그 잠깐 사이에 비에 젖

어 물기가 홍건해지고 말았다는 사실에 대해서는 미처 깨닫
지 못하고 있었다.

　강산은 오 장 반경의 범위를 찰나간에 옮겨 다니면서 은신
해 있는 다섯 명의 사내 얼굴에 한 방씩을 먹였다, 아주 가볍
게.
　그러나 당한 입장에서는 결코 가볍지 않은 일격들이었다.
코가 으깨지고 입안이 박살 나는 등 안면이 거의 뭉개지다시
피 했으니까.
　강산이 어떻게 그들 다섯이 각각 은신해 있는 위치를 단숨
에, 그리고 정확히 알 수 있었는지는 당한 자들로서도 경악스
러울 일일 것이다.
　그리고 강산으로서도 자신이 어떻게 그럴 수 있었는가 하
는 데 대해 한번쯤 의문을 가져 볼 법한 일일 것이었다.
　그러나 막상 강산은 그런데 대해 별 관심이 없었다. 적어도
지금은.
　그것이 그가 새로이 이름 붙인 교류능(交流能)과 관련이 있
는지, 그 외에 십여 장 바깥에 다시 십여 명의 무리들이 매복
해 있다는 사실조차도 지금은 그의 관심사가 되지 못했다.
　지금 그의 유일한 관심사는, 그리고 가장 다급한 일은, 바
로 그가 무형 방호막을 거둔 사이 유정이 비에 흠뻑 젖을 것
이란 점에 대한 걱정이었다.

그녀에게 예의 그 신통방통하기 짝이 없는 장삼이 있음에
도 불구하고.

유정은 강산이 사라지고 나서 금방,
픽!
픽!
하는 타격 소리와,
"윽!"
"큭!"
하는 비명 소리들을 들을 수 있었다. 그리고 그녀는 설레설
레 고개를 젓지 않을 수 없었다.
번뜩!
하는 희미한 잔영을 느끼는 순간 강산이 다시 그녀의 곁으
로 돌아왔는데, 그러기까지의 시간이 조금의 과장을 보탠다
면 정말로 눈 깜빡할 사이에 불과했기 때문이다.
강산의 그 한 번의 무력시위가 너무도 확실했던 때문인지,
암습은 감히(?) 다시 시도되지 않았다.

"누가 우리를 노리는 걸까요?"
유정이 자못 심각하게 묻는 데 대해 강산이,
"글쎄……!"
하고 적당히 대답하며 슬그머니 그녀의 품에서 장삼부터

빼냈다.

우려한 대로였다.

장삼은 이미 흠뻑 젖어 물이 줄줄 흘러내리는 지경이었다.

그런데 강산이 젖은 장삼으로 다시 그녀의 비를 가려줘야 하나, 아니면 둘둘 말아서 모르는 체 등 뒤로 감추어야 하나 하는 문제로 혼자서 잠시 난감해하고 있을 때였다.

십여 장 앞쪽에서 유지(油紙) 우산을 받쳐 쓴 여인 하나가 막 골목을 돌아 나오고 있었다.

방금 암습을 받은 뒤끝이라 강산이 지레 경계를 하는데, 무공을 익혔는지 금세 가까이 다가온 여인이 대뜸,

"아가씨!"

하고 유정을 부르는 것이었다.

익숙하지는 않았으나 언젠가 한 번쯤은 들어봤다 싶은 목소리였기에 유정이 여인의 얼굴을 자세히 살폈다.

비록 그때와는 복색이 바뀌긴 했지만, 바로 지난번 상단의 순행 때 황도 인근 고안(固安)의 한 객잔에 그녀 모친의 심부름으로 그녀를 데리러 왔던 바로 그 여인, 황궁의 궁인(宮人) 이었다.

"어머님께서 보자십니다."

유정이 반가움에 앞서 놀라움을 금치 못하며,

"어머님께서 제가 여기에 있는 줄을 어떻게 아시고?"

하고 물었다. 그러나 여인은 재차 자신의 할 말만 했다.

“지금 기다리고 계십니다.”

그에 유정이 언뜻 당황하는 기색이 되고 말았다.

강산은 그녀의 당황이 그녀 혼자 가야 하는 상황 때문이라는 것을 대충이나마 짐작해 볼 수 있었다.

또한 그녀와 황궁과의 관계에 대해서도 그 대강을 알고 있는 바였기에, 빙그레 미소를 떠올리며 고개를 끄덕여 주었다.

“곧장 가셔야 되요?”

하고 유정은 명령인지 당부인지 모를 말을 했다.

그에 강산이 고분고분 ‘그렇게 하마!’ 하는 대신에,

“나는 원래 차릴 체면이 없는 사람이오.”

하고 말했다. 그리고 유정이 의아해하는 얼굴이 되자 다시,

“당신의 말에 충실히 따를 테니 걱정하지 말란 뜻이오. 조금만 위험하다는 생각이 들면, 그 즉시 일단 도망부터 치고 볼 테니 말이오.”

하고 말하였기에 유정이 그제야 방싯 미소를 떠올렸다.

다른 건 몰라도 강산이 일단 작정하고 도망치기로 한다면, 천하의 어느 누구도 그를 위험하게 하지는 못하리라는 믿음이 그녀에게는 이미 생겨 있는 것이다.

六十三
서활(徐闊)

1

비는 그쳤다.

땅바닥 여기저기에는 크고 작은 물웅덩이가 생겼으나, 구름이 걷히고 하늘이 금세 맑아져 차라리 개운했다.

거리는 바쁘게 움직이는 사람들로 다시 분주해지고 있었다.

거처로 돌아가고 있던 강산은 두어 걸음 가까이에서 걷고 있는 사내에게로 벌써 서너 번이나 힐끗힐끗 시선을 주고 있었다.

좀 전에 그가 삼거리 하나를 지날 때부터 그의 옆에서 걷기 시작한 사내인데, 처음 한동안에는 그저 같은 방향이겠거니 했다.

그런데 두세 번이나 갈림길을 지나서도 여전히 옆에서 걷고 있자, 신경이 안 쓰일 수 없었다.

안 그래도 오늘 이미 신경 쓰이는 일을 두어 차례나 겪은 터인데, 다시 신경을 거슬리게 하는 자를 굳이 달고 다닐 이유는 없었다. 떼어놓으려면 얼마든지 떼어놓을 수 있는 능력이 있으니 말이다.

그런데도 강산이 사내를 그냥 떼어버리지 않고 자꾸 힐끗거리고 있는 것은 아무래도 낯설지 않은 인상 때문이었다.

분명 처음 보는 얼굴인데, 그 눈빛이 아주 익숙했다.

'어디서 봤더라?'

하다가 강산은 돌부리에라도 걸린 것처럼 잠깐 휘청거렸다.

순간 사내가 멈칫하며 펄쩍 뛰듯이 크게 한 걸음을 옆으로 비켜났다.

강산이 휘청대는 손을 휘젓는 바람에 둘의 손이 잠깐 스치며 닿았기 때문이다.

그러나 강산은 아무렇지 않은 척 다시 걸었고, 사내 또한 잠시 머뭇거리다가는 이내 다시 강산의 곁으로 다가들어 보조를 맞추며 걷는 것이었다.

"여기는 웬일인가?"

강산의 느닷없는 물음에 사내는 반사적으로 주변을 한 바퀴 돌아보았다.

그리고 강산의 그 말이 바로 자신에게 던진 말이라는 것을 재차 확인하고 난 다음에야 다소 의아스럽다는 듯이 물었다.

"지금 나보고 한 말이오?"

가래라도 낀 듯이 꺽꺽대는 탁성이었다. 강산이 피식 웃으며 말했다.

"훗! 글쎄! 자네가 서 씨(徐氏) 성을 가졌다면 아마도 그럴 걸세!"

사내가 흠칫하는 기색으로 바로 대답하지 못하더니, 잠시 후 사뭇 어색한 투로 물었다.

"어떻게 알아보셨습니까?"

사내의 목소리가 맑게 변해 있었다.

"자네야말로 날 어떻게 알아보았나?"

강산의 반문에 사내는 대답 대신 문득 걸음을 빨리하였다.

강산을 앞서 나간 사내는 앞쪽의 갈림길에서 큰 길을 버리고 골목길로 들어갔고, 강산의 귓가에는,

[저를 따라오십시오.]

하는 가느다란 소리가 전해졌다. 사내의 전음이었다.

강산이 사내가 들어섰던 골목길로 접어들며 느긋하게 한 동안을 걸어가자 저 앞쪽 모퉁이에서 기다리고 있던 사내가 다시 그와 보조를 맞추며 걸었다.

잠시의 어색한 침묵 후 사내가 먼저 입을 열었다.

"사해상단의 비서조장이 멀리 황도까지 오는 일은 흔치 않은 일입니다. 더욱이 독행괴마 모걸까지 대동해 왔다면 말입니다."

좀 전 강산의 질문에 대한 뒤늦은 대답이었다.

"흠! 그것만으로 나를 알아봤다?"

그 물음에 사내는 천천히 고개를 저으며 다시 대답했다.

"동창이 하오문을 요주의 대상으로 지목한 지가 벌써 몇 달쨉니다. 그런 중에 한두 사람이면 몰라도 잡조가 죄다 한꺼번에 몰려다니는데, 아무리 모습들을 바꾸었다고 해도 알아보는 사람이 아주 없기를 바랄 수는 없지 않겠습니까?"

"흠! 그렇군. 자네의 눈을 속이기는 더욱 어려웠겠지? 안 그런가, 서활?"

그랬다. 사내는 바로 서활이었다.

잡조의 조원들에게 여러 가지의 의혹을 남긴 채 행방이 묘연했던 그가 지금 변장한 모습으로 강산 앞에 모습을 드러낸 것이다.

잠시의 침묵이 흐른 후에 사뭇 어렵게 다시 말을 꺼낸 것은 이번에도 서활이었다.

"제 말씀을 좀 들어주시겠습니까?"

서활의 그 말에 대해 강산이 바로,

"글쎄!"

하고 시큰둥하니 대꾸를 뱉고 난 다음에 다시,

"생각해 보면 예전 황도에서 처음 만날 때부터 내 뒤통수를 쳤던 자네가 아닌가. 그리고 지난번 사천에서의 일도 영석연치가 않고 말이야. 그러니 이번에는 또 무슨 사기를 칠지, 자네의 속을 알 게 뭔가?"

하고 말하였는데, 아주 노골적이고도 직선적인 투였다.

그러나 그에 대해 서활은 오히려 마음이 편해지는 모양이었다. 서활이,

"후후후!"

쓴웃음을 흘리고 나서 짐짓 목소리를 높였다.

"그렇게 믿지 못하신다면 좀 전에 저를 알아보셨을 때부터 차라리 모른 체하시지 그러셨습니까?"

강산이 피식 웃으며,

"훗! 그럴 걸 그랬나?"

하고 나서 문득 표정을 굳혔다.

"자네가 무슨 말을 하는지 한 번은 들어보기로 하지. 그러나 이것 하나만큼은 분명히 알아둬! 내가 비록 자네보다 똑똑하지는 못해도, 매번 당하기만 하는 쉬운 사람은 아니라는 것 말이야! 그리고 자네에게는 이게 마지막의 기회라는 것도!"

느릿하게 뱉는 강산의 말에 서활이 흠칫 어깨를 좁혔다.

2

"조장님과 조원들이 저에 대해 어떤 의혹과 원망들을 가지
고 있는지는 익히 짐작하고 있습니다."

강산이 힐끗 서활을 돌아보았다.

"의혹과 원망? 다만 그뿐일까?"

강산의 반문이 다소간 차갑게 느껴졌던지 서활의 말이 조
심스러워졌다.

"그때… 제가 조금만 더 현명했더라면, 조금만 더 신중했
더라면 조장님과 조원들이 그렇게까지 당하지는 않았을 것이
라고 수없이 자책했습니다. 그러나… 비록 구차한 변명에 불
과할지라도 그때 제가 어떤 상황과 입장에 처해 있었는지에
대해서 한 번쯤은 꼭 말씀을 드리고 싶었습니다."

강산이 문득 걸음을 멈추었다.

서활에게로 향하는 그의 두 눈이 깊숙이 가라앉았다.

"자네의 입장이라고 했나? 변명을 하고 싶다고 했나? 그때
우리가 무슨 일을 당했는지 제대로 알기나 하고 하는 말인
가?"

서활이 흠칫하고 어깨를 떨었다.

강산의 두 눈이 문득 이글거리며 타오르는 것 같았으므로
서활은 감히 강산을 마주 보지 못하고 고개를 아래로 떨어뜨
리고 말았다.

서활의 그런 모습에 강산은 차라리 허탈한 실소를 뱉었다.

"허허! 그때 우리가 어떤 처참한 지경을 겪었는지, 얼마나 처절하게 생사의 기로를 넘나들었는지 안다면 자네는 결코 그처럼 말하지 못할 걸세."

강산이 가볍게 고개를 끄덕이며 덧붙였다.

"좋아! 변명이 됐든, 무엇이 됐든 말해보게! 그간 자네와 내가 쌓은 정리가 기껏 몇 마디 말쯤 들어주지 못할 정도는 아닐 테니."

서활은 침울한 얼굴로 잠시 침묵을 지켰다. 그러나 이내 심정을 추슬렀는지 차분해진 어조로 입을 열었다.

"얼마 전까지만 해도 저는 그때의 폭발로 조장님과 조원들이 모두 돌이킬 수 없는 사고를 당한 줄로만 알고 있었습니다. 당시 뒤늦게 확인해 본 현장의 폭발 규모가 너무도 엄청났고, 그 이후 무벌의 동향에서도 잡조를 추적하는 것으로 보이는 어떤 추가적인 움직임도 없었기 때문입니다."

강산이 가라앉은 기색이 되어 있다가 문득 나직이 한숨을 쉬며 고개를 끄덕였다.

그러고 나서야 서활은 다시 조심스럽게 말을 이었다.

"일 년여 전 사해상단의 순행단이 황도로 향할 때, 마침 유 소저의 일신에 얽힌 이런저런 사정들을 알게 된 화정공주(花靜公主)께서 황상께 유 소저의 신변 보호를 간청한 일이 있었습니다. 황상께서는 동창에다 그 일에 관해 방법을 마련하라 명하셨는데, 그것이 바로 제가 조장님과 인연을 만들고 또한 잡조에 들게 된 이유입니다."

"화정공주?"

"유 소저의 친모이시며, 황상의 누이가 되시는 분입니다."

"음!"

강산이 나직이 침음성을 뱉고 나서 다시 물었다.

"자네는 동창 소속으로 순행 기간 동안 유 소저를 보호하라는 임무를 부여받은 것이고?"

"그렇습니다. 그러나 그 안의 사정이 그렇게 간단하지만은 않습니다."

"간단하지 않다?"

강산이 간단간단히 말을 받아주는 덕분으로 서활은 한결 마음이 편해진 것 같았다.

"그때 당시의 무림 정세는 수면 아래에서 상당히 긴박하게 돌아가고 있었습니다. 무벌과 무림맹의 양강(兩强) 구도하에 이십여 년 동안이나 안정을 유지해 오고 있던 무림에 심상치 않은 이상 기류들이 감지되고 있었던 것이지요. 무림 정세의 불안정은 곧 어떤 형태로든 천하 정세에도 영향을 미치게 될 것은 자명하기에, 당연히 동창으로서도 묵과할 수 없는 입장이라 초미의 관심을 가지고 지켜보던 중이었지요."

"음?"

"그런데 마침 사해상단의 지단 순행과, 또 유 소저를 보호하게 된 일은, 동창이 무림 정세에 직간접적으로 개입하여 방법을 모색해 볼 수 있는 좋은 명분과 기회가 된 것입니다.”

“동창이 무림 정세에 개입해서 방법을 모색한다? 그 방법이란 건 또 뭔가?”

“거기에는 복잡하기 이를 데 없는 정치적 계산들이 깔려 있습니다. 그러나 결론적으로 축약한다면, 바로 균형과 안정입니다.”

“균형?”

“다분히 무벌 쪽으로 기울고 있는 당금의 무림 판도를 조정하여 균형을 맞춤으로써 다시 안정을 기하고자 하는 것입니다.”

“어떻게 말인가?”

“사해상단의 지단 순행에는 강호를 한바탕 크게 뒤흔들어 놓을 수도 있는 불씨를 안고 있었으니, 동창으로서는 근접 거리에서 긴밀히 관찰하는 것만으로도 의미있는 기회를 엿볼 수 있다는 계산이었지요.”

“허허! 불씨라? 곧 유 소저와 나를 말하는 것이로군?”

“처음에는 그랬습니다. 그러나 추가적으로 조사를 해나가는 중에 잡조라는 평범 이하의 사람들이 모인 작은 조직에서 또 다른 불씨들이 속속 발견되었지요. 아니, 그저 불씨들이 아니라 잡조 전체가 적당한 기폭제만 만난다면 그 각각이 상상 이상의 폭발을 하고 말 화약고들이었지요.”

“허허허! 화약고라? 재미있는 말이군.”

　"동창은 그 화약고의 폭발에서, 혹은 그 화약고 자체가 가지는 위험성을 적절히 활용하여 뜻하였던 바의 목적을 이루려는 의도를 가지게 되었습니다. 좀 더 구체적으로는, 전통적으로 황실에 친화적인 무림맹보다는 무벌을 견제함으로써 그들 양강 간의 세력 판도가 다시 최소한의 균형을 되찾도록 조정하려는 의지였지요."

　"좀 어렵군."

　무림 정세에 대한 동창과 입장과 대응 방침에 대한 서활의 이야기는 좀 더 계속되었다.

　그러나 어느 순간부터 강산이 자신의 얘기에 크게 귀를 기울이지 않고 건성으로 듣는 듯하다고 느껴졌기에 서활은 문득 호흡을 가다듬고 나서 다시 말의 줄기를 바꾸었다.

　"그때 유 소저의 사저를 살해한 흉수가 염소천이 아니라 중증 정신장애를 지닌 그의 쌍둥이 형이었다는 무벌의 해명에는, 당시에 드러난 정황들에 기초하여 조금만 논리적으로 접근했어도 추리해 낼 수 있는 맹점과 허점이 한두 가지가 아니었습니다. 그럼에도 불구하고 그 사건이 그처럼 신속히, 또 원활하게 마무리되었다는 것은, 결국 당시 여러 이해당사자들 간의 암묵적 동의 내지는 방관, 혹은 담합이 있었다는 얘기밖에 안 되는 것이지요."

　"그게 무슨 말인가?"

　강산이 대번에 관심을 보이고 나오자 서활의 말이 빨라

졌다.

　"우선은 무벌과 무림맹의 야합입니다. 당시 청련 신니의 협조 요청을 받은 무림맹은 무림 평화라는 명분을 앞세워 원한의 당사자인 사해상단과 보타암에는 관용과 용서를 권유하면서, 정작 자신들은 무벌과의 물밑 거래를 통해 실익을 취한 셈이지요. 무벌이 사천과 귀주, 그리고 광서, 세 성에 대한 관할권을 갑작스럽게 양도한 것은 바로 그런 배경에서 나온 것입니다. 청련 신니 또한 그 같은 사정을 모르지 않았을 것이지만 그녀는 정말로 원한을 거두고 말았습니다. 사해상단의 경우에는 그 같은 내막에 대해 얼마나 알고 있었는지는 모르겠지만, 어쨌든 당시의 상황에서 더 이상 무림의 거대한 갈등과 분란 속에 휩쓸리기를 바라지는 않았을 겁니다. 그리고 그런 사정들은 동창의 구미에도 맞아떨어지는 것이었으니, 비록 제가 직접 알고 있는 바는 없지만 아마 어떤 형식으로든, 어떤 정도로든 동창의 입김 또한 작용을 하였을 것임에 분명합니다."

　"음!"

　"잡조에 대한 제거 시도는 바로 그러한 담합을 뒷배경으로 한 무벌의 도박이었을 것입니다."

　"도박?"

　"예! 정세로 보아 그들은 무림맹에 커다란 양보를 하였지만, 대신 명분을 생명으로 하는 무림맹에 대해 치명적인 약점을 잡은 셈이니 결코 손해를 본 것은 아니지요. 즉, 무벌이 돌발적으로 작은 사건 하나를 터뜨려도 무림맹에서는 그것이 자신들에게 직접적으로 피해가 돌아오는 것이 아닌 이상, 항의를 할 수는 있어도 어떤 실질적이며 물리적인 조치를 취하지는 못하리라는 계산이 충분히 선다는 것입니다. 그런 것이야말로 정파에서 내세우는 소위 대의명분의 이면적(裏面的) 속성 중 하나이지요. 그렇게 된 겁니다. 그런 복잡한 사정과 계산하에서 무벌이 조장님과 잡조의 제거를 전격적으로 시도한 것이지요. 하필이면 그날 밤 예정에 없던 사천성주의 저녁 초대가 있었던 점이나 동창으로부터 제게 유 소저를 원거리 경호하라는 명령이 떨어진 점 역시 그런 맥락 하에서 앞뒤가 맞아떨어진다고 할 수 있을 것이고요."

서활이 잠시 말을 그쳤을 때 강산은 헛웃음밖에 나오지 않았다.

그러나 강산은 곧 깊숙이 가라앉은 눈빛으로 말했다.

"자네의 말을 듣고 보니 조금 이해가 될 듯도 하군. 사실은 자네가 그날 아무 말 없이 조(組)를 이탈했던 것에 대해 그동안 내내 궁금했는데 동창으로부터 그런 명령이 있었다니, 자네로서는 그럴 수도 있었겠다 싶네. 그런데 말이야! 듣고 보니 새삼 궁금해지는 게 한 가지 생겨."

그리고 강산은 문득 서활을 직시하며 물었다.

"아무리 그렇더라도 그때 무어라고 슬쩍 한마디쯤은 해줄 수도 있지 않았나?"

서활이 멈칫하며 입술을 벌렸으나 그의 입술은 미미하게 떨리기만 할 뿐, 막상 말을 뱉어내지는 못했다.

강산이 다시 물었다.

"자네의 직분을 지켜야만 했다고, 비밀을 지켜야만 했다고 말하고 싶은 건가?"

그리고 강산의 목소리는 나지막해졌다.

"그때 자네는 다만 동창의 위사였을 뿐이었나? 잡조의 조원은 전혀 아니었나? 아무것도 모른 채 그렇게 믿고 있었던 나만 어리석었던 것인가?"

강산의 낮은 목소리가 솟구치는 격정과 분노를 추스르기 위함이라는 것을 짐작하기에, 서활은 그대로 무거운 침묵을 지키고 있을 수밖에 없었다.

잠시 후에야 서활은 침울하고도 조심스럽게 입을 뗐다.

"저는 그때… 둘 다이고 싶었습니다, 할 수만 있다면."

그러나 그때 강산이,

"훗!"

하고 짧게 뱉는 웃음소리에 서활은 흠칫하며 입을 닫아버리고 말았다.

강산이 잠시 묵묵히 있다가 문득 툭 던지듯이 물었다.

"지금은 어떤가?"

"예?"

"지금도 오로지 동창일 뿐인가 말이야."

서활은 곧바로 대답을 내지 못하고, 강산의 한 걸음 뒤로 처진 채 한동안 묵묵히 따라 걷기만 했다.

한참 후에야 서활은 다시 조심스럽게 입을 열었다. 차분해진 목소리였다.

"말도 배우기 전에 동창의 비밀 위사감으로 선택되었으니, 저는 동창에서 태어난 것이나 마찬가지입니다. 이후로도 계속 동창에서만 자랐고, 거의 대부분의 시간을 동창을 위해서만 일해왔으니, 지금도 동창은 저의 전부나 마찬가지입니다."

"결국 동창 쪽이란 얘기로군?"

"그렇습니다."

이번에는 강산의 침묵이 한동안 이어졌다.

그러다 강산은 문득 멈추어 섰다.

"할 수 없지, 자네가 그렇다면! 자네 변명은 잘 들었네. 그리고 그 변명, 인정해 주는 것으로 하지."

그리고 강산은 간단히 뒤돌아서서,

"자네를 잊지는 않겠네. 그러나 서로의 길이 다르니 앞으로는 만나지 않기를 바라네. 그럼 잘 가게!"

하고는 왔던 길을 되돌아서 뚜벅뚜벅 걸어갔다.

서활의 얼굴로 짙은 안타까움이 서렸다. 그리고 잠시 망설이던 그는 이미 저만치 걸어가고 있는 강산의 뒤를 재빨리 뒤

쫓아갔다.

"조장님!"

그러나 강산이 멈추지 않자 서활은 그 두어 걸음 뒤를 따르며 간곡한 어조로 말했다.

"조장님! 마지막으로 몇 말씀만 더 드리겠습니다."

"별로 듣고 싶은 마음은 아니지만 자네가 꼭 말해야겠다면 마지막답게 간단하게 하게!"

"잡조의 존재는 이미 노출되었습니다. 조만간 예측하기 어려운 위험에 직면하게 될 수도 있습니다."

"동창에서 잡조를 노릴 것이란 의미인가?"

"그럴 수도 있습니다."

"허허! 무벌이라면 몰라도 동창에서 왜?"

"어렵게 이룬 무림의 균형이 다시 흔들리는 것을 바라지 않기 때문입니다. 겨우 안정된 천하 정세에 새롭게 혼란을 야기할 소지가 있는 잡조의 재등장을 결코 반기지 않기 때문입니다."

강산이 문득 빙긋 웃으며 반문했다.

"그런가? 호! 막상 우리 자신은 알지도 못하는 사이에 잡조는 꽤나 대단한 존재가 된 모양이군?"

서활은 여전히 간곡한 투였다.

"조장님이 이제부터 무엇을 어떻게 하실지에 대해서는 제가 짐작되는 바가 있습니다. 물론 제 짐작이 틀리기를 바라지만, 만에 하나라도 정말 그렇다면 생각을 돌리시라는 말씀을 간곡히 드립니다. 조장님! 조장님이 관련되었던 그 일련의 일들은 이미 천하 정세의 거대한 틀에 녹아들었습니다. 이제는 조장님이나 몇몇 사람들의 의지로 바꿀 수 있는 일이 결코 못 되는 것입니다. 섣불리 행동했다가는 무모한 희생만 치르게 됩니다. 그러니 제발 이 정도에서 그만 멈추십시오! 그리고 이처럼 혼탁한 이해타산과 다툼이 없는 곳으로 멀리 물러나십시오! 이건 조장님을 위해, 그리고 잡조의 다른 조원들을 위한 진정에서 드리는 말씀입니다."

강산은 찬찬히 서활을 응시하였다. 그러다 문득 빙그레 웃음을 떠올렸다.

강산의 그런 모습은 잠시간 보였던 무겁고도 차가운 모습에서 다시 그 본래의 모습으로 되돌아간 듯했다.

"말은 고맙네. 그러나 난 그럴 수 없네."

부드러운 어조였다.

그러나 강산의 그 말속에는 단호한 의지가 녹아 있었기에 서활이 탄식하며 말했다.

"아아! 결국 계란으로 바위를 치고 말겠다는 겁니까?"

"그렇게 해야만 한다면!"

"도대체… 도대체 왜 그런 무모한 억지를 부리려는 것입니까?"

강산이 문득 피식 웃으며,

“훗! 무모한 억지에 무슨 이유가 따로 있겠나?”

하고는 다시 정색으로 되며,

“사람이 살다 보면 마땅한 이유를 댈 수는 없어도 반드시 해야만 하는, 하지 않으면 절대 안 될 것 같은, 그야말로 억지스러운 상황과 한번쯤은 부닥칠 수도 있는 일 아닌가?”

하고 말했다. 담담한 듯 말하는 강산의 모습에서 서활은 언뜻 진득한 분노의 느낌을 받은 듯했다.

3

“제기랄!”

하고 자신도 모르게 내뱉으며 서활은 흠칫 멈추어 섰다.

앞쪽의 골목을 돌아 나오는 십여 명 때문이었다.

급하게 뒤를 돌아보니 어느새 그쪽도 십여 명의 무리들로 막혀 있었다.

“아는 자들인가?”

강산의 그 물음이 그저 덤덤했기에 서활이 차라리 맥 빠진 목소리로 대답했다.

“동창입니다.”

“그래?”

하며 강산이 성큼 큰 걸음으로 나아갔기에 서활이 기겁하여,

"조장님?!"

하고 외치며 뛰다시피 따라붙어서는 강산의 옷자락부터 움켜잡았다.

강산이 서활의 손을 가만히 떼어내고는 빙그레 웃으며,

"안 그래도 동창에 받을 빚이 좀 있었거든?"

"혹시 제가 한 얘기들 때문입니까?"

"아니! 오늘, 바로 좀 전의 일이야. 난데없이 암기 세례를 받았는데, 돌아가는 사정과 저자들의 차린 행색을 보니 그게 바로 동창의 짓이었다는 걸 짐작할 수 있겠어."

"아!"

"그리고 자네가 좀 전에 말한 하오문 말일세! 선변이 그곳의 철칙 몇 가지를 만들었는데, 그중에 이런 게 있지!"

"……?"

"먼저 건드리는 자들은 그냥 두지 않는다. 아주 박살을 내버린다!"

서활이 급하게 고개를 저었다.

"지금 그렇게 가볍게 볼 상황이 못 됩니다. 저들 하나하나는 동창의 최고 정예들입니다. 뿐만 아니라 저들이 손에 들고 있는 것이 무엇인지 아십니까?"

서활이 눈짓으로 가리키는 것은 길의 앞뒤를 막은 무리들 중에서 들고 있는 어린아이 팔목 굵기에 길이는 한 자 반 정도 되는 길쭉한 통이었다.

"기껏 암기 따위나 내쏘는 물건이겠지."

"그냥 암기가 아닙니다. 저 통은 폭화신통(爆火神筒)이라는 동창이 자랑하는 비밀 화깁니다. 화약을 폭파시켜 무수히 많은 암기들을 한꺼번에 내쏘는 것인데, 강호의 고수라 할지라도 결코 무사히는 피해내기 힘들 만큼 가공할 위력을 지녔습니다. 더욱이 지금 몇 대(隊)의 폭화신통이 대형을 갖추었으니, 저것들이 일제히 발사된다면 천하의 어느 누구라 해도 꼼짝없이 벌집 신세가 되고 말 것입니다."

그러나 강산은 여전히 덤덤하니,

"그래?"

하고 성의없이 반문하였는데, 그 태도가 그다지 경계하거나 겁먹는 기색이 아닌지라 혹시 무슨 섣부른 짓이라도 벌이지 않을까 우려되는 마음에 서활이 조급히 덧붙였다.

"무엇보다도 저들은 저의 동료들이니 조장님과 저들과 부딪치는 것을 원하지 않습니다. 그러나 잠시만 제게 맡겨주십시오!"

그리고 서활은 빠른 걸음으로 앞으로 나아가서 그중 한 사내를 보고 말했다.

"당신이 서용대(西勇隊)의 대장이라는 것을 알고 있소. 제독께는 내가 직접 말씀을 드릴 것이니, 따로 여러 말 할 것 없이 당신들은 일단 여기서 철수하도록 하시오!"

그에 대해 사내는 별반 곤란해하는 기색없이 곧바로 대답했다.

"제독께서는 당신의 즉시 소환과 저자에 대한 처리를 명하셨소."

순간 서활의 안색이 설핏 굳어지며,

"처리?"

하고 나직이 반문하고 나서, 이어 다시 물었다.

"나에 대한 소환 명령이 떨어진데다 폭화신통까지 동원되었다는 것은, 내가 누구인지에 대해 당신이 보다 분명하게 알게 되었다는 의미도 되겠군? 그렇지 않소?"

이번에 사내는 굳이 대답을 하지 않았기에 서활이 차갑게 다시 말을 이었다.

"좋소. 제독이 명을 하달했다고 하니 나는 순순히 소환에 응하겠소. 그러나 저기 저 사람은 그냥 가게 두시오. 그에 따른 모든 책임은 내가 질 것이며, 당신이 제독께 질책을 듣는 일은 없도록 하겠다고 약속하겠소. 그러나 경고해 두건대, 만약 내 말을 따르지 않는다면 당신은 꽤나 비싼 대가를 지불해야만 할 것이오. 바로 이 자리에서 말이오."

그러자 사내는 대번에 흠칫 긴장하는 기색이 되었다.

그리고 사내의 긴장은 곧장 그의 수하들에게로도 전해져 십여 개의 폭화신통이 일제히 서활에게로 겨누어졌다.

사내가 딱딱한 어조로 말했다.

"제독께서 따로 엄명을 내리신 사항이 있소. 만약에 당신이 명에 따르기를 거부한다면 가차없이 폭화신통을 사용해도 좋다는 명이오."

"으음!"

서활이 무거운 침음성을 흘려낼 때였다. 어느 틈엔지 곁으로 바짝 다가선 강산이 불쑥 말을 뱉었다.

"그럴 것 없이 같이 가보기로 하세."

"조장님?"

차라리 원망하듯이 목소리를 높이고 마는 서활을 향해 빙긋이 웃으며 강산이 슬쩍 덧붙였다.

"폭화신통이 그렇게 무서운 물건이라며? 그런데 자네하고 나하고 달랑 둘이서 달리 무슨 도리가 있겠는가?"

"으음!"

서활이 답답한 탄식을 뱉고 나서 연이어 길게 한숨을 내쉬었다.

"후~!"

六十四
동창(東廠)

1

그 석실의 사방 벽에는 각각 하나씩, 전부 합하여 네 개의 석문(石門)이 있었다.

강산과 서활은 방금 그중 하나의 문으로 들어왔는데, 문이 열렸을 때 보니 그 두께가 자그마치 두 뼘 가까이나 되었다.

그렇다면 지금 이곳 석실의 벽 전체 두께가 그 정도라는 것일 터이니, 곧 이 석실은 그 자체로 하나의 철옹성이라고 할 수 있으리라.

석실 내부는 제법 넓은 편이었으나, 안쪽 벽 가까이에 작은 나무 탁자 하나와 장식없는 의자 하나가 덩그러니 놓여 있을 뿐, 나머지 공간은 텅 비어있어 썰렁하기만 했다.

무거운 기색의 서활에게서는 잔뜩 긴장한 기색이 역력했다.

그러나 강산은 무덤덤하니 선 채로, 별 볼 것도 없는 석실 내부를 벌써 몇 번이나 반복하여 훑어보고 있는 중이었다.

스르룽!

무거운 석문이 열리면서 내는 소리치고는 너무 가벼워 경쾌하게까지 들리는 소리와 함께 안쪽 벽의 석문이 열리고, 네 명의 인물이 안으로 들어섰다.

우선 눈에 띄는 인물은 관복의 초로인(初老人)이었다.

머리는 희끗희끗했고, 작은 얼굴의 코밑과 턱 주변에는 한 올의 수염도 없이 매끈하기만 했다.

그러나 결코 이상해 보이거나 우습게 보이지는 않았다.

습관적인 듯이 엷게 떠올라 있는 웃음기에도 불구하고 노인에게서는 사뭇 건조한 종류의 위엄이 머물러 있었다.

나머지의 세 인물은 모두 검은 복면을 하고 있었다.

노인이 의자에 앉자 복면인 셋이 그 뒤로 나란히 섰다.

서활의 눈이 노인을 스쳐 본 데 이어 재빠르게 뒤의 복면인들을 살폈다.

그리고 이내 그는 더욱 무거운 기색이 되었다. 그것은 곧 체념으로 보였다.

"제독 각하이시다. 예를 취하라!"

복면인 중 하나가 나직이 외쳤고, 서활이 노인을 향해 깊숙이 읍을 취했다.

서활을 따라 강산 또한 읍했다.

관복의 노인은 바로 동창 제독인 구말(坵抹)이었다.

잠시 착잡한 눈빛을 서활에게 주고 있던 구말은 언뜻 뒤쪽의 세 복면인을 돌아보고 나서 나직이 소리 내어 웃으며 말했다.

"허허허! 본관의 재직 중에 자네들 전부를 한자리에 모이게 할 일이 생기리라고는 미처 예상하지 못했거늘……."

이어 구말은 가만히 서활을 보며 물었다.

"서활! 자네는 본관이 이리하는 이유를 짐작하고 있는가?"

서활이 가라앉은 목소리로 대답했다.

"아마도 제독께서는 저들 세 사람에게 저의 생사를 결정하기 위한 모종의 임무를 주셨던 것이고, 오늘 마침내 그 결정을 하신 것이겠지요."

"음! 과연 명철하네. 하면 본관의 결정에 대해서도 당연히 짐작하고 있겠군?"

서활은 굳이 대답하지 않았고, 구말이 이어 말했다.

"자네들의 임무가 황상의 안위에 직간접적으로 결부되는 극중, 극비의 사안들을 처결하는 것인만큼 일단 임무가 종결된 뒤에는 그 즉시로 임무에 관한 모든 것을 철저히 망각하여야 하는 것이 제일의 철칙임은 굳이 말할 필요가 없을 것이다. 한데 서활 자네는 이미 종결된 사안에 대해 임의로 다시

관여를 하였으니, 그것은 곧 황상의 안위에 누가 될 소지가
다분한 기밀을 외부에 누설하려는 의도로 볼 수밖에 없는 일
이다.”

“음!”

무거운 침음성을 뱉었으나 서활은 완전히 체념한 듯 입을
굳게 다물었다.

그때 강산이 내내 무거운 분위기에 눌려 있다가 더는 참지
못하고서 조심스럽게 말을 꺼냈다.

“저… 무슨 사정인지는 잘 모르겠으나, 혹시 서활이 소생
과 만난 것을 두고 하시는 말씀이라면, 그것은 오해입니다.
서활과 소생은 오늘 일 년여 만에 만난 것으로, 잠시간 얘기
를 나누긴 했지만 말씀하신 것과 같은 무슨 대단한 기밀에 대
한 것은 없었고, 소생과 같이 보잘것없는 자에게 그런 기밀이
소용될 일도 없지 않겠습니까? 서활은 그저… 그의 입장에서
당연히 말해주어야 할 말들을 했을 뿐입니다.”

그러자 한껏 미간을 찌푸리고서 듣고 있던 구말이,

“이놈! 네 감히 이 자리가 어떤 자리인 줄 알고 함부로 입을
나불대는 것이냐?!”

하고 노갈하고 나서는, 문득 어이가 없는지 나직이 실소하
며 덧붙였다.

“허허! 대담한 것인지, 아니면 천지 분간을 못하는 천둥벌
거숭이라고 해야 할지 모를 자로다! 네 진정 여기가 어디인

줄 모르는 것이더냐?"

그런데 구말은 다시금 가볍게 미간을 찌푸리고 말했다.

잔뜩 주눅 들어 납작 바닥에 엎드려도 모자랄 강산이, 오히려 고개를 들고 그와 눈길을 맞추고 있는 때문이었다. 이어 강산이,

"동창이라고 알고 있습니다만!"

하고 대답하는데, 무언지 모르게 방금 전과는 그 기색이 달라진 것만 같았다.

구말이 언뜻 호기심이 생기기기도 하여 조금은 풀어진 투로,

"그냥 동창이 아니니라! 이곳이 바로 동창의 형옥(刑獄)이니라! 허락받지 않으면 귀신도 들어서지 못하고, 또한 허락받지 않고서는 귀신이 되어서도 벗어나지 못하는 곳이 바로 이곳이니라."

그런데도 강산이 여전히 별 반응 없이 덤덤히만 있는 것을 보고 구말이 문득 물었다.

"그래도 너는 다시금 입을 나불댈 용기가 있느냐?"

그에 강산이 대답했다.

"소생은 일 년여 전 사천에서 당금 무림의 최대 세력인 무벌의 표적이 되어 죽을 뻔한 적이 있습니다. 서활이 소생에게 말한 것은 바로 그때의 일에 얽힌 몇 가지의 내막에 관해서입니다."

구밀이 언뜻 다시금 표정을 굳히며 강산의 말을 잘랐다.

"과연 서활이 네게 누설한 기밀이 없지는 않았구나?"

구말이 이어서 서활을 향해 노한 눈길을 던지는데, 강산이 사뭇 강하게 고개를 저으며 말했다.

"아닙니다!"

그 단호한 부정에 대해 구밀이 반사적으로,

"뭣이라?"

하고 질책하여 반문했다.

"당시 그가 동창 소속이었다고는 해도, 또한 그는 잡조의 조원이었습니다. 그리고 소생은 엄연히 그의 조장이었으니, 오늘 그가 그때 일의 내막에 대해 소생에게 몇 가지의 말을 해준 것은 오히려 너무 늦었다고 해야 할 것입니다."

구말이 어이없어 꾸짖는 대신에 차라리,

"허허!"

하고 실소인지 탄식인지 모를 소리를 내고 마는데, 강산이 문득 서활을 향해,

"그렇지 않은가, 서활?"

하고 물었다. 서활이 어깨를 움찔하였으나 결국 아무 대답도 하지를 못하였다.

순간 구말의 미간이 확 좁혀졌다.

서활이 강산의 물음에 대해 확실하게 대답을 하지 못하는 그 모습에서 문득 참을 수 없는 노화가 솟구친 때문이었다.

구말이 호통쳤다.

"서활! 저자가 묻고 있지 않는가? 그런데 자네는 왜 명쾌히 답을 하지 못하나?"

순간 서활의 안면이 꿈틀하며 눈빛이 흔들렸다. 그러나 그는 곧 평정을 되찾으며 진중하게 대답했다.

"인간적 도리상 그가 예전의 일로 인해 다시금 위험에 처하는 것을 보고만 있을 수는 없었습니다."

그에 구말이 이윽고는,

"닥쳐라!"

하고 노갈을 내지른 데 이어,

"여봐라! 저 둘을 당장에 포박하여 형틀에 묶어라! 본관이 직접 취조하여 그 상세한 죄상을 토설받으리라!"

하고 복면인들에게 명령했다. 복면인들이 하나의 목소리이다시피,

"존명!"

하고 외쳐 복명하고는 즉시 앞으로 미끄러져 나왔다.

그때였다. 서활이,

"잠깐!"

하고 외치는 동시에 허리에서 한 자루의 연검을 뽑아 들었다.

치잉!

하고 경쾌한 검명이 울리는 가운데 다시,

치치칭!

하고 잇따라서 검명이 울렸다. 세 복면인 또한 연검을 뽑아 든 것이다.

순간 석실 안은 살벌한 검기로 가득 찼다.

구말이 천천히 자리에서 일어나며 준엄하게 꾸짖었다.

"서활! 네 감히 본관에게 검을 겨누겠다는 것이냐?"

서활이 여전히 복면인들을 견제한 채로 구말에게 간청했다.

"제독! 여기 강산이라는 사람은 사해상단의 일개 하급 직원으로, 그저 평범한 인물에 불과하며, 이제 와서 그가 예전의 일에 대해 고작 몇 가지의 사실을 알았다고 해서 제독께서 염려하실 만한 어떠한 위협이나 위험도 만들어내지 못할 인물이라는 것은 제독께서도 잘 알고 계시는 바가 아닙니까? 그러니 이 사람은 안전하게 돌려보내 주십시오! 그리만 해주신다면 소직은 어떠한 벌이라도 달게 감수할 것입니다. 그 부탁을 하려고 이곳까지 그를 데리고 온 것입니다."

그에 구말이 추상같은 위엄을 세워 다시 꾸짖었다.

"네가 지금 감히 본관에게 조건을 내거는 것이냐? 어림없는 짓거리이다. 네가 외부인에게 동창 내의 기밀을 누설한 죄만으로도 죽음을 면하기 어려운 중죄라 할 것인데, 이제 다시 감히 본관의 명에 순응하기는커녕 오히려 칼을 뽑아 대항하고 있으니, 이는 곧 황상의 위엄을 능멸하고자 하는 것이나 마찬가지이다. 더욱이 방금 네가 말한 대로 기껏 사해상단의 일개 하급 직원에 불과한 평범한 저자에 대해 어떤 감춰진 연유가 있기에 이처럼 네 자신을 희생해 가면서까지 애틋하게 정리를 지키려 하는지, 본관으로서는 소상히 밝혀보지 않을 수 없는 일이다. 하니 너는 즉시 무릎 꿇고 대죄를 청하라! 그러지 않는다면 우선 너의 목부터 베고 난 후에 다시 앞뒤의 일을 따져 보리라.”

그때였다.

강산이 문득 한 걸음을 나서더니 서활의 옆으로 나란히 섰다.

그런데 구말은 문득 불편한 느낌이 들었다.

그를 똑바로 직시하고 있는 강산의 눈빛 때문이었다.

강산의 눈빛은 좀 전과 사뭇 다르게 변해 있었다.

온순하고 고분고분한 눈빛이 아니라, 차갑고 오연하여 언뜻 노골적인 적대의 느낌마저 비치는 듯했다.

강산에게서 변한 것은 눈빛만이 아니었다.

“내가 이 자리에 있는 한 누구도 서활의 목을 벨 수 없소!”

그의 말투 또한 완연히 변해 있었다.

그러한 강산의 변화를 느끼는 순간, 구말은 격분부터 하고 말았다.

“이놈! 네 지금 감히 뭐라고 지껄였느냐?”

“누구도 서활의 목을 벨 수 없다고 했소.”

그에 구말이 더 이상 주체할 수 없이 격노하여,

"오냐! 이놈! 본관은 네게 무슨 대단한 재주가 있는지부터 한번 알아보아야겠구나."

하고 외치고는 다시 비위(秘衛)들을 향해 명했다.

"여봐라! 저 발칙한 자의 목부터 우선 베어버려라!"

그 명령에 세 복면인이 즉시 움직였고, 그에 반응하여 서활이 다시 한 걸음을 앞으로 나아가며 무겁게 검을 떨쳤다. 순간,

파르르릉!

한가닥 웅혼하면서도 맑은 소리가 석실 내를 울리며 서활의 검은 낭창거리며 허공에다 무수히 그림자들을 수놓았다.

그런데 그 그림자 하나하나가 모두 뚜렷하고도 선명한 청광(靑光)으로 빛나고 있었다.

지극의 쾌변(快變)을 담은 탄검초(彈劍招)였다. 그리고 첨경(尖勁)이었다. 또한 검강이었다.

서활의 첨경은 이미 검강의 초입을 벗어나 완숙한 경지로 접어들어 있는 것 같았다.

서활은 처음부터 자신의 최고 무공을 펼쳐 낼 각오를 분명히 하고 있었다.

세 명의 복면인이 또한 동창의 비위들로, 그 자신과 동종의 무공에다 더욱이 별 차이 없는 무위들을 지녔음을 익히 알기 때문이었다.

그때 복면인들 중 한 명이 앞으로 미끄러져 나오며 세차게 검을 떨쳐 내는데,

과르르릉!

하는 은은한 울림과 함께 백광으로 빛나는 그의 검극이 또한 무수한 그림자들을 만들어내며 서활이 펼쳐 놓은 검세에 마주쳐 왔다.

그리고 그사이에 나머지 두 명의 복면인은 빠르게 좌우로 돌아 나오며 그대로 강산을 향해 덮쳐 갔다.

그것을 보고 서활이 다급하게 외쳤다.

"멈춰!"

그러나 그로서는 당장에 정면에서 마주쳐 오는 복면인의 검세를 감당해야 했기에, 강산에게로 접근해 가는 좌우의 두 복면인을 제지할 여유가 조금도 없었다.

당황과 다급함으로 서활의 안색이 창백하게 굳어질 때였다.

"흥!"

나직한 코웃음 소리와 함께,

"앗?"

"헛?"

하고 느닷없는 두 마디의 경호성이 울리는 것이었다.

그때 구말은 문득 전신에 오싹하는 소름을 느꼈다.

동시이다시피 그는 그 소름의 실체를 절감할 수밖에 없

었다.

취리릿!

허공을 휘감아드는 기이한 소리에 동반한 지독히 날카롭고도 차가운 감촉.

"어… 엇……?"

구말은 제대로 비명조차 뱉지 못했다.

당황과 경악은 차라리 복면인들이 더했다.

무엇인가 그림자 같은 것이 번뜩하는 순간, 그들은 시야에서 강산을 놓쳐 버렸다.

본능적으로 뒤를 돌아봤을 때는, 그들이 목숨으로서 지켜야 할 상관의 목에 한 자루 기이한 연검이 휘감겨 있었다.

새끼손가락 절반 정도 굵기의 긴 채찍같이 생긴 한 자루 기이한 투명검. 바로 무명이었다.

서활과 대치하던 복면인을 포함해 세 명의 복면인은 반사적이다시피 일제히 강산에게로 덮쳐 갔다. 그러나 그때,

"모두 멈춰! 안 그러면 확 그어버리는 수가 있어?"

빠른 어조이면서도 담담하여, 오히려 더욱 차갑고 단호하게 들리는 강산의 위협에 세 복면인은 동시에 얼어붙은 듯이 우뚝 제자리에 멈춰 서고 말았다.

그리고 그들은 마치 석상이라도 된 것처럼 감히 꼼짝도 하지 못하였다. 덩달아 서활마저도 우뚝 멈춰 섰다.

그때 구말이 겨우 정신을 수습한 모양으로,

"네 감히… 이러고도 살아남길 바라느냐? 당장 칼을 치우지 못할까?"

하고 호통치는데, 은은히 떨리는 그 목소리에 경악과 공포, 그리고 노기와 억지 위엄이 뒤섞여 있었다.

그에 대한 강산의 반응은 차라리 느긋했다.

"이미 일 년 전에도 제독의 암묵적 방관 내지는 동조 덕분에 무벌에게 거의 죽다가 겨우 살아난 목숨이었고, 또한 좀 전까지의 제독의 말과 태도로 보아서도 지금 소생이 칼을 거둔다고 해서 무사하리라는 보장은 조금도 없는 것 같은데… 기왕에 일이 이렇게 벌어진 이상, 한번 가는 데까지 가볼 작정이 들고 있는 중이올시다."

그에 구말이 더욱 삼엄한 위험을 담아,

"놈! 어찌 네 목숨뿐이겠느냐? 네 죄에 연루시켜 너의 삼족을 멸할 수도 있느니라!"

하고 다시 호통쳤다. 그러나 이번에 강산은 아예 소리 내어 웃으며 말했다.

"하하하! 그것 안되었소. 이 몸은 삼족이 아니라 이족(二族)을 따질 처지도 못 되니 말이오."

순간 구말은 다시금 당혹스러움을 감추지 못했다.

좀 전까지만 해도 순하고 고분고분하던 자가 갑자기 시정의 왈패라도 된 듯이 그 말투와 태도부터가 건들건들하게 변했지 않은가?

그러나 다급하고 궁색한 김에 구말은 내처 더욱 몰아칠 작
정을 하였다.

"그렇다면 너와 조금이라도 관련된 자들을 모조리 잡아들
인 다음에 중형으로 다스리겠다."

"허허! 사람을 너무 궁지로 몰지 마시오. 소생은 아직까지
확실히는 마음을 정하지 못했는데, 쥐도 막다른 골목에 몰리
면 고양이를 무는 수가 있다고 했으니, 소생 또한 너무 궁지
로 몰리다 보면 당황하여 본의 아니게도 덥석 큰일을 지르고
말지도 모르니 말이오."

그러자 구말은 돌연 가슴을 쭉 펴고는 크게 웃으며 오연하
게 꾸짖었다.

"으하하하! 네가 지금 이따위 칼과 조잡스러운 말 몇 마디
로 본관을 겁박하려는 것이더냐? 그렇다면 너는 사람을 잘못
보았다. 황상의 안위에 위협이 가해지는 것 외에는 천하에서
본관을 두렵게 만들 일은 없느니라. 그리고 한 가지 사실을
알려주마! 이곳은 이미 완전히 폐쇄되었거니와, 그런 이상 너
는 결코 살아서는 이곳을 나가지 못하게 되었다. 네가 본관을
죽이든 죽이지 않든 상관없이, 그리고 네가 아무리 귀신같은
재주를 지녔다 하더라도 말이다. 그러니 너는 괜히 입심을 낭
비할 필요가 없을 것이다."

강산이 언뜻 서활을 보자니 마침 그를 바라보고 있는 서활
의 눈빛에 짙게 체념이 어리고 있어서 구말의 말이 결코 허언

이 아님을 짐작해 볼 수 있었다.

그런데 바로 그때였다.

석실 바깥에서 희미하나마,

"적이다!"

"막아라!"

하는 다급한 호통 소리에 이어,

캉!

챙!

하고 격렬히 도검 부딪치는 소리가 나더니, 금세,

"크악!"

"으악!"

하는 처절한 비명 소리가 급박하게 들려왔다.

무명에 목이 감긴 채로 바깥의 동향에 촉각을 곤두세우던 구말의 안색이 이내 침울하게 변했다.

바깥의 소리들은 빠르게 가까워지고 있었다.

그것은 곧 누군가 외부의 침입자가 지금 파죽지세로 길을 열며 빠르게 석실을 행해 다가온다는 것을 의미하는 것이리라. 그때,

스르릉!

하는 부드러운 마찰음과 함께 강산과 서활이 처음에 들어왔던 석문이 천천히 열렸다.

그리고 바깥에서 맑고 고운 중에도 반듯한 기세가 서린 듯

한 목소리 하나가 들렸다.

"조장님! 안에 계십니까?"

순간 강산의 얼굴로 희색이 떠올랐다.

반면 구말은 더할 수 없이 무거운 얼굴이 되고 말았다.

문밖에 선 자가 누구인지는 알 수 없으되, 적이란 것은 분명했다. 그리고 바깥에서는 더 이상의 격전 소리가 들리지 않았다. 그것은 곧 적들에 의해 이곳 형옥이 완전히 장악되었다는 것을 의미하는 것이리라.

분명한 상황이었지만 구말로서는 차마 믿기 어려운 일이 아닐 수 없었다.

비록 동창의 전력이 집결된 곳은 아니지만, 장담하건대 일천의 정규 군사들로도 이곳 형옥을 완전히 장악하는 데는 상당한 시간과 피해를 감수해야만 할 것이다.

그만큼 잘 축조된 철옹성이었다.

그런데 이처럼 간단히, 단숨에 장악당해 버리다니…….

2

안으로 들어서는 사람은 바로 선변이었다.

그녀의 뒤에 바짝 붙어서 한 사람이 더 들어서는데, 특이하게도 전신을 온통 은빛으로 감싼 자였다.

전신을 가리는 은빛 갑주를 걸쳤고, 얼굴 또한 은색의 면구

로 가렸는데, 면구의 구멍 사이로 은은한 홍광이 어린 두 눈
이 번뜩거리고 있었다.

선변과 은면구인이 들어선 뒤로 석실에는 무언지 모를 비
릿하면서도 매캐한 냄새가 은은하게 퍼지는 듯했다.

석실로 들어선 선변은 우선 석실 안의 묘한 대치 상황을 일
별하고 나서 강산을 향해,

"조장님! 다행히 무사하셨군요!"

하고 말을 건넸는데, 사뭇 태연한 투여서 크게 걱정을 했다
는 기색으로는 느껴지지 않았다.

강산으로서도 한 달여 만에 보는 선변이 반가울 만도 했지
만, 상황이 상황인지라 우선 머쓱해지고 말았다.

그런 까닭도 있고 하여 강산은 그녀 곁에 선 은면구인에게
로 슬쩍 눈길을 돌렸다.

은면구인은 강산으로서도 낯선 존재였다. 그러나 그 정체
에 대해서는 언뜻 짐작이 가는 데가 있었다.

"과연 동창의 형옥은 만만한 곳이 아닌데요? 여기까지 뚫
고 들어오는 데 생각했던 것보다는 꽤나 시간이 걸렸네요."

선변이 쌩긋 웃으며 강산에게 말하였는데, 무거운 시선으
로 선변을 살피고 있던 구말이 짧게 물었다.

"너는 누구냐?"

선변이 가볍게 웃으며 말했다.

"아마도 제독 각하이시겠군요? 그런데 제가 보기에 지금

각하께서는 저의 신분을 아는 일이 급한 것 같지는 않아 보입니다만?"

그 당돌한 말에 구말이 언뜻 어이가 없어져 자신도 모르게,

"허허!

하고 실소를 뱉고 말았다.

한낱 새파랗게 어린 여아에게까지 조롱을 당해야 하는 처지가 되고 만 데 대한 자조이리라.

그러나 구말은 과연 동창의 제독답게 이내 평정을 회복하며 차분히 선변을 보며 말했다.

"각종 안배와 위사들의 저항을 뚫고 여기까지 들어오다니, 너희의 능력이 참으로 놀랍구나. 그러나 이것으로 모든 것이 끝났다고 생각한다면, 너희는 동창을 너무 가볍게 본 것이다."

이어 구말은 목에 칼을 감고 있는 처지에 어울리지 않게도 가볍게 소리 내어 웃으며 덧붙였다.

"허허허! 동창의 중지인 이곳이 그처럼 속절없이 무너지고 만다면, 동창은 물론이거니와, 나아가 당금의 조정까지도 너무나 허술하고 무력한 것으로 되어버리지 않겠느냐?"

선변이 눈빛에 언뜻 이채를 띠었다. 그러나 그녀는 여전히 여유있는 기색으로 물었다.

"저희가 미처 염두에 두지 못한 또 다른 안배가 있다는 말씀이신가요? 그렇다면 기왕 언급을 하신 김에 자세한 말씀을

해주실 수는 없으신가요?"

태연하다 못해 친근하게까지 들리는 선변의 목소리에 구말이 언뜻 미간을 찌푸렸으나, 이내 천천한 어조로 대답했다.

"너희들의 공격을 받는 순간에 자동적으로 모종의 조치가 취해졌을 것이고, 아마 지금쯤은 이곳 형옥의 외부에 구중(九重)의 회진(回陣)이 겹겹이 펼쳐지고 있을 것이다."

"구중의 회진이라면……?"

선변이 의혹을 띠며 반문하자 구말은 다분히 느긋한 투로 말을 이었다.

"그것은 동창과, 나아가 조정의 극비사항이나, 일단 펼쳐진 이상 너희들 중 누구도 그것에 관해 외부로 발설할 수 없게 될 것이니, 본관이 좀 더 상세한 말을 해주어도 상관은 없을 터이다. 구중회진이란 말 그대로 아홉 겹의 포위망을 말함이다. 즉, 안쪽의 한 겹이 무너진다면 외곽에서 즉시로 다시 한 겹의 포위망이 생기니, 결국은 끝없이 중첩되는 무한의 포위망이니라."

선변이 가볍게 고개를 갸웃하고 나서 다시 의문을 표시했다.

"동창 위사들의 수가 작지는 않다 해도 결국은 유한할 터인데, 어떻게 무한으로 포위망을 만들 수 있는지 참으로 이해하기 어려운 말씀이로군요?"

"후후! 구중회진을 펼치는 주체가 동창이 아니라 팔십만 금군이라면?"

구말의 말에 선변이 놀랍다는 기색으로 그제야 크게 고개를 끄덕였다.

그때 바깥에서 검은 무복 차림의 청년 하나가 불쑥 석실로 들어오더니 쪽지 하나를 선변에게 건넸다.

청년이 바로 우방임을 알아보고 강산이 가벼운 미소로써 알은체를 했다. 그러나 우방은 웃는 듯 마는 듯 슬쩍 눈길만 한번 주고는 재빨리 석실을 나가 버렸다.

쪽지를 펼쳐 본 선변의 안색이 잠깐 변하는 듯했다. 그러나 그녀는 금방 다시 차분해지면서,

"그렇군요. 과연 동창이군요."

하고 뒤늦은 감탄의 소리를 했다. 이어,

"하긴 그런 정도는 되어야 동창이라고 할 수 있겠지요."

하고 덧붙이는데, 그 기색이 말과는 달리 그다지 놀라거나 당황하는 모양이 아니었다.

그러나 구말은 이제 완연히 여유있는 표정이었고, 느긋하게 돌아가는 사정을 지켜보자는 작정인 듯이 보였다.

그때 선변이 문득 생긋 웃으며 강산에게 청했다.

"조장님! 잠시 무명을 거두어주시겠습니까?"

그 말에 강산보다는 오히려 구말이 언뜻 의아한 표정이 되었다.

그의 목에 감긴 칼이야말로 어쨌든 상대가 가진 가장 강력하고도 유리한 수단인데, 갑자기 그것을 스스로 포기하겠다는 것이 아닌가?

그리고 이어 구말은 흠칫 놀라고 말았다.

자신의 목을 감고 있던 그 지독히도 예리하고 차가운 기운이 한순간 사라졌다는 이유보다는, 어느새 거짓말처럼 서활의 곁으로 가 있는 강산을 본 때문이었다.

그것도 그와 서활 사이를 가로막는 위치에 서 있던 세 명의 동창비위 사이를 간단하게 지나쳐서였다.

그때 세 명의 비위가 곧바로 몸을 날려 삼각형으로 그를 둘러쌌기에 구말은 비로소 안도할 수 있었다.

동시에 구말은 자신이 처한 지금의 상황에 대해 재판단해야 할 최소한의 필요성을 생각해 보지 않을 수 없었다.

상대가 목숨의 위협을 거둔 이상, 상황을 계속 극단으로 몰고 가는 것은 결코 최선책이 될 수 없었다. 그에 구말이,

"지금이라도 순순히 포박을 받는다면 본직의 재량권 내에서 최대한 관용의 여지를 찾아볼 수도 있는 일이다."

하고 말을 꺼냈는데, 순간 선변이,

"호호호호!"

하고 소리 내어 웃었다. 그 웃음소리가 짜랑하니 석실의 사방을 울렸다.

이어 문득 웃음을 그친 선변이 사뭇 차가운 목소리로 말

했다.

"저희가 아무리 생각이 없다 해도, 그리고 제독 각하의 재량권이 아무리 크다고 한들, 저희에게까지 돌아올 관용은 결코 없다는 사실 정도는 잘 알고 있지요."

"음!"

"저희들이 너무도 잘 아는 사실이 또 하나 있지요. 권력의 관용이 베풀어지기를 마냥 읍소(泣訴)하기보다는, 차라리 관용이 베풀어지도록 만드는 편이 훨씬 더 확실하다는 사실이지요."

구말이 설핏 미간을 좁히며 물었다.

"관용이 베풀어지도록 만들겠다? 어찌하겠다는 것이냐?"

"협상을 원합니다. 저희와 동창이 상호 동등한 입장에서 양자 간의 협상을 하기를 원합니다!"

순간 구말이 반짝 이채를 떠올렸다. 이어,

"협상이라?"

하고 혼잣말로 중얼거렸는데, 그 중얼거림에 고조된 흥미가 담겨 있었다.

잠시 틈을 두었다가 구말이 다시 차분한 어조로 말했다.

"그럴 수도 있겠지. 하지만 협상을 하기 전에, 우선 자네들이 과연 그럴 만한 자격이 되는지 본관에게 보여주는 것이 우선이겠지?"

선변이 미소를 떠올리며,

“어떤 능력을 어떻게 보여드리면 될까요?”

하고 말을 받고는 문득 생각이 났다는 듯이,

“아! 이렇게 하면 어떨까요?”

하고 말했다. 그에 구말이 자신도 모르게 선변의 얘기에 끌려 들어가,

“음?”

하고 가볍게 반문하고 말았다. 선변이 엷은 웃음을 떠올린 채로 말했다.

“우선 한 가지만 미리 여쭤봐도 되겠습니까?”

“무엇이냐?”

“누천년 지난 역사를 굳이 되돌아보지 않더라도, 황권이라는 것은 언제라도 불안한 것이어서 평소에는 태평성대인 듯하다가도 약간의 틈만 생긴다면 어느 틈에 보좌를 노리는 세력이 생겨나기 마련이지 않겠습니까?”

순간 구말이 얼굴을 굳히며 무겁게 물었다.

“네 지금 무슨 말을 하고자 하는 것이냐?”

“호호호! 만약 오늘 일이 잘못되어 제독 각하를 포함한 이곳 형옥에 있는 동창의 위사들이 모조리 횡액을 당하는 일이 생긴다고 한다면, 동창은 한동안 회복하기 어려울 만큼의 치명타를 입게 될 터이니 당금의 황상께서는 졸지에 동창이라는 최고의 정보 조직이자 절대충성을 바치던 수족을 잃어버리는 처지가 되실 것이 아닙니까? 그렇다면 그다음에는 과연

어떤 일이 생길까요?"

그에 구말이 크게 노하여 꾸짖었다.

"닥치지 못할까? 듣자듣자 하니 어린 계집의 입놀림이 참으로 발칙하기가 짝이 없구나!"

그러나 선변은 조금도 굴하는 기색없이 담담하게 다시 입을 열었다.

"저희가 사전에 이곳을 완벽히 폐쇄시켰다면 제독께서 믿고 계시는 구중회진이 펼쳐질 일은 결코 없겠지요?"

구말이 곧바로 대답했다.

"불가능한 일이다."

지체없는 구말의 대답에서는 확신과 자부의 느낌까지 엿보였다. 선변이 웃으며 다시 말했다.

"호호호! 제독께서는 아무래도 저희들의 능력을 너무 과소평가하시는 것 같습니다. 그러나 이제부터 제가 드리는 말씀을 차분히 들으신다면 아마도 생각이 달라지실지도 모르겠습니다."

그 말에 구말은 문득 자신도 모르게,

"으음?"

하고 나직한 침음성을 흘렸다.

선변의 담담하면서도 자신감 넘치는 태도에서 무언지 모를 불안감 같은 것을 느꼈는지도 모를 일이다.

선변의 말이 이어졌다.

　"우선 이 곳의 일곱 개 비밀 통로가 완전히 폐쇄되었다는 말씀부터 드려야겠군요. 아! 좀 전에 왔다 간 제 수하로부터 그중 몇 개의 비밀 통로로 빠져나가려던 일단의 동창 위사들의 시도가 안타깝게도 모조리 무산되고 말았다는 보고를 받았다는 사실도 함께 말씀드려야겠네요."
　순간 구말은 대경(大驚)한 기색을 감추지 못하더니, 무거운 침음성을 흘리며 중얼거렸다.
　"으으음! 어떻게? 네가 어떻게 그 일곱 개의 비밀 통로를……?"
　선변의 목소리가 문득 가라앉았다.
　"이제부터의 협상의 결과가 원만하지 못하다면 저희는 우선 제독 각하와 저기 복면의 삼 인을 포함해, 이미 제압해 놓은 총 칠십삼 명의 동창 위사들을 모조리 죽일 것입니다. 물론 그같이 잔혹한 일이 벌어지는 것은 저희로서도 결코 바라지 않는 상황이겠으나, 저희들이 살기 위해서는 이 안의 모든 흔적들은 깨끗이 지울 수밖에 없는 일입니다."
　그때 구말이 억눌린 듯한 목소리로 반발하듯이 외쳤다.
　"본관은 너희들이 감히 그렇게 할 수 있다고는 믿지 못하겠다."
　순간 선변이 차갑게 표정을 굳히며,
　"그럼 믿게 해드리죠."
　하고 말하고는 뒤에 선 은면구인을 향해,

“가라!”

하고 짤막하게 명했다. 순간 은면구인은 조금의 망설임도 없이 성큼 앞으로 걸음을 내디뎠다.

그것을 보고 구말은 물론이고, 다른 이들 또한 언뜻 의아하다는 기색이 되지 않을 수 없었다.

세 명의 비위는 그야말로 동창 최고의 고수들인데, 기껏 은면구인 하나로 무엇을 어떻게 하겠다는 것인가?

복면인 중 하나가 곧바로 은면구인을 향해 마주 한 걸음을 나서며 나직이 경고했다.

“멈춰라!”

그럼에도 은면구인은 조금의 멈칫거림도 없이 그대로 복면인에게 다가섰고, 한순간,

차라랏!

하고 복면인의 연검이 은면구인의 머리 위를 점하며 종으로 공간을 쪼갰다. 이어,

캉!

하고 묵직한 금속성이 일었다.

동시에 복면인이 팅기듯이 뒤로 물러섰는데, 두 걸음을 휘청거리며 물러서고야 겨우 멈춰 선 복면인의 입에서 뒤늦게,

“어헉!”

하는 다급한 경호성이 흘러나왔다.

자신의 양손을 바라보는 복면 속 그의 두 눈에는 더할 수 없는 경악이 담겨 있었다.

지금 그의 양 손바닥이 완연한 검은 기운으로 물들고 있었다.

그리고 그 검은 기운은 빠르게 그의 손등과 팔목을 타고 올라가는 중이었다.

의심할 바 없는 중독 현상이었다.

언제, 어떻게 된 것인지는 알 수 없으되, 그는 종류를 알 수 없는 미상의 맹독에 중독이 되고 만 것이다.

그때 다른 복면인 하나가 재빨리 다가서며 중독된 복면인의 곡지혈(曲池穴)을 짚었다. 더 이상 독의 확산을 막기 위해 혈류를 차단한 것이다.

그러나 그 같은 조치로도 그 검은 기운의 진전을 멈추게 하지는 못했다.

그런데 그뿐만이 아니었다.

"헉!"

혈도를 짚었던 복면인이 또한 놀란 경호성을 뱉으며 자신의 오른쪽 중지를 보고 있었는데, 어느 틈에 그의 중지는 검은 기운으로 감싸여 있었고, 서서히 손 전체로 번져 가고 있는 중이었다.

다만 잠깐 접촉한 것만으로 그 역시도 중독이 되고 만 것이다.

그때 처음의 복면인이 갑자기 바닥으로 쓰러지더니 자신의 목을 움켜잡은 채,

"끄륵!"

하는 가래 끓는 소리를 내며 몸을 비트는데, 지독히도 고통스러워하는 모습이었다.

그때 차분히 일련의 상황들을 지켜보고 있던 선변이 문득 서활에게 작은 주머니 하나를 던져 주며 말했다.

"저들에게 한 알씩 먹이세요! 단, 직접 접촉하지 않도록 주의하세요!"

서활이 급히 주머니를 열어보니 그 안에 서너 알 정도의 콩알만 한 환약들이 들어 있었다.

서활이 더 이상 생각할 여지없이 바닥에 쓰러진 복면인에게로 다가가 벌어진 그의 입에다 환약 한 알을 넣어주었다.

그리고 다시 한 알을 극도로 당황한 채 서 있는 다른 복면인에게 던져 주었다.

"반 시진 후쯤에는 해독이 될 것이니, 격동하지 말고 조용히 조식을 취하도록 하십시오."

선변의 말이 있자, 두 복면인들은 곧바로 석실의 구석으로 가 바닥에 가부좌를 틀고 앉았다.

그리고 그제야 어느 정도 경악을 추슬렀는지 구말이 선변에게,

"혹시… 독인(毒人)인가?"

하고 묻는데, 그 목소리에 남아 있는 은은한 떨림에서 방금 그의 경악이 어떠했다는 것을 짐작해 볼 수 있었다.

선변이 담담히,

"그렇습니다. 그러나 그는 강호에서 전해져 오는 독인의 능력을 오히려 뛰어넘은 존재입니다. 그의 전신은 창검이 통하지 않는 불괴지신(不壞之身)이며, 또한 만약에 방금 전 독공을 펼침에 있어 애써 사정을 두지 않았다면 아마도 저들 두 사람은 이미 한 줌의 독수로 화했을 것입니다."

"으음!"

구말이 자신도 모르게 가느다란 침음성을 흘리고 마는데, 선변이 다시,

"믿지 못하시겠다면 확실하게 다시 보여드릴 수도 있지요."

하고는 구말이 뭐라 말할 여지를 두지 않고 곧바로 은면구인을 향해,

"보여라!"

하고 명하며 손가락으로 한쪽 석실 벽을 가리켰다.

그에 은면구인이 크게 한 걸음을 내딛는 듯하더니, 어느새 그는 벽 앞으로 다가서서 가볍게 일장을 쳐내는 것이었다.

그리고 순간적으로 그의 손바닥에서 연한 녹광(綠光)이 번쩍이더니,

팍!

하는 작은 소리가 났다.

이어 은면구인은 미끄러지듯이 다시 원래의 자리로 돌아
왔는데, 바로 그 때 은면구인이 일장을 때렸던 벽에서 돌연,

피시식!

하며 한 줌의 흰 연기가 나더니 빠른 속도로 시커멓게 타들
어가는 것이었다.

비릿하고도 매캐한 냄새가 풍기는 중에 벽에는 잠깐 만에
깊이가 세 치나 되며, 그 반경이 무려 세 척이나 되도록 넓게
파인 자국이 만들어졌다.

나무도 아니고, 두꺼운 돌로 만들어진 벽이 그처럼 삽시간
에, 그처럼 넓은 면적과 깊이로 타들어가는 광경은 실로 엄청
나서 공포스럽기까지 했다.

석실 안에 번진 냄새가 가시기를 잠시 기다렸다가 선변이
구말을 향해 말했다.

"그는 저희들이 보유한 밀위(密衛)들 중 하나입니다."

그에 구말이 얼떨결이다시피,

"밀위… 들?"

하고 반문했다가, 이내 경악하며 다시 물었다.

"하면 저와 같은 독인을 더 보유하고 있다는 것인가?"

선변이 서두르지 않는 투로 천천히 말을 받았다.

"협상을 하는 데 있어서 자신이 가진 패를 서둘러서 보여
주는 일은 가장 어리석은 일이라고 하더군요."

구말이 와중에도 언뜻 위엄을 떠올리며 말했다.

"독인들의 존재를 들어 다시금 본관을 협박하고자 하는 의도인가?"

그에 선변이 짜랑하게 웃으며 대답했다.

"호호호! 협박을 하고자 한다면 제독 각하의 목숨을 위협하는 것보다 효과적인 것은 또 없을 터인데, 저희가 스스로 그것을 거둔 마당에 이제 와 다른 수단으로 다시 각하를 협박할 까닭이 있겠습니까? 더구나 하고자 한다면 언제라도 그 가장 효과적인 수단을 취할 수 있는데도 말입니다."

선변의 그 말이 바로 강산의 그 신출귀몰한 재주를 말함이라는 것과, 그 말이 결코 허황된 것이 아니란 것을 부인할 수 없었기에 구말은,

"으음!"

하고 묵직한 침음성을 흘릴 수밖에 없었다.

"저희가 가진 패 중에 두어 가지만 더 보여드린다면, 우선 하오문입니다. 저희가 하오문을 관할하고 있다는 것과, 또한 하오문이 가진 조직력과 정보력이 어떠하다는 것에 대해서는 동창에서도 이미 충분할 만큼의 조사가 있었던 것으로 알고 있습니다. 그러니 그것이 과연 저희에게 유용한 패가 될 지에 대한 판단은 제독 각하께 맡기도록 하겠습니다."

"음!"

구말은 자신도 모르게 다시금 침음성을 흘리고 말았다. 그

때 선변이 이어 말했다.

"또 한 가지의 패는, 또한 각하께서도 여러 경로를 통해 이미 알고 계시는 바이겠지만, 바로 저희가 보유하고 있는 무력입니다. 저희에게는 강호의 어느 세력과 견주어도 결코 손색이 없을 만큼의 절대고수들이 있지요. 강호무림의 판도를 결정하는 싸움에서 세력의 방대함보다는 오히려 소수이지만 절대고수들의 존재가 그 승패를 크게 좌우한다는 사실은 굳이 말씀드리지 않아도 될 줄 압니다. 구체적으로 저희에게는 이미 신주십삼존에 속하였고, 또 육박 내지는 대등하거나, 혹은 오히려 그들을 능가하는 무력을 지닌 이들을 합하여 최소 다섯의 절대고수가 있지요. 그러니 소수 정예로만 따진다면 무림맹과 무벌에 비교해도 그다지 꿀릴 것이 없는 정도의 무력이라는 것입니다."

그에 구말이,

"다섯이라?

하고 나직이 중얼거리고 난 다음에 다시,

"마교의 전대 교주와 태극혜검을 익혔다는 무당의 파문제자, 해남파의 젊은 장문인, 그리고 보타암의 진전을 이은 사해상단의 후계자, 그리고 또 한 사람은… 바로 저자이겠군?"

하고 말하였는데, 말끝에 구말의 눈이 향한 곳은 바로 강산 쪽이었다.

선변이 느긋한 미소를 떠올리며 천천히 고개를 끄덕이고
난 다음에 대답하는 대신에 오히려 반문하였다.

"이 정도로는 부족하신가요?"

그에 구말이 한결 차분해진 얼굴로,

"부족하다면? 보여줄 게 또 있나?"

하고 물었다. 그러나 선변은 다만 엷게 웃음 지었을 뿐, 대
답하지 않았다.

구말이 다시 입을 연 것은 잠시의 틈을 둔 다음이었다.

"좋네! 일단 크게 부족해 보이지는 않는다고 해두지. 그러
나 구체적인 논의를 위해서는 아무래도 각자 시간을 좀 가지
는 것이 좋을 듯하군!"

그 말에 선변이 쌩끗 웃음을 떠올리며 짐짓 밝은 투로 말했
다.

"저희들 역시 사실은 갑작스럽게 생긴 일이라 이런저런 이
해득실을 따져 볼 시간이 필요하던 참입니다."

구말이 담담한 표정으로 고개를 끄덕였다.

"그렇게 하도록 하세! 약간의 시일을 가지고 천천히 일을
풀어나가기로. 어쨌든 서로에게 손실보다는 이득이 커지도
록 조건을 맞추어 나가는 게 관건이 될 터이니 말일세."

3

"사전에 아무런 언질도 없이 이렇게 충동적으로 일을 벌이시면 어떻게 해요?"

석실을 나서면서 선변이 짐짓 뾰족하게 쫑알거렸다. 그에 강산이,

"미안하게 됐다. 사실 내가 원래 좀 그렇잖아?"

하고 적당히 비켜 나가면서 바깥에 대기하고 있다가 마침 다가서는 윤파에게,

"안 그래?"

하고 툭, 말을 던졌다.

갑작스러운 질문에 무슨 내용인지 알지도 못하면서 윤파가 일단은,

"예!"

하고 대답부터 하고는, 왠지 모르게 찜찜했던지 다시 그 옆의 이강에게,

"그렇지?"

하고 슬쩍 물었다. 뭔지는 모르겠지만, 자빠지더라도 혼자는 자빠지기 싫다는 심사일 터였다.

선변이 슬쩍 눈치를 보니, 속없는 이강 또한 무슨 사정인지 알지도 못하는 주제에 일단 고개부터 끄덕이려는 낌새였다.

그에 선변이 차라리 이강에 앞서서,

"예! 그렇군요!"

하고 말았다. 두어 걸음 떨어져서 그들 젊은이들이 주고받
는 대화를 듣고 있던 노달이 입가에 희미한 미소를 떠올렸
다.

六十五
잡기(雜旗)

1

유정이 두어 번 더 황궁 출입을 하고 난 뒤부터 선변은 갑자기 바빠진 것 같았다.

그것이 동창과의 협상과 관련한 일 때문이라는 것을 짐작했지만, 강산은 그 돌아가는 형편에 대해 굳이 알려고 하지 않았다.

그가 알아야 할 일이면 유정이든 선변이든 나중에라도 어련히 알아서 얘기를 해줄 것이란 생각이었고, 또 사실은 그런 쪽으로는 별 관심이 있지도 않았다.

윤파와 이강 또한 그런 데 있어서는 강산과 크게 다르지 않은 것 같아서, 그들 또한 내내 무덤덤한 기색들이었다.

다만 노달은 가끔씩 선변과, 또 유정과 이런저런 논의를 주고받는 모습이 보였다.

2

대계(大計)의 대강이 잡혔다며 선변이 첫 번째의 목표로 잡조에게 공표한 것은 바로 마교였다.

대충 일이 그렇게 흘러갈 것이라고 미리 짐작한 바가 있었기에 강산으로서도 특별히 놀라울 것은 없었다.

하오문이 바쁘게 돌아가기 시작하는 것 같았다.

물론 자세한 내용이야 강산으로서는 알 리가 없었고, 알려고 하지도 않았지만, 그리고 비록 특별히 눈에 띄는 동향은 아니더라도, 다만 주변의 분위기만으로도 무언가 분주한 움직임이 있다는 것을 느낄 수는 있었다.

3

유정은 하북 지단으로 가 도순학과 오랜 시간 긴밀한 얘기들을 나누었다.

다음날 하북 지단에서는 세 마리의 매가 떴다.

매는 긴급 상황 보고를 위한 사해상단의 특별 전서 수단으로, 세 마리 매의 발목에는 모두 같은 내용의 전서가 매달려 있었는데, 만일의 유실에 대비한 조치였다.

다시 다음날 아침에는 세 마리의 매가 하북 지단으로 날아들었다.
도순학은 매의 발목에서 전서를 풀었다.
어제 그는 장문의 내용을 보고했건만, 회답으로 온 전서의 내용은 생각 외로 짧아 단 세 줄에 불과했다.

허락한다.
단, 이제부터의 모든 일은 총수 권한대행의 신분으로 행할 것.
또한 필히 도(度) 조장과 특별 호법의 보좌를 받을 것.

4

도순학과 모걸을 합류시키는 문제에 대해 유정은 미리 선변이나 노달과 의견 조율을 거치는 대신 잡조가 모두 모인 자리에 도순학과 모걸을 불러놓고 단도직입적으로 안건을 제시했다.
선변은 즉각 이의를 제기했다.
"원론적으로 저는 도 조장님과 특별 호법님, 두 분의 합류에 찬성하지 않습니다."
그것이 유정이 제기한 안건이었기에 냉정할 정도로 단호

하게 잘라 버리는 선변에 대해 강산이 그리 유쾌할 수는 없었
다.

　"왜?"

　하고 묻는 강산의 퉁명스러움에 선변이 짐짓 조심스러운
표정을 지으며 말했다.

　"우리는 지금 우리의 모든 것을 걸어야만 하는, 지극히
엄중하고도 위험한 일을 시작하는 시점에 있습니다. 자칫
한 치의 틈이나 어긋남으로도 한순간에 우리의 모든 것을
잃어버릴 수 있기에 만전에 또 만전을 기해야만 하는 것이
지요."

　그에 강산이,

　"이 두 분은 우리가 잘 아는 분들이고 또 믿을 수 있는 분들
인데, 그렇게 말할 것까지는 없잖아?"

　하고 좀 더 분명하게 나무라는 투로 되자, 선변의 말투가
다시 슬쩍 누그러졌다.

　"저 또한 두 분에 대해 어떤 편견을 가지고 있는 것은 아닙
니다. 다만 두 분을 신뢰하는 정도에서 상대적인 차이가 있다
는 것이지요."

　"상대적으로 차이가 난다는 건 또 무슨 괴상한 소리야?"

　"그러니까 우리들 잡조의 조원들이 서로에 대해 가지는 신
뢰의 정도에 비해서는 상대적으로 차이가 날 수밖에 없다는
것이지요."

선변의 그 말에 강산은 짐짓 혀를 찼다.

"쯧! 거참!"

"말씀드렸다시피 지금 시점부터는 조금이라도 틈이 될 가능성이 있는 부분에 대해서는 처음부터 아예 배제하고 가는 것이 최선이라고 생각합니다."

그리고 선변은 설핏 도순학과 모걸을 돌아본 다음에 다시 유정을 향해 말을 이었다.

"언니의 입장에서 정히 불가피한 점이 있다면… 도 조장님의 합류는 다시 생각해 볼 수 있어도, 특별 호법님까지 합류하는 것에 대해서는 저는 분명히 반대예요."

도순학은 설핏설핏 유정의 표정을 살피고 있었는데, 유정은 시종 담담한 표정이었다.

그리하여 그녀의 의중을 정확히 짐작해 볼 수는 없었지만, 잠시 돌아가는 상황을 지켜보겠다는 뜻임은 분명하였다.

그에 도순학은 잠시 더 강산과 잡조의 다른 조원들의 반응을 지켜보기로 했다.

그러나 그의 생각과는 다르게 먼저 반응을 보이고 나선 이는 바로 선변이 지목하여 반대했던 당자(當者)인 특별 호법, 모걸 본인이었다.

"도 조장은 되고 노부는 안 된다니? 그 이유에 너는 분명하게 노부를 이해시켜야만 될 것이다."

선변에게 하는 모걸의 말은 대뜸 거친 반말투였고, 또한 은연중의 윽박지름이 녹아 있었다.

그러나 그에 대해 선변은 조금의 흔들리는 기색도 없이 차분하기만 했다.

"도 조장님과 특별 호법님의 입장은 엄연히 다르기 때문입니다."

"입장이 달라?"

"그렇습니다. 사해상단은 다양한 종류의 수많은 사람들로 구성되어 있음에도 불구하고, 그 조직력만큼은 강호의 그 어떤 방파보다도 치밀하고도 강력한 것으로 평가되지요. 그러한 조직력의 근간은 바로 조직을 관리하는 핵심 인력에 있다고 할 수 있습니다. 즉, 능력있고 무엇보다도 철저히 믿을 수 있는 사람들로 인선된 핵심 인력들이 요소요소에서 조직을 적절히 관리한 덕분이지요. 도 조장님은 바로 그러한 핵심 인력 중에서도 다시 핵심이라고 할 수 있는 분이시지요."

모걸의 눈빛에서 한가닥의 정광이 번뜩였다. 그가 날카롭게 웃으며 말했다.

"흐흐흐! 한마디로, 도 조장은 믿을 수 있지만 노부는 믿을 수 없다는 말이로군?"

"도 조장님의 경우와 상대적으로 비교하는 관점에서는 그렇습니다."

"노부가 처음 사해상단을 위해 일하게 된 것은 유 총수가 특별히 부탁을 해왔기 때문이고, 지금 이 자리에 있게 된 것 또한 유 총수의 직접 당부에 의해서이다. 그런데도 노부를 믿을 수 없다는 말이냐?"

"다시 말씀드리지만, 결코 특별 호법님 개인에 대한 신뢰를 논하자는 것은 아닙니다. 다만 도 조장님의 경우 사해상단의 내부적인 체계를 통해 오랜 기간 복합적인 방법과 수단을 통해 철저히 검증이 이루어진 데 비해, 특별 호법님의 경우는 그야말로 특별한 필요에 의해 특채가 되신 경우이니, 그런 점에서 비록 유 총수께서는 특별 호법님께 대해 신뢰를 가지고 계실 수 있으나, 지금 상단과는 확연히 다른 입장을 견지하고 있는 저희들의 입장에서는 역시 몇 가지 우려의 요소들을 고려하지 않을 수 없다는 것입니다."

"으음!"

그 무거운 침음성에서 모결은 애써 노기를 억누르는 듯이 보였다. 그리고 잠시 후 그는 사뭇 단호한 기색으로 입을 열었다.

"노부는 유 총수와 한 가지의 계약을 맺은바 있고, 그 계약 기간은 아직 끝나지 않았다. 또 이번에 직접 그로부터 그의 손녀를 보호해 달라는 요구를 받았으니, 역시 그가 직접 그 요구를 취소하지 않는 한 노부는 결단코 그와의 계약에 충실할 것이다. 그 누가 반대한다고 해도, 설령 유 총수의 손녀 본인이 반대한다고 해도 그 점에서는 조금도 다른 여지가 있을 수 없다."

그 대목에서 모걸은 잠시 말을 끊었다.

그 바람에 힐끗 그에게 시선을 주었던 강산은 곧바로 슬쩍 시선을 아래로 떨어뜨렸다.

모걸의 시선이 그에게로 향해 있었고, 또한 사뭇 결연한 의지를 담고 있었기 때문이다.

"노부는 결코 생각을 바꾸지 않을 것이다."

모걸이 다시 한 번 강조했고, 사람들 사이에는 껄끄럽기 그지없는 분위기가 흘렀다.

그때였다.

"강호의 소문과 조금도 다르지 않군요?"

문득 툭, 내뱉듯이 말한 것은 선변이었다.

그에 모걸이 언뜻 이채를 떠올렸다가 이내 차갑게 눈빛을 가라앉히며 반문했다.

"그 또한 노부를 두고 하는 소리이냐?"

그에 선변이 마치 글귀를 외우듯이 담담한 투로 말했다.

"여러 가지 괴벽들로 인해 별호에 마 자(魔字)와 괴 자(怪字)를 동시에 달았다. 그 언행이 법도를 따르지 않고 지나치게 자유분방하나, 다만 한 가지, 한번 정해진 약속에 대해서는 또한 지나칠 정도로 고지식하여 집착적이라고까지 말할 만하다. 변용(變容)에도 능하여 강호에서 그의 진정한 얼굴을 아는 자가 없는데, 그의 정체를 알아보는 자를 살려두지 않기 때문이라고 하는 말도 있다. 공수박투와 각종 병기를 다루는 데 두루 능통하고, 어떤 조직이나 문파와도 연관 맺기를 싫어 한다고 한다.”

선변이 문득 모걸을 똑바로 직시하며 덧붙였다.

“바로 신주십삼존(神州十三尊) 중 독행괴마(獨行怪魔) 모걸(牟 杰) 노선배님이 아니십니까?”

순간 잡조의 모두가 경악하고 마는데, 모걸이,

“흥!”

하고 한 소리 차가운 코웃음을 치며,

“노부가 누구인 줄 알면서도 감히 금기를 범하는 것은, 네 가 노부를 안중에 두지 않고 있기 때문이냐?”

하고 냉갈을 터뜨렸다.

그러자 순간적으로 마치 산악과도 같은 거대한 기세가 일 어나는데, 선변이 휘청거리며 잇달아 두 걸음을 뒤로 밀려났 고, 동시에 윤파와 이강이 성큼 선변의 앞으로 돌아 나오면서 모걸의 기세에 맞섰다.

그리고 곧 그들 세 사람이 얽혀 한바탕의 격돌을 치를 참인 데, 누군가,

“그만들 하십시오!”

하고 말했다.

그런데 무슨 대단한 위엄이 있거나 혹은 심후한 내공이 깃 든 것도 아닌 그저 평범한 목소리의 그 한마디에 장내의 긴장

이 대번에 해소되고 마는 것이었다.

윤파와 이강이 슬그머니 원래의 자리로 물러났음은 물론이고.

모걸 또한,

"끙!"

하는 기묘한(?) 소리를 뱉으며 끌어올렸던 기세를 슬쩍 풀고 만 것이다.

"저희 조부님과 맺은 계약에 결단코 충실하겠다는 말씀, 정말로 끝까지 지키실 건가요?"

유정이 문득 던진 그 질문에 대해 모걸은 불쾌한 빛을 굳이 감추지 않으며 차갑게 대답했다.

"믿고 안 믿는 것은 어디까지나 너의 소관이지, 노부가 어떻게 할 수 있는 일은 아니다. 그러나 노부는 아직까지 누구와의 약속도 어겨본 바가 없다, 단 한 번도."

유정이 고개를 끄덕이며 부드러운 어조로 다시 그에게 물었다.

"조부님과 맺은 계약의 내용이 정확히 어떤 건가요?"

"유 총수와의 직접 계약이니만큼 네가 비록 그의 손녀라 해도 말해줄 수 없다."

"조부님께서는 당분간 제게 모든 권한을 대행하도록 하셨습니다. 그러니 또한 당분간은 특별 호법과의 계약 또한 저의 소관으로 되는 것입니다."

유정의 그 말에 모걸은 흘깃 도순학을 보았다.

그리고 도순학이 가만히 고개를 끄덕이자 마지못한 듯이 대답했다.

"유 총수 자신과 그의 후계자에 대한 신변 보호!"

"계약 기간은 앞으로 얼마나 남았나요?"

"반년!"

유정이 문득 가볍게 미소를 떠올리며 말했다.

"저는 사해상단 총수 권한대행의 자격으로 지금 이 순간부터 특별 호법님과의 계약 내용을 다소간 변경하려고 하는데, 가능한가요?"

모걸이 언뜻 의아한 표정이 되었다가, 이내 미간을 좁히며 대답했다.

"노부는 한번 맺어진 계약에 대해서 중간에 변경해 본 적이 한 번도 없다. 더욱이 이 계약은 애초에 노부와 유 총수 간에 이루어진 것이니, 네가 그의 권한을 대행한다고 해서 함부로 변경할 수 있는 것은 아니다."

유정이 돌연 정색을 하였다.

"그렇다면 저는 차라리 이 시점에서 그 계약을 파기하겠어요."

순간 모걸은 자신도 모르게 무거운 침음성을 흘리고 말았다.

"음!"

이어 그는 도순학을 보고, 다시 힐끗 강산을 보곤 하면서 잠시간 갈등하는 듯하더니,

"허허허!"

하고 나직이 소리 내어 웃고 마는데, 그 모습은 차라리 허탈해 보였다.

이어 모걸이 다시금 힐끗 강산을 쳐다보며 혼잣말처럼 중얼거렸다.

"그렇군. 저 친구가 늘 지키고 있다면 따로 호법이 필요하지도 않겠군."

강산은 못 들은 체 다른 곳을 보는 시늉을 했고, 유정은 여전히 표정에 변화가 없었다.

그에 모걸이 가만히 한숨을 들이쉬고 나서 문득 물었다.

"그래, 변경하겠다면, 어떻게 변경하겠다는 것인가?"

유정이 비로소 곱게 웃으며,

"저의 무리한 청을 기꺼이 들어주신 데 대해 먼저 깊이 감사드립니다."

하고 가볍게 허리를 숙여 보인 다음에 다시,

"도 조장님의 경호입니다."

하고 분명한 투로 말했다.

순간 다른 누구보다도 언급된 당사자인 도순학이 펄쩍 뛰듯이 놀라는 기색이 되고 마는데, 유정은 그가 다시 어떤 반응을 내놓기 전에 곧바로 선변을 보며 말했다.

"이제 동생이 우려하는 바에 대해 어느 정도까지는 해소가
된 듯도 싶은데?"

그러자 선변이 짜랑하게 소리 내어 웃으며 그 말을 받았
다.

"호호호! 역시 사해상단의 차기 총수다우신 명쾌한 일처리
세요, 언니!"

5

곡주(曲周)는 하북의 남단에 위치하여 하남과 인접해 있으
며, 또한 산동과도 경계에 위치하는 소도(小都)이다.

오후 무렵, 곡주로 들어가는 관도를 네 대의 사두마차가 달
리고 있었다.

두두두둑!

그르르륵!!

그 네 대의 마차가 달리면서 내는 말발굽 소리와 마차 바퀴
소리는 유난히도 육중하게 들렸다.

그러고 보니 마차들은 일반 마차와는 비교가 안 될 정도로
육중하달 만큼 튼튼해 보였고, 더욱이 말과 마차 모두 검은색
일색이어서 마치 철갑을 두른 듯 보였다.

사두마차들이 특이하게 보이는 것은 그뿐만이 아니었다.

마차들에는 하나같이 마부가 없어서, 마치 말들이 알아서

길을 잡아 달리고 있는 것처럼 보였다.

　이윽고 곡주의 경내로 들어서면서 네 대의 마차는 속도를
줄였고, 남쪽으로 방향을 틀어 속보로 이동해 갔다.

<h1 style="text-align:center">六十六
집기(集旗)</h1>

1

마차가 이윽고 목적지인 평래객잔(平來客棧)에 당도하였다.

도순학은 모걸에 이어 마차에서 내리면서 힐끗 앞쪽에 세워진 마차의 지붕 위에 꽂힌 한 개의 깃발을 보았다.

잡(雜).

그 한 글자가 흰색 바탕의 삼각형 천에 선명한 검은색으로 수놓아져 있는 깃발.

황도에서 처음 그 깃발을 보았을 때 도순학은 대번에 그것이 잡조를 의미함을 짐작해 볼 수 있었고, 순간적으로 등줄기를 타고 내리는 작은 전율 같은 느낌을 맛보아야만 했었다.

그러나 그러한 전율이 무엇 때문이었는지에 대해서는 지금까지도 뚜렷이 유추가 되지 않았다.

다른 마차들에서도 사람들이 막 내리고 있었다.

한 대의 마차에서는 유정과 선변, 강산이, 그리고 또 한 대의 마차에서는 노달과 이강, 윤파가 내리고 있었다.

아무도 타지 않은—사실은 각 마차에 선변의 수하 한 명씩이 타고 있고, 그들이 마차 내부 전방의 격리된 공간에서 마차를 조종하는 일을 맡고 있다는 것은 도순학도 이미 알고 있었지만—나머지 한 대의 마차에 무엇이 실렸는지에 대해서는 도순학도 사뭇 궁금해하고 있었다.

그저 장거리 이동에 필요한 이런저런 물품들이 실렸겠거니 생각하면서도, 이상하게도 자꾸만 호기심이 가는 것이었다.

그런 이유 중에는 튼튼한 자물쇠로 굳게 잠긴 그 마차의 문 앞에만 서면 이상하게도 쭈뼛 머리털이 곤두서는 것 같은 기이한 느낌이 드는 때문도 있었다.

2

남궁세옥은 평래객잔의 마당에 나와 있었다. 부친의 명을 받아 사해상단의 손님들을 마중 나오는 길이었다.

일 년 사이에 그는 많이 변모한 모습이었다.

여전히 영기(英氣) 넘치고 당당한 모습 중에도 일 년 전에는 잘 보이지 않던 완숙하고도 신중한 풍모가 더해졌다.

네 대의 마차가 객잔의 마당으로 들어서고, 이어 사람들이 차례로 내리는 모습을 남궁세옥은 착잡한 듯이, 그러나 차분한 눈빛으로 지켜보았다.

그러나 강산과 이강에 이어, 선변과 유정이 마차에서 내리는 모습을 보면서 그의 눈빛은 어쩔 수 없이 잠깐의 흔들림을 보였다.

언뜻 남궁세옥과 눈길이 부딪치자 유정은 엷은 미소로 재회의 인사를 건넸다.

남궁세옥은 반사적으로 미소를 지었으나, 그 미소는 이내 쓴웃음으로 바뀌었다. 그러나 그는 이내 차분하고도 담담한 기색이 되며 유정을 맞았다.

"어서 오십시오! 소저!"

유정이 또한 담담한 미소로써 답례했다.

"오랜 만이네요, 남궁 공자!"

3

남궁세가주 남궁장천(南宮長天)은 불쾌한 심중을 감추기가 어려웠다.

이틀 전에 그는 사해상단으로부터 긴요한 의제를 논의하기 위한 임시 회합을 가지자는 전서를 받았다.

분명히 사해상단의 총수 직인이 찍힌 전서였기에 왜 유 총수가 사전에 의제도 알리지 않은 상태에서 느닷없이 회합을 가지자고 하는지, 또한 세가에게도 가까운 항주 본단을 두고 굳이 멀리 떨어져 있으며 외지고 작은 고을에 불과한 곡주(曲周)까지 이동해서 회합을 가지자고 하는지 등에 대해 일말의 의혹들이 일긴 했으나, 가볍게 떨치고 이곳에 와 있는 중이었다.

사실은 그가 비록 오대세가를 대표하는 위치에 있기는 하지만 그래도 유 총수와 단독으로 회합을 가지기에는 아무래도 그 격이 좀 처진다고 해야만 했기에 방금 전까지만 해도 그는 어쩔 수 없이 약간의 긴장을 하고 있던 중이었다.

또한 사해상단 측의 의제가 아마도 긴급하고도 은밀한 종류의 것이리라는 지레짐작이 있었기에 만약의 긴급한 무력 지원 필요성에 대비하여 세가의 최고 정예 고수 이십여 명을 이끌고서 약조된 시간보다 근 반나절이나 먼저 와서 기다리고 있던 중인 것이었다.

그런데 사해상단 측에서 온 인사가 기껏 유정과 비서조장 도순학 정도임을 알게 되자 당장에 불쾌한 마음이 들지 않을 수 없는 노릇이었다.

더욱이 그 일행 중에서 한 인물을 발견하고 나서 남궁장천은 마침내 더 이상의 노화를 참을 수 없는 지경에 이르고 말았다.

"당신은 예전 마교의 교주이던 바로 진여송(陣與送)이 아닌가?"

남궁장천이 돌연 내뱉은 그 거친 한마디에 양측의 분위기는 갑자기 찬물을 끼얹은 듯이 대번에 싸늘하게 변해 버리고 말았다.

더욱이 그때는 유정이 막 일행을 대표하여 남궁장천을 향해 고개 숙여 인사를 하던 참이었는데, 남궁장천은 다분히 의도적으로 그녀를 무시하며 오히려 노달을 향해 무례한 언사를 내뱉은 것이다.

그에 대해 유정 본인이 당혹해함은 물론이고, 강산과 다른 일행들 모두도 순간적으로 모욕감과 함께 강한 불쾌감을 느끼지 않을 수 없었다.

4

"우리 남궁가문은 쇠 신발이 닳도록 천하를 뒤져서라도 당신을 찾아야만 했는데 당신이 이렇게 제 발로 나타나 주었으니, 이는 참으로 사십 년 전 구화산(九華山) 혈사(血事) 때 비명에 가신 본 가 원혼들의 이끎이 있었던 것이라, 나 남궁장천은 오늘 기필코 그때의 원한을 풀고야 말겠다!"

남궁장천이 노달을 향해 외쳐 말하는 어조에는 사뭇 비분강개한 심정이 담겨 있었다.

그러나 노달은 오히려 잔잔히 눈빛을 가라앉힌 채로 묵묵히 남궁장천에게로 시선을 주고만 있었다.

그제야 어느 정도 당황을 추스른 유정이 급하게 사태 수습에 나섰다.

"남궁가주님! 오늘의 이 자리는 제가 주창하여 만든 자리입니다. 또한 저분의 과거 신분이 무엇이 되었든 간에 지금은 어디까지나 저의 동료이자 일행으로서 이 자리에 와 있다는 점을 충분히 감안해 주시기를 요청합니다."

유정의 그 말은 부탁도 아닌 요청, 곧 요구였다.

그랬기에 남궁장천의 노화는 더욱 폭발하였고, 유정까지도 그 대상으로 두게 되었다.

"소저의 그 말은 대단히 위험하다고 하지 않을 수 없네. 사람의 근본은 쉽게 바뀔 수 없는 법이고, 더욱이 마도와 정도의 구분은 너무도 분명하네. 그러니 저자가 지금에 와 어떤 신분과 처지로 화해 있든 간에 저자는 태생적으로 골수의 마도인일 수밖에 없는 것이며, 그러한 사실에 대해서는 천하인들 중 누구라도 그가 정도를 아는 사람이라면 조금의 의혹도 가지지 않을 것이네. 사실이 그러한데도 소저가 지금 저

자를 동료라 부르고 두둔하여 감싸려 한다면, 곧 소저 일신
의 위험을 자처함은 물론이고, 나아가 사해상단 전체를 커다
란 곤란에 빠뜨리게 될 것이 불 보듯 뻔하네. 본 가를 위시한
오대세가가 사해상단과 상호 간의 호혜를 위한 선린 우호 협
약을 맺은 입장으로 본 가주는 소저에게 무겁게 충고하는 바
이네. 소저는 사해상단의 후계를 이을 신분으로서 오늘 이후
다른 사람들 앞에서는 결코 그런 가벼운 언행을 취하지 마시
게!"

유정의 안색이 살풋 굳어졌다.

그리고 이어지는 그녀의 어조는 지금까지와는 사뭇 다르
게 단호함을 띠고 있었다.

"가주님의 충고는 감사하게 들었습니다. 그러나 충고를 그
대로 따를 수는 없겠군요."

"허!"

남궁장천의 질책 담긴 탄식을 귓전으로 흘리며 유정은 언
뜻 노달 쪽을 돌아보고 나서 다시 말을 이었다.

"가주님의 말씀대로 저분으로 인해 저와, 나아가 사해상단
전체가 어떤 커다란 위험에 봉착하게 될 수도 있을 것입니다.
그러나 그럼에도 불구하고 저는 저분에 대해 천하인 누구에
게라도 여전히 저의 동료라고 당당하게 말하겠습니다. 오래
전부터 저분은 이미 저의 동료였기 때문이죠."

"허허!"

남궁장천이 실소하고 나서, 다시 탄식하여 말했다.

"유 총수께서 이 자리에 계셔서 소저의 그 같은 말을 들었다면 그 얼마나 경악하고 근심하시겠는가? 다시 한 번 충심으로 충고하건대, 소저는 부디 자중하시게!"

그러나 유정의 대답은 더욱 단호해졌다.

"제 조부님께서 이 자리에서 계셨다면 제가 소신을 가지고 하는 일에 대해서 우선은 믿고 맡겨두셨을 겁니다. 그리고 저는 지금 충분히 자중하고 있는 중입니다."

그에 남궁장천의 표정이 와락 일그러지고 말았다.

그런데 그때 유정이 문득 선변을 향해 가볍게 고개를 끄덕여 보이자, 선변이 곧바로 뒤쪽의 마차들이 있는 곳을 향해 크게 외쳤다.

"두 번째 깃발을 올려라!"

남궁장천이 표정을 일그러뜨리고 있는 중에도 설핏 한가닥의 의혹을 떠올리는데, 그때 마차들 중 하나의 지붕 위로 깃발 하나가 솟아올랐다.

사해(四海).

푸른 바탕에 금색으로 그 두 글자가 새겨진 기는 바로 사해상단을 상징하는, 그중에서도 최고의 권위를 상징하는 사해금기(四海金旗)였다.

그때 도순학은 자신도 모르게 언뜻 미간을 좁히고 말았다.

하필이면 이런 순간에 마차 지붕 위에 사해상단의 깃발이 꽂히리라고는 그로서도 미처 짐작하지 못했던 일이었다.

더욱이 상단의 깃발이 마차 지붕 가운데의 정점을 차지하고 있는 잡기(雜旗)에 대해 상대적으로 주변에 꽂혔으며, 그 크기 또한 상대적으로 작다는 점에 대해서는 불만스럽지 않을 수가 없었다.

"무슨 뜻인가?"

남궁장천의 진중한 물음에 유정이 어깨를 펴며 당당히 대답했다.

"사해금기의 주인은 사해상단을 대표하게 됩니다. 즉, 이 자리에서는 제가 사해상단의 총수를 대행한다는 의미입니다."

"으음!"

묵직한 침음성을 흘리며 남궁장천은 힐끗 도순학을 돌아보았다. 그에 도순학이 조금의 지체도 없이 대답했다.

"사실입니다."

"음!"

남궁장천이 다시금 짧은 침음성을 흘릴 때, 유정이 정색을 하며 물었다.

"단도직입적으로 한 가지 질의를 드려도 되겠습니까?"

그에 남궁장천이 또한 기색을 가다듬으며,

"음! 무엇이오?"

하고 반문했다. 그런데 지금 그의 목소리는 진중해졌을 뿐 아니라 말투 또한 바뀌어 있었다.

유정이 이제 사해상단의 총수 대행이라는 신분을 공식화하였으니, 그녀에 대한 대우 또한 변화된 신분에 걸맞게 맞추어준다는 의미이리라.

유정이 눈짓으로 노달을 가리키며 다시 말했다.

"가주님께서도 익히 아시다시피, 저분과 지금의 마교는 공존할 수 없는 적대 관계에 있습니다. 적의 적은 곧 우군이라고 하는 이치도 있는 만큼, 공존할 수 없는 적대 관계에 있는 그 둘 중 하나가 가주님의 원수라면, 나머지 하나에 대해서는 일시적이나마 우방으로 취할 수도 있는 문제가 아니겠습니까?"

"허! 지금 대체 무슨 말을 하고자 하는 것이오?"

유정이 그런 쪽으로 방향을 잡아나가리라고는 미처 예상하지 못한 때문인지 남궁장천은 일시 당황을 금치 못하는 기색이 되고 말았다.

그때 유정이 차분한 어조로 다시 물었다.

"그런 전제하에서 묻겠습니다. 과연 가주님께서는 그 둘 중 어느 쪽을 원수로 삼고, 어느 쪽을 우방으로 취하시겠습니까?"

남궁장천은 선뜻 대답을 내지 못하였다.

잠시 기다렸다가 유정이 다시금 물었다.

"제가 사해상단의 총수 대행으로서 상단과 오대세가 간의 선린 우호 협약에 기반하여 저분과 세가 간의 일시적 내지는 조건부 화해를 간곡히 권한다면, 받아들일 의향은 없으십니까?"

남궁장천이 그제야 대답을 내놓았다.

"유 소저의 그 질문은 처음부터 합당한 것이 되지 못하오. 왜냐하면 소저가 제시한 양 편은, 그들이 상호 간 적대 관계이거나 아니거나 하는 것에 관계없이 본질적으로 모두가 본가의 원수이기 때문이오. 당연히 유 소저의 권유 또한 잘못되었소. 마교와 본 가의 원한은 이미 오래된 것이고, 또한 강호의 오래된 관례상 은원은 당사자들이 푸는 것이지, 무관한 제삼자는 개입하지 않도록 되어 있으니, 사해상단과 오대세가 간의 선린 우호 협약은 결코 본 가와 마교 간의 은원 관계에 간섭할 수 있는 근거가 될 수 없는 것이오."

남궁장천이 그처럼 유정의 실책을 조목조목 따졌으나, 유정은 크게 개의치 않는 듯이 담담하게 다시 입을 열었다.

"그럼 다른 방향으로 말씀을 드려보죠. 가주님의 충고대로 만약 제가 이 일에 관여하지 않기로 한다면, 그렇다면 과연 가주님께서 과거의 원한을 갚는 일이 가능해질까요?"

순간 남궁장천 딱딱하게 얼굴을 굳히며 물었다.

"무슨 뜻에서 하는 말이오?"

유정이 가볍게 한번 강산과 노달 등에게로 시선을 주고 나서 천천히 말을 이었다.

"제가 관여하지 않기로 한다고 해도 저의 나머지 동료들까지 저와 같은 입장을 취하는 일은 결코 없을 것입니다. 그들은 저의 지시나 명령을 굳이 따라야 하는 입장이 아니며, 또한 서로의 곤란과 애로에 대해 결코 모른 체하지 못하는 긴밀한 사이들이니까요."

그에 남궁장천이 문득 오시하는 듯한 눈빛으로 주위를 한번 일별하고 나서 느릿한 어조로 물었다.

"호오? 그러니까 본 가주와 이곳에 와 있는 본 가의 무력 정도로는 결코 소저의 동료들을 감당하지 못할 것이라는 말을 하고자 하는 것이오?"

유정이 또한 엷은 미소를 떠올리며 말했다.

"만약 제 동료들 중에 신주십삼존 급의 절대고수가 최소한 두 명 이상이 있다면 그리 말해도 크게 틀린 말은 아니지 않겠습니까?"

순간 남궁장천은 자신도 모르게 장내에 있는 사람들의 면면을 다시금 빠르게 훑어보았다.

그러나 진여송을 제외하고는 유정이 말한 절대고수에 어울릴 법한 사람은 기껏 사해상단의 총수 특별 호법 정도가 다였다.

　총수 특별 호법의 진정한 정체가 무엇인지는 알 수 없지만, 남궁세옥을 통해 그의 무위가 어떠하다는 것에 대해서는 익히 들은 바가 있기 때문이었다.

　그러나 유정이 이미 관여하지 않겠다는 점과, 또 그녀의 지시나 명령을 굳이 따라야 하는 입장이 아니라는 전제를 말한 이상, 총수 특별 호법은 그녀가 말한 절대고수의 범주에서 일단 제외시켜 놓아도 좋을 것이었다.

　그 외에는 소위 잡조라는, 좀 전에 유정이 말한 바로 짐작하건대, 지금에 와서는 사해상단의 소속도 아니게 된, 다소간 기묘한 면모의 자들이 남았는데, 그들 중에 특출하다고 할 수 있는 무공을 지닌 자들이 있다는 것은 또한 남궁세옥을 통해 들은 바가 있었다.

　그러나 결코 신주십삼존 급이라고 평가할 수는 없을 일이었다.

　찰나간의 복잡한 궁리 끝에 남궁장천은 정광이 번뜩이는 눈빛으로 유정을 직시하며 말했다.

　"소저는 혹시 본 가주를 가문의 혈채를 청산하고자 함에 있어 기껏 형세의 유불리나 따지는 사람으로 생각하고 있는 것은 아니오?"

　유정이 엷은 미소를 지우지 않은 채로 담담히 받았다.

　"제가 감히 그런 생각을 할 리 있겠습니까? 저는 다만 저의 동료들에 대해 있는 그대로 말씀을 드리는 것뿐입니다."

남궁장천이 천천히 고개를 끄덕이며,

"좋소! 그렇다고 해두지!"

하고 말한 다음에 다시 물었다.

"한데 최소한 두 명 이상이라고 했는데, 본 가주의 모자라는 안목으로는 궁금함만 더해질 뿐이니, 소저는 조금 더 친절을 베풀어 본 가주의 안목을 넓혀주지 않겠소?"

그에 유정이 언뜻 조심스러운 듯한 기색으로,

"그는 사람들 앞에 나서는 것을 그다지 좋아하는 편이 아니라서 굳이 밝히기가 좀 그렇습니다만……."

하고 말끝을 흐렸다. 그러자 남궁장천은 문득 가볍게 소리 내어 웃으며 마치 혼잣말인 것처럼 중얼거렸다.

"하하하! 지금 진(晉)나라의 위주와 선진이 위(魏)나라의 오록성(五鹿城)으로 쳐들어가는 것을 흉내 내고자 하는 것인가?"

그에 유정이 또한 빙그레 웃으며 반문했다.

"잘은 모르겠으나, 그 말씀은 혹시 제게 허장성세(虛張聲勢)를 부리고 있지 않느냐고 물으시는 것인가요?"

순간 남궁장천의 눈빛으로 약간의 의외롭다는 기색이 스쳐 갔다. 그런데 바로 그때였다.

"흐흐흐! 누가 감히 사해상단 총수 대행의 말을 두고 허장성세라 조롱하는가?"

음산한 웃음소리와 함께 나직하면서도 몹시도 차가운 투

로 외친 이는 바로 모걸이었다.

순간 남궁장천의 표정에 격한 노기가 스쳤다.

그러나 그는 곧바로 모걸에 대응하지는 않고, 와중에도 신중하게 자제를 하는 모습이었다.

그때 모걸이 다시,

"우리 총수 대행의 말이 조금도 과장되지 않았음을, 아니, 오히려 축소하여 말하였다는 것에 대해서는 노부가 보장하겠다."

하고 말하고는 이어,

"남궁장천! 노부의 말 또한 허장성세로 들리는가?"

하고 물었는데, 그렇게 마구 몰아붙여 가는 데는 남궁장천으로서도 더 이상 참기가 어려웠다.

그런데 남궁장천이 이윽고 손가락으로 모걸을 가리키며 막 노갈을 터뜨리려는 찰나, 그의 귓전으로 한가닥의 급한 전음이 날아들었다.

[그는 독행괴마 모걸이에요!]

순간 남궁장천은 목구멍까지 밀고 올라온 노갈을 그대로 다시 삼켜 버리고 말았다.

그 전음이 바로 유정이 보낸 것이라는 점에서 상대는 독행괴마 모걸임이 분명했다.

그리고 독행괴마라는 별호가 괜히 생긴 것이 아닌 이상, 또한 그가 개인의 입장보다는 남궁가의 가주로서의 입장을 우선해야만 하는 처지인 이상, 잠깐의 화를 못 참아 가문에 두고두고 커다란 후환거리가 될 사달을 만들 수는 없는 노릇이었다.

그때 모걸이 문득 유정에게,

"총수 대행이 언급한 그 사람이 혹시 얼마 전 노부와 일장의 격돌을 벌인바 있는 바로 그 사람이 아니오?"

하고 묻는데, 그 어조가 사뭇 부드럽게 바뀌어 있었다. 유정이 미소를 머금으며 대답했다.

"그렇습니다."

그러자 모걸이 다시 남궁장천을 향하며 말했다.

"입 밖에 내고 싶은 말은 아니나, 노부는 감히 그 사람의 상대가 되지 못했네."

또한 좀 전에 비해서는 한결 격식을 갖춘 말이었다. 그럼에도 남궁장천은 곧바로 무거운 탄식을 내뱉지 않을 수 없었다.

"으음!"

모걸이 없는 말을 지어낸 것은 결코 아닐 것이었다.

모걸이 어떤 인물인데 다만 유정의 말이 사실임을 뒷받침하기 위해 자신이 평생 동안 쌓아온 명성이 한순간에 무너져버릴 수도 있는 종류의 말을 그처럼 가벼이 뱉어낼 수야 있겠는가?

남궁장천이 놀라고 당황한 심정에서 벗어나지 못한 채 유정과 모결이 말한 인물이 과연 누구일지 새삼 잡조의 면면을 살펴보았다.

그때 유정이 차분한 투로,

"제가 이런 말씀을 드리는 것에 다른 뜻이 있는 것은 결코 아니니, 오해가 없으셨으면 합니다."

하고 말을 꺼낸 다음에, 남궁장천과 노달을 한 번씩 돌아보며,

"지금은 양쪽이 과거의 원한을 잠시 미뤄두고 당장의 상황에서 가장 합리적인 명분과 방도를 강구함으로써 양쪽 모두가 우선의 실리를 취할 때라는 말씀을 드리고자 하는 것입니다. 그러고도 남는 원한이 있다면 그것은 이후에 다시 해결을 하여도 결코 늦지는 않을 것입니다."

그때였다.

"유 소저가 이렇게까지 노부의 입장을 살펴주었으니 노부 또한 비록 외람되고 부족하나마 남궁가주께 한 가지의 약속을 드릴까 하오."

나직한 목소리로 말하고 나선 사람은 바로 노달이었다.

모든 이들의 시선이 한순간에 집중된 속에 생각을 고르는 듯 잠시의 틈을 두고 나서 노달은 다시 말을 이었다.

"가주께서 노부를 믿어주신다면 정확히 반년 뒤에 노부는 불행했던 과거사에 대해 공식적으로 남궁세가에 대해 사과의 뜻을 표하겠소."

그 정중하고도 뜻밖의 의미를 담은 말에 남궁장천이 언뜻 놀라는 기색이 될 때, 노달이 무겁게 한마디를 덧붙였다.

"마교의 교주로서!"

순간 남궁장천의 얼굴이 묘하게 일그러지는 듯하더니, 이내 크게 노하여 외쳤다.

"마교 교주로서 사과를 하겠다니? 당신은 오래전에 마교에서 쫓겨난 구차한 처지에 불과할 뿐인데 천하에 누가 있어서 당신을 마교의 교주라고 인정해 줄 것인가? 공식적으로 사과를 하겠다고? 으하하하! 그럼으로써 남궁가를 천하의 조롱거리로 만들려는 모략인가?"

그러나 그 같은 폭언과 능멸에도 불구하고 노달은 담담한 신색을 유지하였다.

오히려 잡조의 다른 이들이 저마다 크게 분개하는 기색들이 되고 말았다.

유정 또한 얼굴이 붉게 변하여,

"저분을 그처럼 하찮은 존재로 매도하신다면 그런 하찮은 존재를 상대로 그처럼 치열하고도 집요하게 복수를 꾀하려는 귀 가(貴家) 또한 자칫 하찮게 되어버리는 것은 아닐까요?"

하고 쏘아붙였다. 순간 남궁장천이 격앙되었던 심정을 추스르며 차갑게 물었다.

"무슨 뜻이오?"

"그렇지 않나요? 귀 가에서 진정으로 복수다운 복수를 하고자 한다면, 기껏 오래전에 마교에서 쫓겨난 구차한 처지의 노인이나 상대할 것이 아니라, 지금도 천하에 그 엄연한 위세를 떨치고 있는 마교를 상대로 당당히 복수를 선언하는 것이 누가 보더라도 진정 영예로운 일이 아닌가요? 그런데 오늘 가주께서 보이고 계신 언행을 보자면 혹여 강호사람들에게 남궁세가가 무벌의 오대전 중 하나인 마교는 감히 건드릴 엄두조차 내지 못하면서 기껏 구차한 신세의 노인 하나를 상대로 복수의 흉내만 내려 한다고 조롱을 당할지도 모른다는 우려를 해보지 않을 수 없군요."

순간 남궁장천의 얼굴이 벌겋게 달아올랐고, 그의 두 눈은 마치 뜨거운 불꽃이 활활 타오르는 듯이 노기가 번뜩거렸다.

그 험한 기세에 강산이 슬쩍 유정의 곁으로 붙어 섰고, 덩달아 윤파와 이강 등이 또한 거리를 좁혀 섰다.

그러나 남궁장천은 곧 힘겹게 노기를 가라앉히며 깊게 가라앉은 어조로 말했다.

"이제 보니 소저는 매우 날카로운 언변을 지녔군?"

유정이 또한 조금도 흥분하지 않고 차분하게,

"과찬의 말씀이세요. 저 같은 주제에 어찌 천하의 남궁세가주 앞에서 진실없이 단순히 날카롭기만 한 언변을 함부로 지껄일 수 있겠습니까?"

하고 남궁장천의 말을 받아넘긴 다음, 다시 노달 쪽으로 시선을 주며 말을 이었다.

"조금 전 저분께서 하신 말씀에 대해서는 제가 보증을 설 것이며, 만약 반년 안에 그 일이 이루어지지 않는다면, 그에 상응하는 합당하고도 충분한 보상을 해드릴 것을 사해상단 총수 권한대행의 자격으로 약조를 드리지요."

순간 노달과 남궁장천이 동시에 흠칫 놀라는 기색들이 되고 말았다.

그러나 가장 놀란 것은 바로 도순학이었다. 그는 너무 놀란 나머지,

"소저!"

하고 비명처럼 외치고 말았다. 그러나 유정은 도순학의 외침을 무시하고 자신의 말을 다시 이었다.

"만약 일이 저분의 말씀대로 된다면, 그때에는 남궁세가가 얻을 수 있는 유무형의 명분과 이익이 결코 작지 않으리라는 것은 가주님께서도 능히 판단하시리라고 믿어요. 더불어 저는 그 경우에도 남궁세가에서 최대한의 유리(有利)를 취할 수 있도록 지원을 해드릴 용의가 있습니다."

그러고 나서 유정은 담담한 중에도 굳건한 의지가 담긴 표정으로 남궁장천의 대답을 기다렸다.

남궁장천이 잠시 유정과 눈길을 대하고 있다가는,

"허허!"

하고 나직이 탄식 섞인 웃음소리를 뱉으며 천천히 입을 열어 물었다.

"보증과 보상을 함께 말했다면, 소저 측에서도 또한 바라는 것이 있을 법 한데?"

유정이 엷게 미소를 떠올리며 대답했다.

"그렇습니다. 그러나 결코 어려운 것은 아닙니다."

"호오?"

"지금부터 석 달 간만 저희 마차의 지붕 위에 오대세가의 깃발을 꽂게 해달라는 것입니다. 물론 신물로써의 가치를 가지는 진품(眞品)을 요구하는 것은 아니고, 저희들이 임의로 오대세가를 표기하는 깃발을 만들 것입니다."

"허! 진품이 아닌, 다만 오대세가의 이름이 적힌 임의의 깃발을 꽂겠다?"

"그렇습니다."

"혹시 마차에 깃발을 꽂는 의미가 그대들과의 동맹을 의미하는 것이오?"

"그것은 깃발을 보는 사람들이 해석하기에 달린 일이겠지요."

"음?"

"저희 스스로는 깃발의 의미에 대해 누구에게도 말하지 않겠다는 의미입니다. 물론 오대세가에서도 깃발의 의미에 대해 굳이 말할 필요가 없다는 의미이기도 하고요. 또한 만약의

경우라도 그 깃발로 인해 어떤 문제가 생긴다면, 오대세가에
서는 그 깃발과 아무런 관련이 없다고 해명을 하셔도 무방합
니다. 단, 삼 개월이 지난 후에 말이지요."

남궁장천의 뇌리에 순간적으로 복잡한 생각들이 스쳤다.

그러나 당장에는 유정의 의도가 무엇인지 짐작해 보기란
쉽지가 않았다.

다만 그다지 위험하거나 손해 볼 여지가 있는 거래는 아니
라는 점은 분명했다.

다른 조건들은 차치하고라도 기껏 마차에 깃발 하나 꽂게
해주는 일로, 그것도 단 삼 개월 동안에 무슨 대단한 일이 벌
어질 것인가?

그러나 그러면서도 뭔가 모르게 명쾌하지 않은 점들이 있
었기에 쉽사리 마음을 정하지 못하고 있는 중에 남궁장천은
언뜻 유정이 뒤쪽의 선변을 향해 고개를 끄덕이는 것을 보았
다.

이어 선변이 뒤쪽의 마차를 향해 외쳤다.

"세 번째 깃발을 올려라!"

그리고 곧바로 마차의 지붕 위로 새로운 깃발 하나가 솟아
올랐다.

푸른 바탕에 주홍색으로,

해남파(四海派).

세 글자가 선명하게 새겨진 삼각형의 깃발이었다.

남궁장천은 일시 의아해질 수밖에 없었는데, 유정이 담담하게 미소 지으며 설명했다.

"우리 일행 중에 해남파의 장문인이 계시니, 저 깃발이 올라가는 것은 당연하다고 할 일이지요."

남궁장천이 다시금 은근히 놀라지 않을 수 없었다.

해남파의 몰락에 대해서는 그도 알고 있는 바였다.

그러나 그 성세를 떠나 해남파라는 이름 자체가 가지는 상징성만도 결코 간단한 것이 아니었다. 더구나 해남파의 장문인이라니?

잠시 후, 남궁장천은 가만히 고개를 저으며 말했다.

"본 가가 동의한다고 하더라도 다른 네 가문은 이 일과 아무런 상관이 없는 터에 본 가주가 함부로 그들의 입장을 대변하기는 어려운 일이오."

유정이 여전히 차분한 음색으로 받았다.

"오대세가의 결맹이 어제오늘의 일이 아니고, 그 결맹의 중심에 남궁가주께서 확고히 자리 잡고 계심을 강호 중에는 모르는 이는 없을 것입니다. 결심만 서신다면 가주께서는 능히 오대세가를 대변하실 수 있다고 믿습니다."

그때였다.

"아버님! 소자가 유 소저를 비롯하여 여기 잡조의 조원되시는 분들과는 한동안 같이 생활을 해본 적도 있거니와, 이분들은 결코 경솔하거나 불공정한 언행을 하실 분들이 아닙니다. 더욱이 이 자리에는 사해상단의 지낭으로서 총수이신 유대인의 절대적인 신임을 받고 계신 도순학 비서조장님까지 계시니, 본 가에서도 일단은 긍정적인 관점으로 신중히 따져볼 만한 조건이라고 생각됩니다.”

남궁세옥의 차분하고도 신중한 조언에 남궁장천이 이윽고 고개를 끄덕였다.

“좋소!”

그리고 그는 다시 한 번 정리를 했다.

“지금부터 정확히 석 달이 되는 때까지 오대세가의 깃발을 달아도 좋소. 그리고 소저 일행이 하고자 하는 일이 무엇인지는 모르겠으나, 그 일의 성공여부에 관계없이 소저가 사해상단의 총수대행으로서 오늘 약속했던 일들은 반드시 이행될 것으로 믿고 있겠소.”

그에 유정이 지체없이 대답했다.

“물론입니다.”

조금의 망설임도 없이 시원시원하게 대답하는 유정을 잠시 바라보고 있다가 남궁장천이 문득 물었다.

“깃발은 언제부터 달 것이오?”

이번에도 유정은 곧바로 대답했다.

“오대세가의 깃발이 꽂히기 전에 구파일방 중 한 곳의 깃발이 먼저 꽂히게 될 것입니다.”

그 말에 남궁장천이 얼떨떨한 표정이 되며 끝내 뜻 모를 탄
식을 뱉고야 말았다.

“허어!”

六十七
금강부동(金剛不動)

1

황도에서 출발하여 하북을 거쳐 다시 하남으로 서남진(西南進) 중인 일단의 마차들에 대해 강호의 이목들이 심심찮게 소문을 전하고 있었다.

그도 그럴 것이, 그 네 대의 사두마차들은 특이하게도 말과 마차에 모두 검은 철갑을 입힌 특이한 외양에다 그 크기 또한 일반의 마차보다 한층 커서 그것만으로도 사람들의 호기심을 끌기에 충분하였기 때문이다.

강호의 입빠른 호사가들은 그 일단의 마차들을 통틀어 잡기마차(雜旗馬車)라고 명칭을 붙였다.

네 대 중 선두의 마차에는 그 지붕에 세 개의 깃발이 꽂혀 있었는데, '사해(四海)'라고 새겨진 깃발과 '해남파(海南派)'라고 새겨진 깃발에 대해서는 당장에 그 진위를 구분하기가 어려웠으니, 그중 가운데의 가장 큰 흰색 삼각형의 깃발에 검은색으로 선명하게 잡 자(雜字)가 새겨진 깃발에서 이름을 딴 것이었다.

하긴 엉뚱하다 싶을 정도로 서로 관련이 없어 보이는 깃발들이 함께 어울려 꽂혀 있었으니, 그런 점에서도 잡기마차란 이름이 어울리기도 했다.

2

네 대의 사두마차가 소림사의 산문이 바로 앞에 바라다보이는 공지에 멈춰 섰다.

강호인들이 '잡기마차'라고 부르기 시작한 그 마차들이었고, 바로 강산 일행이 타고 온 마차들이었다.

유정이 다른 사람들은 마차에 남아 있게 하고, 선변과 강산 두 사람만을 대동하여 산문을 지키는 무승(武僧)에게 배첩을 전하였다.

사해상단(四海商團) 총수 대행(總首代行) 유정(柳靜).

이라고 적힌 배첩을 보고 산문을 지키던 무승이 재빠른 걸음으로 안으로 들어갔다.

잠시 후 무승과 함께 나온 이는 지객당주(知客堂主) 무진(無盡)이었다.

선변과는 초면(?)이라고 하더라도 유정이나 강산과는 일 년여 전에 본 적이 있는 구면이라, 서로 간단하고도 의례적인 인사를 주고받은 뒤에 무진이 물었다.

"빈한(貧寒)한 산사에까지 이처럼 귀한 발걸음을 하신 것은……?"

순간 선변의 눈꼬리가 슬쩍 위로 치켜 올라갔다.

사해상단의 총수 대행이라고 이미 밝혔으면 지객당주 된 처지로서는 그 직분에 맞도록 손님을 방장실로 안내를 하면 될 일이었다.

그런데 찾아온 용무가 무엇이냐고 묻는 것은 그 주제에 지나치다는 생각을 한 것이리라.

물론 유직 총수가 직접 내왕했을 때와는 아무래도 대접이 다를 수밖에 없다는 점을 감안한다고 하더라도, 어쨌든 유정의 지금 신분은 어디까지나 총수의 권한을 그대로 대행하고 있는 것이 아니던가.

그러나 막상 유정은 오히려 빙그레 웃음을 떠올리며 담담히 대답했다.

"긴히 논의드릴 일이 있기에 귀 장문인 뵙기를 청합니다."

그러자 무진은 짐짓 난감하다는 기색부터 떠올렸다.

"허어! 하필이면 곤란한 때를 맞추어 오셨습니다. 아니면 사전에 미리 연락을 좀 주셨으면 좋았을 것을……!"

"혹, 소림에 무슨 일이라도……?"

"특별한 일이라고 할 것까지는 없지만, 요 근래 시기를 늦출 수 없는 사안들이 유난히도 집중되는 바람에 방장께서는 연일 촌각의 시간도 다시 쪼개어 쓰고 계시는 형편이지요."

"아!"

"하여 당장에는 적당한 시간을 잡기가 어려운데… 그렇다고 귀한 손님을 오래 기다리게 하는 결례를 범할 수도 없는 일이니… 어허! 이를 어찌한다?"

무진이 밋밋한 미간에다 내 천(川) 자를 그리며 이어 말했다.

"먼저 소승에게 실무적인 용무를 말씀해 주시면 어떻겠습니까? 해서 소승이 들어보고 처결 가능한 데까지는 우선 조치를 취한다면, 조금이라도 시간의 낭비를 줄일 수 있지 않을까 싶습니다만……?"

보아하니 일단 용무를 들어보고 나서 방장을 만나게 해줄지 말지를 결정하겠다는 눈치인지라 선변이 눈매를 매섭게 만들며 한마디 끼어들려는 기색이 되었다.

그때 유정이 눈짓으로 그녀를 말리며 소매 속에서 물건 하나를 꺼내는데, 손바닥 반만 한 크기의 누런 금패였다.

무진이 의아해하며 무슨 물건인가 하고 자세히 들여다보

다가는 돌연 깜짝 놀라는 기색이 되며,

"시주! 이것은 혹시……?"

하는데, 유정이 그 말허리를 자르며 말했다.

"아마도 대사께서 생각하시는 그 물건이 맞을 것입니다. 하면 이제 귀 장문인을 뵙도록 해주시겠습니까?"

3

유정이 소림 장문인 무혜 대사(無慧大師)를 만나는 자리에 강산은 일부러 빠졌다.

고위급(?)들 간의 대담이나 협상 자리라는 것이 그의 체질 상 맞지도 않거니와, 막상 그가 도움이 될 일도 없다는 생각 때문이었다.

유정에게 도움이 되기로야 선변 혼자로도 충분할 일이었다.

강산은 지금 대웅전 뒤편을 거니는 중이었다.

사그락!

사그락!

바로 잇닿아 있는 울창한 대나무 숲 속으로 바람이 지나가는 소리가 속삭이듯 살갑게 들렸다.

아주 약간의 망설임. 그리고 흘깃 주변을 한번 살펴보고는,

번뜩!

하는 순간에 강산의 모습은 그 자리에서 사라져 버렸다.

대나무 숲 속.

강산은 조그만 사당 같은 석옥(石屋) 앞에 서 있었다.

오래된 이끼에 뒤덮인 벽과 지붕.

본래의 채색을 알아볼 수 없도록 시커멓게 썩은 나무 문.

시뻘겋게 녹이 슬어 슬쩍 비틀기만 해도 부스러져 버릴 것만 같은, 잠기지 않은 채 그저 걸쳐져만 있는 자물쇠.

"예전 그대로군!"

강산은 가만히 중얼거렸다.

석옥은 바로 동인관(銅人關)의 입구가 되는 곳이었다.

백여 년 전까지만 해도 소림 최고의 무승(武僧)인 십팔나한이 되기 위한 마지막 통과 관문이던 곳.

일 년여 전, 그와 서활이 몰래 들어가 보았던 바로 그곳인 것이다.

"훗!"

그때 일을 생각하면서 강산은 자신도 모르게 실소를 흘리고 말았다.

그리고 문득 생각이 서활에 대해 미치면서 언뜻 안타까운 심정이 되지 않을 수 없었다.

그는 이번 여정에 서활도 함께하기를 바랐다.

그럼으로써 그야말로 완전하게 잡조가 부활하기를 바랐는

데, 우선 동창의 곤란 표명으로 그런 바람은 무산되고 말았다.

예전에는 서활에 이끌려 불안과 긴장 속에서 들어갔던 동인관의 앞에서, 강산은 지나간 시간들에 대한 잔잔한 회상에 잠겨 있었다.

그런데 바로 그때였다.

삐이걱!

갑자기 녹슨 쇠붙이의 마찰음이 나며 석옥의 나무 문이 열렸다. 그리고 안으로부터 누군가 불쑥 머리를 내밀며,

"시주는 누구인가?"

하고 물었다.

강산이 옛 생각에 잠겨 마음을 온전히 풀어놓고 있던 중이라 대답할 겨를도 없이,

"허엇?"

하고 놀란 헛바람부터 뱉어내고 말았다. 그런데 석옥 안쪽의 그 사람이 뒤늦게 덩달아서,

"허?"

하고 놀람인지 탄식인지 모를 소리를 뱉고 마는데, 터럭 하나 없는 잔주름투성이의 얼굴에 놀라는 기색이 역력했다.

그도 그럴 것이, 강산이 한 모금 헛바람 소리를 내는 순간에,

퍽!

하고 그 모습이 꺼지듯이 사라져 버리더니, 어느새 이 장여 저쪽으로 물러나 있었기 때문이리라.

꾸부정한 허리에 겹겹이 기운 자욱이 가득한 누더기 승포를 걸친 노승이었다. 노승이 감탄을 숨기지 않으며,

"실로 대단한 재간이로다!"

하고 나직이 외쳤다.

그런데 그러는 중에 노승의 신형은 기이하게 바닥을 미끄러지더니, 어느 틈엔지 강산의 바로 코앞까지 이동해 와 있는 것이 아닌가?

그러나 이번에 다시,

"엇?"

하고 놀람의 소리를 뱉어낸 것은 강산이 아니라 노승이었다. 이어 노승은,

"허허! 이게 도대체……?"

하고 탄식의 소리를 뱉으며, 어느 틈에 오 장여 저만치로 이동해 있는 강산을 향해 다시 바람처럼 공간을 단축해 갔다. 그러나 노승이 막 그곳에 당도하는 바로 그 순간에 강산의 신형은 다시금,

퍽!

하고 꺼지듯이 사라져서는 다시 이 장을 물러서 있었다.

노승이 일시 어이없다는 듯한 기색이 되더니, 문득 정색을 지으며 물었다.

"시주는 어느 방면에서 온 고인이신가?"

그러나 강산이 대답도 하기 전에 노승은 언뜻 고개를 갸웃하더니,

"가만! 어딘가 낯이 익은 듯도 한데… 오라! 그러고 보니……? 혹시 시주는 바로 그때의 그……?"

하고 대중없이 혼잣말을 중얼거렸다.

사실 그 순간에 노승의 뇌리로는 일련의 기억들이 빠르게 스쳐 가고 있는 중이었다.

일 년여 전.

동인관 내에서 십팔동인으로 이루어진 십팔나한진(十八羅漢陣) 속에 갇혀 속수무책으로 얻어터지던 자.

그런 중에도 용하게 쓰러지지 않고 끝내 버티고 서 있던 자.

그럼으로써 그 미련한(?) 몸뚱이가 대체 무엇으로 만들어졌을지에 대해 몹시도 흥미롭게 만들던 자.

그러더니 어느 순간 이해할 수 없는 이능(異能)으로 십팔동인 중 하나의 팔을 부숴 버려 졸지에 외팔이로 만드는 만행을 저지른 자.

다시 그런 중에도 더는 만행(?)을 저지르지 않으려는 선한 심성으로 은연중의 감동을 주던 자.

그리하여 그로 하여금 언뜻 한 가지의 엉뚱한 충동과 욕심

의 번뇌를 일으키도록 만든 자.

그랬다. 바로 그 묘한 '중생 놈'이었다.

그때 문득 떠오른 또 다른 생각에 노승은,

"설마……?"

하고 소리 내어 중얼거리고는, 곧바로 고개를 가로저었다.

그럴 리는 없었다.

비록 그가 한때의 충동에 대해 그저 인연법의 소산이거니 하는 핑계를 대고서 작은 인연을 베푼 바가 있다고는 하나, 기껏 일 년 전에 뿌린 그 작은 인연의 씨앗이 정말로 방금 그가 순간적으로 상상해 본 궁극의 법도로 귀결되었을 리는 만무할 일이었다.

아무리 불존의 뜻이 무변광대(無邊廣大)한 것이라고 해도, 그래서 사람으로서는 감히 짐작조차 할 수 없는 것이라고 하여도 말이다.

그러나 노승은 순간 강렬한 충동을 느끼지 않을 수 없었다.

그 충동은 일 년 전 그가 느꼈던 충동보다도 몇 배나 더 강렬했으므로, 이번에도 그는 도저히 참아낼 수가 없었다.

순간 노승은 두 팔을 활짝 벌려 보이며 짐짓 반가운 목소리로 말했다.

"오랜만일세, 시주!"

느닷없는 알은체에 강산은 얼떨떨한 심정이 되었으나, 경계를 풀지는 않았다.

강산으로서는 처음 보는 노승이었다.

그러니 노승이 바로 소림의 전전대 장문인으로, 소림의 칠십이종절기를 한 몸에 집대성한 것으로 알려졌으며, 그 무공의 깊이가 창천무종(蒼天武宗) 염천월(廉天月)과도 나란히 비교되는 소림제일승이며, 그러나 오래전 은거에 들어 세상과 일체의 소통을 끊어버린 탓에 소림 내에서도 그의 종적을 아는 사람이 없는 까닭에 이미 오래전부터 하나의 전설로 화해버린, 바로 공공 선사(空空禪師)라는 사실을 강산으로서는 알 리가 없는 것이었다.

또한 노승이 일 년여 전 동인관에서 모습을 드러내지 않은 채 신기지경(神技之境)에 달한 내공 운용으로 십팔동인을 움직여 그에게 한 가지 전인미답(前人未踏)의 절세신법의 요체를 전한바 있으며, 그 신법이 소림의 천 년 역사에서 그 누구도 실제화시키지 못한, 일찍이 달마 조사가 무(武)의 궁극이라 했으며, 육조(六祖) 혜능(慧能)이 신법(身法)의 궁극이라 평한 바 있는 바로 금강부동신법(金剛不動身法)이라는 사실을 알 리가 없었다.

자신을 경계할 필요는 조금도 없다는 듯이 선사는 온화하게 웃으며 다시 말을 건넸다.

"그때 동인관에서 본 것이 바로 엊그제 같은데, 시간을 꼽아보니 어느새 일 년여가 훌쩍 흘러갔네그려! 허허허! 무상한 세월의 흐름이 참으로 유수와 같지 아니한가? 그런데 오늘 시주의 헌앙함을 보니 그동안 시주에게 무슨 복연(福然)이 있었는지 노납은 참으로 궁금하기만 하네. 그러니 우리 잠시간만 덕담이라도 좀 나누도록 하세. 우선 묻고 싶은 것이 있는데, 시주는 방금 전에……."

어르듯이, 달래듯이 주섬주섬 주워섬기던 선사의 말이 그쯤에 이르던 어느 순간 갑자기,

팟!

하고 선사의 신형은 그 자리에서 사라졌다. 그리고 선사가 서 있던 자리에는,

"도대체 어떻게 한 것인가?"

하는 소리만 말한 사람도 없이 저 홀로 허공중에 흐르고 있었다.

그러한 광경이란 참으로 경악스럽다 못해 귀신이 곡할 노릇이 아닐 수 없었다.

그러나 그때 강산은 미처 경악할 겨를조차 가지지 못하였다.

도둑이 제 발 저린 격으로 노승이 일 년 전 동인관의 일을 말하는데다, 더욱이 한순간 노승의 신형이 마치 그대로 접어오는 듯이 공간을 축약하여 다가서는 것을 보고는 다른 생각을 해볼 여지도 없이 일단은 삼십육계부터 치고 볼 수밖에 없었던 것이다.

팟!

번뜩!

두 개의 신형이 죽림 속에서 숨바꼭질을 하듯이 순간순간 나타났다가 사라지기를 반복하고 있었다.

그러나 대나무 숲 속을 종횡무진 누비고 있는 그 두 개의 신형은 눈이 따라가기 어려울 정도로 빨리 움직이는 탓에 알아볼 수 있는 것은 기껏해야 언뜻언뜻 나타나곤 하는 희미한 형체뿐이었다.

너무도 엄청난 광경이 아닐 수 없었다.

누가 보았다면 대낮에 허깨비를 보았다고 기절초풍하고 나자빠질, 가히 기변(奇變)이 벌어지고 있었다.

숲 속으로 몇 자락의 바람이 스며들며,

사그락!

사그락!

하고 대나무 잎들 부대끼는 소리가 났다.

그런 중에 다시,

파랏!

파라랏!

하고 가볍게 선사의 승포 자락 나부끼는 소리가 간간이 섞였다.

그때 선사의 마음속에서 아무 예고도 없이 별안간에 불쑥

하고 솟아오르는 것이 있었다.

'어허!'

그 한마디의 침중한 탄식은 선사의 머릿속으로 흐른 것이었다.

호승심이었다.

벌써 오래전에 버린 줄로만 알았던, 능히 극복해 낸 줄로만 알았던 번뇌의 한 조각.

그러나 그것은 지금 불현듯 되살아나 태연스럽게도 선사의 마음 중 한 자락을 차지하고 있었다.

머릿속에서 탄식의 여운은 여전히 울리고 있건만, 선사의 마음은 이미 들끓고 있었다.

와릉!

와르릉!

선사의 좌장우권(左掌右拳)이 동시에 떨쳐졌다.

바로 추산장(推山掌)과 현공권(玄空拳)이다.

연이어 펼쳐지느니 탄자권(彈子拳)과 쇄지공(鎖指功), 추풍장공(追風掌功)과 족사공(足射功), 일지선공(一指禪功)과 발산공(拔山功)…….

우렁차고, 날카롭고, 기이하고, 현란한 기파(氣派)의 소리들이 죽림 속을 마구 헤집었다.

콰릉!

콰르릉!

파라라랏!

파아아앗!

죽림 사이로 선사의 신형이 수없이 명멸하고 있었다.

그리고 이윽고는 대나무 숲 속의 모든 공간이 선사의 신형
으로 가득 찼다. 대나무 가지 하나하나마다, 사각거리는 댓잎
하나하나에.

아아! 칠십이종 소림 절기들의 난무였다.

천하제일 소림 신공의 극치였다.

그런 중에 강산의 모습은 찾아볼 수 없었다, 죽림 어느 곳
에서도.

쏴아아아!

한줄기 제법 세찬 바람이 대나무 숲을 씻고 지나갔다.

선사는 문득 들을 수 있었다.

대나무 숲이 토해내는 그 서늘한 반향의 소리를.

순간 선사의 마음이 비로소 죽었다. 한없이 들끓어 올랐던
바로 그 한자락이.

'어허! 내가 지금 어느 경계에 서 있는 것인가?

그제야 선사의 두 눈에 반 넘게 무너져 있는 대나무 숲의
황폐한 정경이 적나라하게 들어찼다.

선사의 내공이 이미 신화경에 달해 있었으므로, 다만 그를
번뇌에 들게 한 그 기묘한 '중생 놈' 만 다그치고, 죄없는 대

나무 숲은 터럭만큼도 손상시키지 않으리라 하였지만, 문득
평정을 되찾고 보니 대나무 숲은 이미 황폐한 지경으로 변해
있는 것이었다.

'아아! 넘친 까닭이다. 그럼으로써 있는 그대로가 아닌, 마
음이 만들어낸 허상을 본 것이다. 허허! 공공아! 공공아! 네
백 년의 참선이 참으로 헛되고 헛되도다!

선사는 일시 망연자실하고 말았다.

그러다 다시 언뜻 눈에 들어오는, 저쪽 삼 장여 앞쪽에 서
서 멀거니 이쪽을 바라보고 있는 강산의 모습에,

'몹쓸 중생이로다!'

하고 서슴없는 원망을 담고 말았다.

그러고는 곧바로, 기껏 그렇게 가감없이 마음의 찌꺼기나
토해내고 마는 하찮은 존재로, 원래 부족하기만 했던 오래전
의 자아로 되돌아오고 만 스스로에 대해 선사는 차라리 생각
없는 웃음과 감정없는 원망을 담고 말았다.

'허허허! 저 몹쓸 중생 놈!'

순간 그것은 선사에게 화두가 되었다.

지금 이 순간 백척간두에 선 마음으로 그의 모든 것을 다
걸고 매달려야만 하는 절절하기 이를 데 없는 화두.

"여보게, 시주! 늙은 중을 이렇게나 골탕 먹이다니, 젊은 사
람이 어쩌면 그렇게도 고약한가? 잡아먹겠다는 것도 아니고,
그저 잠시 얘기나 좀 나누자는데 사람의 인정이 어찌 그리 야

박한가? 잠시면 되네. 이 늙은 중이 꼭 물어보고 싶은 말이 있
어서 그러네!"

선사는 숫제 애원하다시피 하였다.

그러나 강산은 여차하면 도망칠 생각뿐이었다.

강산의 그런 기색을 눈치챘는지 선사는 문득 정색을 하며
어조를 바꾸었다.

"노납이 이렇게나 애걸을 하는데도 시주가 끝내 매정하게
뿌리치고 가버린다면 필시 부처님의 노여움을 사고 말 게야.
그리되면 앞으로 시주가 하는 일은 반드시 바라는 것과는 반
대로 이루어질 것인데, 그리되어도 좋다면 노납도 더 이상 말
릴 생각이 없으니 시주는 그만 가보도록 하게!"

그 말에 강산은 생각없이 피식 웃고 말았다.

그야말로 여드레 삶은 호박에 송곳 안 들어갈 흰소리였다.

그러나 그대로 무시하고 가버리려니 왠지 찜찜한 기분이
드는 것이었다.

자글자글한 얼굴의 잔주름에서 대체 얼마나 나이가 들었
는지 짐작조차 어려운 늙은 중이 달래고 어르면서 하는 부탁
이었다.

무엇보다도 잠깐 사이지만 노승이 결코 나쁜 위인이 아니
라는 것은 느낌으로도 알 만했다.

'제기랄!'

강산은 내심 불쑥 투덜거림을 뱉었다.

다른 사람의 입장에다 온전히 그 자신을 맞추기는 정말 오
랜만이었다.

그러나 마음은 그다지 불편하지가 않았다.

강산이 이윽고 자신에게로 다가오는 것을 보며 선사는 불
현듯 기이한 감동에 빠져들었다.

지금 강산은 다만 천천히 걸어오고 있건만, 그 평범한 걸음
걸이에서 선사는 하나의 완성된 도와 궁극을 보고 있었다.

그리고 그 완성의 시작이 바로 선사 자신과의 작은 인연으
로부터 비롯되었다는 사실에 대해 뿌듯한 만족감이 치밀어
올랐다.

그것만으로도 좋았다.

비록 선사 자신은 오랜 기간 닦아왔던 평정심을 한순간에
잃고서 이처럼 조그만 일에도 실바람에 흔들리는 갈잎처럼
마음이 나부끼고 마는 범상(凡常)한 처지로 전락하고 말았지
만, 범상한 자가 되어 범상한 번뇌에 온전히 마음을 맡겨두는
것도 상상했던 것만큼 나쁘지는 않았다.

선사는 대나무 잎이 수북이 쌓인 바닥에 털썩 주저앉았다.

강산이 선사에게서 일 장 떨어진 곳까지 가서는 역시 바닥
에다 엉덩이를 대고 앉았다.

그 모습을 보고 선사는 슬그머니 미소를 떠올리고 말았다.

비로소 자신에게 조금이나마 공감해 오는 저 기묘한 중생

에 대해 보내는 싱거운 웃음이기도 하였고, 한편으로 허탈함을 감추기 어려운 심정에서 나오는 쓴웃음이기도 하였다.

일 장의 거리.

바로 조금 전까지만 해도 그것은 선사에게 거리(距離)가 될 수 없는 거리(距離)였다.

그 정도의 거리는, 아니, 얼마든지 그 이상의 거리라도 선사에게는 제약이 될 수 없었고, 그랬기에 거리의 개념 자체를 두지 않았던 것이다.

또한 그럼으로써 선사는 그것이 자신이 도달한 도의 깊이라고 은연중에 자부했는지도 몰랐다.

그러나 지금 일 장의 거리는 선사에게 엄연한 거리로 존재하고 있었다.

지금 일 장의 거리는 불가능의 거리였다. 선사가 아무리 전력을 다한다고 하더라도 저 기묘한 중생을 결코 따라잡지 못할 것이므로.

한순간 선사는 탄식하지 않을 수 없었다.

'아아! 그렇구나! 거리는 거리이고, 또한 거리는 거리가 아니어서, 결국은 다만 거리일 뿐이로구나! 그것은 있고도 없는 것이고, 또한 없다가도 다시 있는 것이어서, 결국은 그저 있는 것일 뿐이로구나!'

동시에 선사는 자신의 가슴속에 있던 많은 의문들이 일시에 사라져 버린다고 느꼈다.

그럼으로써 강산에게 묻고 싶은 것들이 또한 없어져 버렸기에 선사는 갑자기 당혹스러워졌다.

그러나 빤히 자신을 바라보고 있는 강산의 시선 때문에라도 무언가는 물어봐야 했기에 선사는 기껏,

"소림에는 왜 또 왔는가?"

하고 물었다. 묻고 보니 꼭 코흘리개 아이처럼,

'우리 집에는 왜 또 왔니?'

하고 심술을 부린 듯하여 선사는 언뜻 민망해지고 말았다. 그런데 다행히도 강산으로부터,

"저도 자세히는 모릅니다."

하는 요령부득의 대답이 돌아왔기에 선사는 대뜸,

"허?"

하고 탄식으로 반문을 삼을 수가 있었다.

"제 일행들과 함께 왔는데, 소림사에 부탁할 것이 있다고 합니다!"

순간 선사는 벌떡 일어섰다.

"부탁할 것이 있다고? 그것이 무엇인가? 아아! 아닐세! 아니야! 여기서 이러고 있을 게 아니라, 노납과 함께 가세! 지금 바로!"

"예?"

"허허허! 이 모든 게 필시 불존의 뜻인 게야!"

4

강산과 유정, 그리고 선변은 소림사의 산문을 나섰다.

환송 차 그들을 따라 나온 지객당주 무진은 지극히 정중하여, 처음 그들이 소림사의 산문을 들어섰을 때와는 사뭇 차이가 있었다.

그때 무진의 곁에 서 있던 낡은 승포의 늙은 중 하나가 손에 빗자루를 든 채로 강산 등을 향해 합장하며 나직이 불호를 외웠다.

"나무아미타불 관세음보살!"

강산이 저도 모르게 뒤돌아 서서 노승을 향해 마주 합장했다.

그 모습을 보고서 유정과 선변의 얼굴로 잠깐의 의아함이 스쳐 갔다.

그 노승이 바로 공공 선사임을, 그녀들은 물론 강산까지도 짐작하지 못하고 있었다.

원래 유정은 소림에 강력한 영향력을 행사할 수 있을 것이라고 믿어 의심치 않는 하나의 패를 가지고 있었다.

사실 그녀와 선변이 큰 고민없이 소림으로 온 데는 그 패가 지닌 권위에 기대하는 바가 컸기 때문이다.

그러나 그녀들이 소림 장문인 무혜 대사(無慧大師)를 만나 그 패를 제시했음에도 불구하고, 또한 할 수 있는 모든 설득과 주장을 다 했음에도 불구하고 무혜 대사는 결코 녹록하지가 않았다.

그녀들의 요청 사항에 대해 당장에 가부를 말하지 않고서, 이런저런 이유를 들어 결정을 미루려고만 하였던 것이다.

그랬다.

세상의 일이란 정황적 논리만으로 이루어지거나, 혹은 아직 젊은 두 여인의 짐작과 생각대로만 돌아가는 것은 결코 아니었던 것이다.

강산은 대나무 숲 속에서의 일에 대해 말하지 않았다.

쑥스러운 부분이 없지 않은 그 얘기를 그녀들에게 굳이 해야 할 이유는 없지 않겠는가?

그처럼 능란하게 혹은 노회하게, 당면한 상황에서 적당히 비켜서 있으려고만 하던 무혜 대사가 갑자기 마음을 급선회하여 거의 무조건적이다시피 그녀들의 요청을 수락한 이유가 바로 공공 선사의 암중 개입 때문이라는 것을 그녀들은 아직까지 눈치채지 못하고 있었다.

六十八
기행(旗行)

1

잡기마차가 다시 달리고 있었다.

그런데 선두에 선 마차의 지붕에 꽂힌 깃발들의 수가 늘어 있었다, 그것도 꽤나 여러 개가.

기존의 세 개의 깃발 외에 대여섯 개의 깃발이 새로이 꽂혀 있었는데, 우선 눈에 띄는 것이,

남궁(南宮).

제갈(諸葛).

황보(皇甫).

당(唐).

모용(慕容).

　둥의 깃발들인데, 누가 보더라도 무림의 오대세가를 상징하는 깃발들이었다.
　더욱 황당해 보이는 것은 그 깃발들 속에,

소림(少林).

　이라고 적힌 깃발도 끼어 있다는 점이었다.
　설마 소림사를 상징하는 것일까 하는 의심을 해보지 않을 수 없게 만드는 깃발이었다.
　그러나 보는 사람을 마침내 경악스럽게 만드는 깃발은 바로 검은 바탕에 적색으로,

마(魔).

　라고 적힌 깃발이었다.
　설마… 설마 마교를 상징하는 깃발이란 말인가?
　깃발들의 진위 여부에 관계없이 강호의 정사 양도를 상징하는 소림과 마교의 이름을 감히 한꺼번에 팔고 다닌다는 사실만으로도 잡기마차는 더 이상 일부 호사가들만의 흥미의 대상이 아니라, 보다 폭넓게 강호의 이목을 집중시키는 대상

일 수밖에 없었다.

2

화산(華山)이 강호무림에 유명한 것은 중원오악(中原五嶽) 중 서악(西嶽)으로서의 명성보다는, 바로 그곳에 구파일방 중 하나인 화산검파(華山劍派)가 있기 때문일 것이다.

이른 아침.

구구국!

연화봉(蓮花峰) 정상의 상궁(上宮) 처마 아래로 한 마리의 전서구가 날아들었다.

요(要) 관찰(觀察).

일(一), 잡기마차.

이(二), 사해상단 총수 유직의 손녀 유정, 비서조장 도순학, 전 마교주 진여송, 무당 파문제자 이강 외.

삼(三), 섬서 지역 내에서의 동향에 대해 세부적이며 지속적인 관찰 유지 및 수시 보고 요(要).

요(要) 감시(監視).

일(一), 서북낭인대(西北浪人隊) 대주(隊主) 적면랑(赤面狼).

이(二), 무벌과 거래 전력이 있는 것으로 판단. 금번 섬서행 또한 무벌과 모종의 연관이 있을 것으로 의심.

　삼(三), 적극적 감시 및 개방의 추포(追捕) 판단이 있을 경우에
는 무력 지원 요(要).

　특기 사항
　양건(兩件) 공히 개방과 긴밀히 공조할 것.

3

　"그들은 언제나 우리 화산을 너무 쉽게 보는군요."

　사뭇 분개한 듯한 제자 이약인(李略忍)의 말에 화산파 장문
인 풍종걸(馮宗傑)은 저절로 찡그려지는 미간을 애써 펴며 물
었다.

　"어이하는 말이냐?"

　"그렇지 않습니까? 상세한 전후 사정에 대한 설명도 없이
이래라저래라 하고 요구 사항만 잔뜩 늘어놓으니, 이건 꼭 우
리 화산이 무당에 예속되기라도 한 듯하지 않습니까?"

　풍종걸의 미간에 다시 내 천(川) 자가 깊숙이 새겨졌다.

　그러나 그는 열화와 같은 성격의 제자를 달래듯이 애써 담
담한 목소리로 말했다.

　"무당이 아니라 무림맹주의 이름으로 보낸 협조전(協助傳)
이 아니더냐? 그리고 맹주와 각파의 장문인들은 정기적으로

의견을 주고받는 터이니, 급한 안건에 대해서는 우선 간결하게 협조 요청부터 하고 그 전후 사정에 대한 보다 자세한 설명이 필요하다면 추후에 다시 보충해도 무방한 일일 것이다."

그러나 이약인은 쉽사리 공감하지 못하는 기색이었다.

"사부님께서는 매사를 너무 좋게만 생각하십니다."

하고 말하는 그의 목소리에 불만이 녹아 있었다. 그때,

"사질의 말이 좀 지나치네. 만약 다른 사람이 듣기라도 한다면 자칫 방자하다고 생각할 수도 있지 않겠는가?"

하고 그를 엄하게 질책하는 말이 있었기에 이약인이 힐끗 옆을 돌아보는데, 그의 눈빛에 찰나간 매서운 기운이 번뜩였다가 사라졌다.

능화명(陵和溟)이었다. 장문인의 유일한 사제이자 화산파에 단 한 사람뿐인 장로.

사람들은 그에게 화산현자(華山賢者)라는 별호를 붙여주었다.

그러나 이약인이 보기에 그는 고리타분하기 짝이 없는 늙은이에 불과했다.

매사에 원칙과 법도만 따지고 들이대는, 그래서 도무지 말이 통하지 않는, 또한 그래서 화산파의 중흥에 조금도 도움이 되지 않는 불필요한 늙은이.

분위기가 굳어지려 하자 풍종걸이 능화명을 보며 짐짓 소

리 내어 웃으며 말했다.

"허허허! 약인의 말이 그리 지나친 것도 아닐세! 제자들 중에는 나에 대해 무골호인(無骨好人)이라는 얘기가 나오기도 하는 모양이던데?"

그 말에 이약인이 벌컥 분기를 터뜨렸다.

"어떤 자가 감히? 그런 일은 결코 없습니다. 만약 누군가 정말로 그런 망발을 하는 자가 있다면 제가 결단코 용서하지 않을 것입니다."

그에 풍종걸이 다시 웃으며 말했다.

"허허! 그냥 우스갯소리로 하는 소릴 가지고 그리 정색을 하면 이 사부가 민망해지지 않느냐?"

그러나 이약인은 아무래도 불만스러운 심정이 풀어지지 않는 모양으로 다시 자신의 주장을 내세웠다.

"전서의 마지막에 언급된 한 줄만 보아도 그들이 우리 화산을 어떻게 취급하는지를 짐작하기에 부족함이 없다고 할 것입니다. 말이 좋아 공조이지, 기실 개방의 지시와 통제를 따르라는 얘기가 아닙니까?"

풍종걸이 나직이 한숨을 불어낸 다음에 말을 받았다.

"개방은 맹의 정보 체계를 총괄하는 곳이니 맹의 긴급하고 중요한 일을 처리함에 있어서 필요에 따라서는 개방이 일을 주도해야만 하는 경우도 생기는 법이다."

"그러나 사부님! 제가 보기에 이번 일은 결코 그렇게 긴급하거나 중요한 것 같지가 않습니다. 도대체 무슨 마차 따위의 동향을 관찰하여 보고하라니? 게다가 일개 낭인 따위를 감시하라는 건 또 뭡니까?"

그때, 가볍게 이마를 찌푸린 채 듣고 있던 능화명이 나직한 어조로 끼어들었다.

"사질! 무림맹에서 협조를 요청해 온 그 몇 가지의 사안들은 그리 가벼운 것들이 아닐세! 더욱이 잡기마차에 대한 건은 어쩌면 조만간에 현 시국을 크게 동요시킬 중요 요인으로 돌발 부상(突發浮上)할 가능성이 농후하다고 할 것이네."

그에 이약인이 가볍게 코웃음을 치며 말을 받았다.

"흥! 고작 일개 상가(商家)의 여식에다 마교에서 쫓겨난 늙은 폐물, 그리고 또한 무당에서 쫓겨난 파문제자 따위가 말입니까?"

그 거칠고 무례한 대꾸에 능화명의 이마에 두어 가닥의 주름이 더 늘었다. 그러나 그는 애써 차분한 어조를 유지했다.

"한번 역으로 생각해 보게! 사질이 말한 대로 별로 대단하지도 않은 그들 몇몇에 대해 무림맹에서는 왜 이처럼 유난스럽게 구는 것일까? 그들에게 반드시 어떤 특별한 점이 있기 때문이 아니겠나? 더욱이 공개되지는 않았으나, 일 년 전 사천에서 있었던 무림대회에서 무벌이 무림맹에 대해 그처럼 전격적인 양보를 했던 데는, 아니, 무벌이 그렇게 하지 않을 수 없던 배경에는 필시 방금 사질이 언급했던 그들 몇몇 인물들이 어떤 식으로든 연관되었을 것이란 분석들이 있네."

이약인이 당장에는 대꾸를 하지 않고 잠시 불만스러운 표정으로 있더니, 문득 터뜨려 내듯이 잔뜩 힘이 들어간 어조로 말했다.

"그러나 어쨌든 이곳 섬서에서 벌어지는 사안입니다. 하면 당연히 섬서의 주권을 가진 우리 화산이 일의 주체가 되어야지, 거꾸로 우리더러 냄새나는 개방 거렁뱅이들의 지시 통제를 받으라는 게 도대체 말이 되는 소리입니까? 이것 한 가지만 보더라도 저들이 우리 화산파를 얼마나 노골적으로 무시하고 있는지를 극명하게 보여주는 증거가 아니고 무엇이겠습니까?"

듣고 있던 풍종걸이,

"어허!"

하고 차라리 탄식하고 마는데, 능화명 또한 이윽고는 참지 못하고서 준엄한 기색으로 호통을 쳤다.

"사질은 말을 삼가게!"

그러나 이약인이 조금도 숙이는 기색없이 고개를 뻣뻣이 들고,

"사숙님! 제 말씀은……."

하고 대꾸의 말을 뱉으려는 참이자, 풍종걸이 마침내 노한 꾸짖음을 토해냈다.

"닥치지 못할까? 내 기회있을 때마다 네게 장차 화산파를

이끌어 나갈 장문제자로서 매사를 넓은 안목으로 생각할 것이며, 또한 남에 대해서는 늘 너그러운 마음으로 포용하되, 스스로에 대해서는 한시도 엄격함을 늦추지 아니하여 작은 언동 하나에서부터 진중함을 잃지 말라 그리도 누누이 일렀거늘, 네 나이 벌써 서른을 훌쩍 넘긴 지금에까지도 그 좁고 급한 성품을 조금도 고치지 못하고 있는 것이더냐?"

늘 온화하던 풍종걸이었지만 한번 꾸짖으니 그 위엄이 준열하고도 삼엄하였다.

하여 이약인이 비록 속으로는 여전히 수긍하지 못하는 부분이 있다고 해도 감히 더는 대서지 못하고 깊숙이 허리를 숙였다.

"송구합니다, 사부님!"

그런 제자에 대해 풍종걸은 가볍게 손을 내저었다.

"그만 나가보거라!"

"사부님! 부디 노여움을 거두십시오!"

이약인이 거듭 허리를 숙이는데, 풍종걸이 문득 담담한 기색으로 되돌아오며 말했다.

"노여워서 하는 소리가 아니다. 이번 일을 네게 맡길 것이니, 나가서 준비를 하라는 것이다."

"예?"

이약인이 놀라 반문하였고, 능화명이 또한 놀라며,

"사형!"

하고 풍종걸을 불렀다. 그런데 능화명의 그 목소리에 담긴 불신과 만류의 기색에 대해, 그 와중에도 이약인의 눈매가 날카롭게 변했다가 다시 풀어졌다.

그때 풍종걸이 다시,

"매화오검(梅花五劍)과 함께 가거라!"

하고 명하는데, 그 목소리에 제자에 대한 온화함과 배려가 담겨 있었다. 그에 이약인은,

"사부님!"

하고 진정으로 감동하는 마음이 되지 않을 수 없었다.

풍종걸이 다시 당부했다.

"그러나 명심하거라! 이 일의 중대성으로 보아 본래는 네 사숙이 맡아야 합당하다고 할 것인데 그럼에도 지금 네게 이 일을 맡기는 것은, 대외적인 사안의 처리와 타파와의 공조 등이 네게 좋은 경험이 되기를 바라기 때문이다. 그러니 너는 이번 일을 처리함에 있어서 한시라도 냉철함과 신중함을 잃어서는 안 될 것이다."

"명심하겠습니다, 사부님!"

이약인이 나가고 방문이 닫히는 것을 보면서 가만히 한숨을 뱉어내는 풍종걸에게 능화명이 조심스럽게 입을 열었다.

"사형! 이런 말씀은 다시 드리지 않겠다고 한 바 있으나… 본파의 백년대계를 위해 이제라도 다시 한 번 재고를 하심

이……."

풍종걸이 고개를 저어 능화명의 말을 끊고 나서 다시금 긴 한숨을 불어 내쉬며 말했다.

"휴우! 약인이 탓을 할 일이 아닐세!"

"사형!"

"모든 것이 사부로서 제자를 제대로 가르치지 못하였으며, 또한 일파의 장문인으로서 문파를 부흥시키기는커녕 오히려 침체시킴으로써 그 아이와 같이 혈기방장한 젊은 제자들이 바깥으로 나가 마음껏 포부를 펼쳐 볼 기회를 만들어주지 못한 나의 잘못이 아니겠는가?"

능화명의 얼굴에 안타까운 기색이 짙게 서렸다.

"사형! 소제가 누차 말씀드린 바이지만, 약인의 경박하고 폭급(暴急)한 성품은 본래부터 타고난 본성입니다. 하니 언제까지 훈계하고 감싼다고 하더라도 크게 달라지지는 않을 것입니다."

"설사 그렇다고 하더라도 지금에 와서 다른 방도를 찾는다고 하는 것은 있을 수 없는 일일 뿐더러, 결코 있어서도 안 되는 일일세!"

"아아! 사형!"

"약인이 비록 어진 성품은 아니라고 하더라도 심성이 나쁜 아이는 결코 아니란 것은 사제도 잘 알지 않나? 비록 성격이 원만하지 못하고 다소간 지나치리 만큼 외골수적인 측면이 있다고는 하나, 그래도 그 영민함과 무공의 성취에 있어서는 본파의 또래 제자들 중에서 가장 뛰어나지 않은가? 더하여 본파에 대해 누구보다도 강한 자부와 깊은 애정을 지닌 아이이니, 훗날에 혹시 훌륭한 장문인은 되지 못할지 모르나 최소한 못나고 무능한 이 사형보다는 나을 것이라도 믿네. 무엇보다도 지금에 와서 모든 것을 되돌린다고 한다면… 그 아이는 반드시 커다란 후환으로 변하고 말 것이니, 그때 화산은 자칫 내부로부터 무너지고 말 것일세."

"아아!"

능화명이 어쩔 수 없이 긴 탄식을 흘리고 말았다.

"사제는 너무 걱정하지 말게! 본래 사람의 일생 중에는 여러 차례의 변할 기회가 반드시 있는 법이 아니던가?

하고 말한 풍종걸이 문득 나직이 소리 내어 웃으며 다시 덧붙였다.

"허허허! 자네의 경우만 해도 그렇지 않나? 이십대 초반까지만 해도 화산제일의 말썽꾼이라 선사께서도 늘 고개를 저으시던 자네가 아니었던가? 그랬던 자네가 오늘날 화산제일의 현자가 되었으니, 예전 그때에 그 누가 있어 지금의 자네를 짐작이나 했겠는가? 허허허!"

그에 능화명이,

"허허! 사형도 참!"

하고 애써 웃음을 떠올렸다. 풍종걸이 차분해진 어조로 말을 이었다.

"약인 또한 그럴 것이라 믿네. 그 아이의 나이 이제 겨우 서른을 갓 넘겼네. 하니 앞으로 그 아이가 겪을 경험과 계기와 기회들이 결코 작지 아니할 것인데, 십 년 후에 혹은 이십 년 후에 자네와 나는 어쩌면 지금 그 아이에 대해 가지고 있는 우려와 걱정들을 웃으며 다시 말할지도 모르지 않은가? 그러니 자네와 내가 지금 해야 할 일은 그 아이를 믿어주는 것일세. 그리고 그 아이가 보다 많은 경험과 보다 좋은 계기와 기회를 가질 수 있도록 배려해 주는 것일세."

능화명이 결국은 수긍하지 않을 수 없었다.

"사형의 말씀이 옳습니다. 소제가 우매했습니다."

"허허허! 자네와 나는 평생을 함께하고 있는 동문의 형제인데, 자네가 우매하면 나 또한 우매한 것으로 되지 않겠는가? 그러니 자네는 언제까지나 현자로서 화산을 지켜주게!"

능화명은 사형 풍종걸을 향해 깊이 허리를 숙였다.

4

사천에서 한 가지 작은 사건이 벌어졌다.

비록 폭넓은 주목을 받지는 못했지만, 그 작은 사건에 대해 개방과 무벌의 기밀당(機密堂) 등, 무림의 주요 정보 조직들에서 주목했다.

바로 사해상단 사천 지단의 갑작스러운 폐쇄였다.

상단의 내부 사정 때문임과 당분간이라는 단서를 달고, 시설물들의 대부분은 그대로 둔 채 인력만 조용히 철수하는 수준이었다.

그러나 사해상단이 무림 정세에서 차지하는 비중과 잠재적인 영향력이 결코 작다고 할 수 없기에, 갑작스럽고도 돌출적인 상단의 움직임에 어떤 배경과 의미가 있을지에 대해 그 영향력과 결코 무관하다고 할 수 없는 무림맹과 무벌이 촉각을 세우는 것은 지극히 당연한 일이었다.

六十九
시비(是非)

1

잡기마차는 하남(河南) 땅을 벗어나 어느덧 섬서(陝西) 땅으로 접어들고 있는 중이었다.

잡기마차에 타고 있는 사람들의 정체와 마차가 과연 어디를 목적지로 해서 가고 있느냐 하는 것에 대해서는 그동안 이런저런 소문들이 많았다.

그러나 이즈음에는 그런 쪽으로의 관심보다는 네 대의 마차에 과연 무엇이 실려 있는가 하는 데 대한 소문들이 난무하더니, 이윽고는 황당하고 허황된 낭설들까지 나돌게 되었다.

즉, 마차 안에 천고의 신병이기들이 실려 있다느니, 막대한 가치를 지닌 금은보화가 실려 있다느니, 심지어는 세상에 드문 영약과 기수(奇獸)가 실려 있다는 소문까지 생겼다.

사정이 그쯤에 이르고 보니, 물론 제대로 된 강호인들이야 그런 낭설에 가벼이 움직일 리 없겠으나, 소문에 혹한 강호도상의 녹림도당들과 여타의 시정잡배들로서는 마차의 주변을 기웃거려 보는 것이 당연한 수순이었다.

그럼에도 아직까지는 막상 이렇다 할 성가신 일이나 귀찮은 일이 발생하지 않은 것은, 한 가지 묘한 우연 때문이었다.

군소(群小)의 녹림도당이나 강호 잡배들 주제에 벌건 백주 대낮에, 그것도 네 대씩이나 되는 마차 대열을 덮쳐 볼 엄두를 내기는 어려울 터. 만약 수작을 부리고자 한다면 아무래도 밤을 노려봄직한데, 참으로 묘하게도 잡기마차가 머무는 객잔이나 여곽마다 꼭 관원들이 함께 머물게 되는 것이었다.

더욱이 그때마다의 관원들은 제법 직위가 있거나 혹은 중요한 물품을 호송하는 중이었는지 적을 때는 서너 명씩, 많을 때는 십여 명씩이나 되는 군사들을 동행하고 있었으니, 녹림도당들과 잡배들이 감히 어떤 수작을 부릴 엄두를 내기는 어려운 일이었다.

만약에 그들이 기껏 몇 명에 불과하더라도 어쨌든 조정의 군사들이 경비를 서는 곳에서 못된 수작을 부려볼 만한 간담을 낸다면, 그것은 이미 시시한 녹림도당과 강호 잡배를 넘어서는 대도 급(大盜級)이라고 해야 하지 않겠는가?

2

서안(西安).

그 옛날 서주(西周)와 진(秦), 서한(西漢)과 당(唐)의 도읍지였던 곳으로, 길 하나, 건물 하나하나에도 옛 영화의 향기가 은은히 스미어 있는 고도(古都)였다.

그런 서안을 관통하는 동서대로(東西大路)를 지금 네 대의 사두마차가 자못 거창한 대열을 이루며 천천히 지나가고 있었다.

바로 잡기마차였다.

따각!

따각!

그르륵!

그르륵!

느긋한 완보(緩步)의 말발굽 소리와 마차 바퀴 구르는 소리 속으로 문득 한 소리 맑은 교성이 흘러나왔다.

"아아! 둘러보고 싶은 곳이 참으로 많건만, 옛 왕조들의 찬란한 고적들을 바로 지척에다 두고도 가보지 못한다니, 참으로 애석하기 짝이 없구나!"

시를 읊듯 자못 안타까운 탄식의 소리는 선변의 것이었다. 이어서,

"새파랗게 젊은 나이이니 다음에 와서 둘러보면 될 일을

가지고 괜한 호들갑이다."

하고 은근히 핀잔을 주는 소리가 나오는데, 그것은 강산의 목소리였다.

그에 선변이 스스로의 감상에서 빠져나오기 싫은 모양으로,

"하아!"

하고 더욱 길게 탄식을 뽑고 나서 자못 구성진 목소리로 말을 이어냈다.

"화무십일홍(花無十日紅)이라 했으니, 이번에 지나쳐 가면 언제 다시 이곳에 와볼 날이 있을까?"

빙그레 웃으며 지켜보던 유정이 이윽고는 짜랑한 웃음소리를 터뜨리고 말았다.

"호호호! 동생도 참! 이 와중에 화무십일홍이 왜 나와?"

그에 선변 또한 웃음으로 받으며 대답했다.

"호호호! 훗날 제가 다시 서안을 보게 될 때에, 그때도 제가 지금과 같이 젊을 것이라는 보장은 없지 않겠습니까? 그리고 누천년을 이어 온 서안이 짧디짧은 사람의 일생 동안에 달라질 리는 없다고 하더라도, 그러나 지금의 젊은 제가 보는 서안과, 훗날의 나이 든 제가 보는 서안은 반드시 다르지 않겠습니까? 그러니 어찌 안타깝다고 하지 않을 수 있겠습니까?"

선변의 그 말을 듣고는 유정 또한 문득 공감이 되는 부분이 있는 모양으로, 언뜻 감상에 젖어드는 모습이었다.

그때 강산이 혼잣말로 나직이 투덜거렸다.

"서른을 한참이나 넘겨 이제 처음으로 와보는 사람도 있는데, 기껏 나이 스물의 어린애가 하는 소리하고는……."

하고는 다시 뒤끝에다 소리 나게,

"쯧!"

하고 혀까지 찬 강산은 마주 앉은 선변에게서 고개를 돌려 차창 밖으로 시선을 돌렸다.

순간 강산이 보지 않는 틈에 선변의 혀가 날름하고 나왔다가 들어갔기에 유정이 참지 못하고 웃음을 터뜨리고 말았다.

"호호호호!"

그에 선변이 스스로 생각하기에도 우스웠던지 또한,

"호호호호!"

하고 교소를 터뜨리고 마는 것이었다.

그리고 웃음이 다시 웃음을 불러, 두 여인은 서로 마주 보며 아주 본격적으로 깔깔대기 시작했다.

"호호호호!"

"호호호호!"

마치 은쟁반에 옥구슬 굴러가는 듯한 두 여인의 교소 소리가 열린 차창을 통해 마차 밖으로 흘러나왔기에 주위를 지나던 행인들의 시선이 마차 쪽을 힐끔거렸다.

그나마 다행한 것은 마차의 차창에 쳐진 망사가 특수한 것이라 안에서는 바깥이 보이되, 바깥에서는 안이 잘 보이지 않는다는 점이었다.

만약 그렇지 않았다면 행인들은 다만 시선을 힐끗거리는 정도로 태연히 마차를 지나치지는 못하였을 것이다.

마차 안 두 여인의 절세미모는 그야말로 그들이 일생에 처음으로 보는 것일 테니 말이다.

3

장안제일객잔(長安第一客棧).

오늘 일행이 묵어 갈 장소인데, 선변은 미리 사람을 보내 그곳의 별채를 통째로 예약해 놓았다.

그런데 잡기마차가 객잔이 저 앞쪽으로 바라다보이는 곳까지 왔을 때였다.

일단의 무리들이 갑자기 마차의 앞으로 벌려 서며 길을 막아섰다.

그리고 그중 한 사내가 크게 외쳤다.

"멈추시오!"

돌연한 소동에 강산과 일행들이 일단 각기의 마차에서 내려 무슨 상황인지부터 살폈다.

무리들은 삼십여 명쯤의 흑의대한들이었는데, 좀 전에 크게 외친 사십대의 장한이 무리의 우두머리로 보였다.

장한은 다른 자들과 달리 회의의 승복을 걸쳤는데, 희끗희

끗한 머리를 위로 틀어 올린 것을 보면 승려는 아니었다.

선변이 회의 승복의 장한을 향해 마주 서며 물었다.

"무슨 일인가요?"

눈부신 듯 유정과 선변을 바라보고 있던 장한이 언뜻 정신을 수습한 듯이 대답했다.

"나는 이곳 서안 일대의 소림 속가제자들을 이끌고 있는 육승(陸丞)이라는 사람일세."

선변을 나이보다 더욱 어리게 보았는지, 혹은 거드름인지 육승은 대뜸 편하게 말을 놓았다.

그리고 그는 힐끗 뒤쪽으로 눈짓을 했다. 그쪽에는 흑의대한 하나가 깃발을 들고 서 있는데, 황금색 바탕에 붉은 글씨로,

소림(少林).

이라고 새겨진 깃발이었다.

육승이 다시 말했다.

"지금 소저 일행이 저처럼 마차에다 공공연히 소림의 깃발을 꽂은 채로 대로를 행진하고 있으니, 소림의 제자 된 입장으로 저 깃발의 진위와 또 무슨 연유인지를 알아보는 것은 당연한 일이 아니겠는가?"

그에 선변이 슬쩍 유정과 강산을 돌아보는데, 언뜻 당혹스

러워하는 빛이 있었다.

하긴 하남의 소림사에서 이곳 섬서 땅의 한가운데로 이동해 오는 동안 처음으로 겪는 일이었고, 예상조차 해보지 못한 엉뚱한 경우였다.

그런 중에도 선변은 이내 차분한 얼굴로 말을 받았다.

"저 깃발에 대해서는 저희가 무혜 대사님께 직접 허락을 구하였습니다. 확인해 보시면 아실 일이니 만에 하나라도 성급한 오해가 없으시기를 바랍니다."

그러나 육승은 대번에 강경한 투로 되받았다.

"가당찮은 말이로다. 대소림사의 방장께서 결코 한가하신 분이 아닌데, 어찌 일개 마차에 깃발을 매다는 사소한 일에까지 관여를 하실 것인가? 게다가 소림의 깃발이 풍진천하를 횡행하도록 허락하실 리는 더욱이 만무한 일이 아닌가? 만약 피치 못할 사유가 있어 정말로 그럴 필요가 있었다면, 필시 천하의 속가제자들에게도 무슨 연락이 있었을 터! 그러나 우리는 어떠한 연락도 받은 적이 없으니 지금 소저는 필시 거짓을 말하는 것이며, 나아가 소림의 이름을 팔아 사사로이 이익을 챙기려는 음모에 대해 의심해 보지 않을 수 없네."

선변의 미간이 이윽고는 샐쭉하니 좁혀지고 말았다.

육승이 몰아붙이는 기세가 너무 각박하고도 급하여 혹시 미리 작정하고 있는 게 아닌가 하는 미심쩍은 생각도 드는 것이었다.

　그때 뒤쪽에 서서 돌아가는 상황을 살피고 있던 노달이 슬쩍 앞으로 나섰다.

　"허허! 우리에 대한 오해가 깊은 듯하니 아무래도 서로 간에 차분하게 얘기를 나누어보는 것이 필요할 듯하오. 또한 이처럼 대로를 가로막고 있어서는 많은 사람들에게 불편을 줄 터이니, 일단은 자리를 옮기는 것이 어떻겠소? 마침 우리 일행은 저 앞쪽의 장안제일객잔에서 하루를 묵어 갈 작정이었으니 그리로 자리를 옮기도록 합시다."

　그러나 육승은 오히려 더욱 강하게 몰아붙였다.

　"오호라! 과연 뭔가 꺼리는 것이 있다는 것인가? 그러니 일단 이 자리를 피하고 보자는 수작이로군! 그러나 나는 그런 얕은 수작에 넘어갈 사람이 아니며, 또한 이 일의 전모를 밝히는 것에 그리 오래 시간이 걸릴 것도 아니니, 그대들은 다만 우리의 조치를 순순히 따라주면 될 일이다."

　선변이 다시 나서며 차갑게 물었다.

　"조치를 따르라니, 도대체 어떻게 하겠다는 것이오?"

　"일단 마차들의 내부를 조사해 봐야겠다."

　그 말에 결국 참지 못한 윤파가 두 눈에 쌍심지를 피우며 고함을 쳤다.

　"마차 내부를 조사하겠다고?! 너희가 무슨 관원들이라도 되느냐? 오호라! 가만 보니 이자들이 결국은 흑심을 품고 있는 것이로구나?"

그에 육승이 대번에 얼굴을 붉히며 맞고함을 쳤다.

"무어라? 이자가 터진 입이라고 함부로 지껄이는구나!"

분위기가 대번에 험악해지는데, 선변이 언뜻 주위를 돌아보니 어느 틈엔지 백여 명은 족히 넘어 보이는 구경꾼들이 왁자하니 몰려들어 있었다.

참으로 난감한 상황이었다.

육승 등이 정말로 소림의 속가제자들이라면?

잡조가 소림의 깃발을 내건 이상, 주위의 이목을 생각해서라도 볼썽사납게 소림의 속가제자들과 다툼을 벌일 수는 없는 일이 아닌가?

그렇다고 당장에 육승을 설득할 마땅한 논리나 방도가 있는 것도 아니었다.

그때 유정은 구경꾼들 속에서 낯익은 복장들을 발견했다.

바로 화산파(華山派)의 제자들이었다.

하긴 화산파가 이곳 섬서 땅에 수백 년째 뿌리를 내리고 있는 터라 이런 소란통에 그 제자들 몇이 구경꾼으로 낀다고 해서 이상할 일은 없는 것이었다.

어쨌든 답답하고 난감하던 중에 화산파 제자들을 발견한 것은 유정으로서는 반가운 일이 아닐 수 없었다.

비록 그리 큰 규모는 아닌 것으로 알고 있지만 사천 지단을 통해 상단과 화산파 간에 거래가 없지 않으니, 이런 난감한 상황에 대해 화산파 제자들에게 중재를 부탁해 볼 수는 있는 일이었다.

　그런데 유정이 이런 일에는 자신보다 도순학이 훨씬 나으리라 생각하고 막 그를 부르려는 참인데, 마침 구경꾼들 중에 누군가가 짐짓 목소리를 높이며 말을 하는 것이었다.

　"그것참, 이상하다. 다른 구파와 달리 소림은 속가제자를 그다지 많이 두지 않는데 어찌 이곳 서안에만도 삼십여 명씩이나 몰려 있는 것일까? 그리고 아무리 속가제자라 하지만 그래도 명색이 소림이니, 저런 정도의 수가 모였다면 웬만한 무림방파의 세를 오히려 능가한다고 할 것인데, 나는 어째서 저들에 관한 아무런 소문조차 들어본 적이 없으며, 육승이라는 이름도 오늘 처음으로 들어보는 것이니, 참으로 이상한 일이라고 하지 않을 수 없구나!"

　머리에 다 찌그러진 폐립(廢笠)을 쓴 그 사람은 잠깐의 틈을 두었다가 다시 사방을 향해 크게 외쳐 묻는 것이었다.

　"혹시 여기 계시는 분들 중에 육승이라는 사람에 대해 아시는 분이 있소? 그리고 저들 삼십여 명이 죄다 이곳 서안 일대의 사람들이라는데, 혹시 아는 얼굴들이 있소?"

　그러자 사방의 구경꾼들이 금세 웅성거리기 시작했다.

　그것을 보고 육승이 급히 폐립인을 향해 꾸짖었다.

　"무엇 하는 작자냐? 행색을 보아하니 걸식하며 떠도는 처지 같은데, 하찮은 목숨이나마 보존하고 싶다면 함부로 남의 일에 끼어들지 말아야 할 것이다. 이것은 소림의 일이다."

그러나 폐립인은 오히려 냉소하였다.

"흐흐흐! 잘 보았다. 나는 집도 절도 없이 천하를 떠도는 신세이니, 원래 목숨 따위는 그다지 중하게 여기지 않는 사람이다. 그러나 끼어들고 싶은 일에 끼어들지 못하면 복장이 터지고 마는 성질이니, 소림의 일 아니라 황실의 일이라도 일단 끼어들고 보아야겠다."

"이놈이 터진 아가리라고 함부로 혓바닥을 놀리는구나! 진정 죽기가 소원이냐?"

폐립인이 호쾌하게 웃으며 말을 받았다.

"으하하하하! 네놈의 아가리도 제법 걸쭉하게 돌아가는 것을 보니 이제야 본래의 성질이 드러나는 모양이로구나. 그런데 내가 천하를 몇 바퀴나 돌면서 별별 괴상한 경우들을 보아 왔지만 너처럼 뻔뻔한 가짜를 만나기는 참 드문 일이다. 예끼, 이 사기꾼 놈아!"

순간 구경꾼들 사이에서 왁자한 웃음들이 터지는데, 육승이 더는 참지 못하고,

"이놈!"

하고 대갈하며 그대로 폐립인을 덮쳐 갔다.

그의 손에는 어느 틈에 꺼내 들었는지 한 자루 협봉검(狹鋒劍)이 들려 있었다.

그에 맞서 폐립인 또한 들고 있던 물건을 허공에다 세차게 떨쳐 내는데, 감겨 있던 천 조각이 단번에 풀려 나가며,

파르르릉!

하는 격한 떨림 소리가 허공에 울렸다. 그리고 그의 손에는 길이 오 척의 흑오철(黑烏鐵) 단창(短槍) 한 자루가 들려 있었다.

두 사람이 곧바로 격돌로 접어드는데,

파팟!

파파파팟!

협봉검의 좁은 검극이 만들어내는 점점의 검화가 폐립인의 전신을 덮어씌우다시피 하는 중에,

파르릉!

파르르릉!

마치 늑대나 승냥이가 목 안에서 울려 내는 위협의 소리같이 강철 창대의 격한 진동 소리와 함께 허공에 창 그림자가 빽빽한 숲을 이루었다. 이어,

타라라라랑!

따다다다당!

하는 요란한 소리가 터져 나오며 한 자루 검과 창이 격렬하게 얽혀들었다.

그 광경을 보면서 윤파가 문득 이가 드러날 정도로 활짝 웃으며 말했다.

"어쩐지 낯설지 않다 했더니, 바로 그 친구였군!"

그는 이제야 폐립인이 누군지 알아본 것이다.

일 년여 전, 사해상단의 순행단이 무당산 인근에서 낭인 무리의 습격을 받았을 때, 낭인 무리를 지휘했던 바로 그 사내였다.

윤파와 일장의 승부를 겨룬 후, 다음에 다른 곳에서 다시 만나게 되면 술이나 한잔하세 하고 사라졌던 바로 그 적면(赤面)의 사내.

차차창!
차차차창!
폐립인과 육승의 승부가 쉽게 갈릴 기미가 아니자, 한순간 삼십여 흑의대한들이 일제히 도를 뽑아 드는데, 그 소리가 마치 한 사람이 발도를 하는 듯했다.

치밀하게 들어맞는 그 일제발도의 광경만 보더라도 그들에게서는 집단전에 대응하여 잘 훈련된 일대(一隊)의 도객들의 면모가 여실히 드러나는 것이었다.

또한 그럼으로써 그들은 자신들이 소림과는 무관하다는 사실을 자진하여 드러낸 것이나 마찬가지였다.

윤파가 지체없이 격전의 장으로 뛰어들었고, 이강이 또한 그 뒤를 따랐다.

그들 두 사람의 개입으로 전세는 대번에 기울었다.

비록 그 일대(一隊)의 도객들이 잘 짜여진 도진(刀陣)을 능숙하게 운용하였지만, 윤파와 이강이 누구이던가?

두 사람 모두 검의 새로운 경지에 접어든 절대검공의 소유
자들이 아니던가.

차라랑!

차라라랑!

이강이 펼쳐 내는 검초는 가볍고도 단순했다.

그러나 그의 검이 만들어내는 궤적을 따라서는 마치 어떤
무형의 강력한 검력이라도 작용하는듯 했다.

그 단순한 검초에 마주쳐 온 상대의 도객들은 불가항력인
듯이 휘청거리며 뒤로 물러나기에 급급했다.

그러고 보니 이강의 검이 움직이는 공간을 따라서는 확연
하지는 않으나 은은한 빛무리와도 같은 기이한 검광이 일렁
이며 번져 나가고 있었다.

바로 태극혜검이었다.

물론 이강이 지금 굳이 태극혜검을 시전하고 있는 것은 아
니었다.

그러나 태극혜검이란 것이 원래 정형화된 형태와 형식이
있는 것이 아니고, 그의 태혜지경(太慧之境)은 이제 더욱 완숙
한 경지에 이르러 그가 펼쳐 내는 단순한 검초에도 저절로 그
같은 공능이 발휘되어 나오는 것이었다.

카캉!

카카카캉!

윤파의 쌍검은 가차없이 도객들을 휘몰아쳤다.

비록 목숨을 거두지는 않았지만, 순식간에 네다섯의 도객이 어깨와 팔, 가슴과 옆구리 등을 부여잡고 바닥으로 나뒹굴었다.

대개의 사정이 그러했으니, 노달과 강산은 거들려고 마음먹을 것도 없이 구경만 하고 있어도 충분했다.

그때 폐립인과 접전을 벌이고 있던 육승이 맹렬하게 도를 전개하여 폐립인을 한 걸음 뒤로 물러나게 하더니, 자신 또한 급하게 뒤로 물러서서 거리를 벌린 다음에,

"멈춰라!"

하고 크게 외쳤다.

그런데 그 외침이 곧 퇴각 신호였던 듯하였다.

도객들이 바닥에 쓰러져 있던 동료들을 서둘러 챙긴 뒤에 일제히 물러났다.

폐립인도, 그리고 윤파와 이강도 굳이 그들을 쫓지는 않았다.

무리들이 사라지고 난 다음 바닥에는 내팽개쳐진 깃발 하나가 남았다.

황금색 바탕에 붉은 글씨로,

소림(少林).

이라고 새겨진 깃발.

"여기서 다시 만나다니, 천하가 몹시 좁다는 것을 다시 한 번 깨닫게 되는군!"

폐립을 슬쩍 들어 올리며 그가 말했다.

폐립 안에서 붉은 얼굴이 하얗게 웃고 있는 걸 보고, 윤파 또한 씨익 하고 싱겁게 웃어주었다.

드러나는 치열로 인해 윤파의 웃음 또한 하얗게 보였다.

七十
파벽(破僻)

1

잡기마차의 지붕에 꽂혀 있는 잡다한 깃발들 중에는 마교의 깃발이 있었고, 다시 소림의 깃발이 있었다.

마교에 대해서는 근원적이다시피 한 거부감이 있거니와, 마교와 소림의 깃발을 나란히 꽂아놓다니…….

이약인은 그것을 정파에 대한 노골적인 조롱의 의도라고 생각했다.

나아가 정파에 대한 조롱은 곧 구대문파에 대한 조롱이며, 다시 화산파에 대한 조롱으로 볼 수도 있는 일이었다.

그러나 소림의 속가제자를 사칭하는 무리들과 잡기마차가 시비를 벌일 때까지만 해도 이약인은 비교적 침착할 수 있었다.

시비가 진전되는 양상을 지켜보면서 잡기마차의 내력과 의도를 살펴보되, 직접적인 개입은 되도록 자제하리라는 계산도 충분히 세우고 있었다.

그런데 이약인에게 약간의 조급함이 생긴 것은 전혀 예기치 못했던 적면랑의 출현 때문이었다.

더욱이 적면랑이 잡기마차의 인물과 서로 친분을 나누는 장면까지 목격하였으니, 그로서는 상당히 의미있어 보이는 새로운 단서를 포착한 셈이었다.

그리고 그가 먼저 그런 단서를 잡은 이상, 시기를 놓쳐 개방에만 좋은 일을 시키기 전에 그가 먼저 조치를 취함으로써 그 공(功)을 화산파 앞으로 돌려놓아야겠다는 조급함이자 공명심이었다.

2

사실 이약인은 그가 의미있어 보인다고 판단한 단서를 포착하고서 조급함을 느끼기 이전에 이미 조금씩 마음의 평정을 잃어가고 있던 중이었다, 그 자신도 모르는 사이에.

우선은 이강 때문이었다.

이약인이 미리 선입관을 가지고 있던 것과는 사뭇 달리, 이강의 모습에서는 소탈하면서도 어딘지 모르게 달관한 기품

같은 것이 풍겼다.

화산파가 본래 도가(道家)와 속가(俗家)의 기풍을 동시에 포용하고 있는 덕에 이약인이 도가 공부에도 상당한 노력을 경주하고 있는 중이었고, 또한 이강이 무당과 무관하지 않음을 알고 있는 바이니, 이강의 그러한 기품이 바로 도가적인 수련이 일정 이상의 경지에 올라섬으로써 자연스럽게 뿜어져 나오는 것이란 것을 이약인은 짐작해 볼 수 있었다.

도가 공부에 있어서의 그러한 성취는 이약인 자신도 목표로 하고 있는 것이었다.

그러나 그가 나이 서른이 넘도록 한결같이 매진해도 아직 도달하지 못한 성취이기도 했다.

그런 것을 이제 약관의 어린 나이인 이강이, 더욱이 좀 전까지만 해도 무당의 파문제자로 폄하하여 생각하던 자가 이미 성취하고 있다는 데 대해서 그는 그만 움츠러드는 마음이 되고 말았다.

그것이 시작이었다.

스스로도 많은 장점을 가지고 있건만, 남의 장점 앞에서 필요 이상으로 움츠러들고 마는 좁은 마음.

이약인 스스로가 그토록 탈피하고자 애써오던 소심함이 은연중에 발동하고 만 것이다.

그리고 그것은 그가 선변과 유정의 절세미모를 가까이에서 확인하고 난 다음에는 이윽고 열등감으로까지 번지고 말

있다.

괜한 소심함이요, 가지지 않아도 될 열등감이란 건 누구보다도 이약인 자신이 가장 잘 알고 있었다.

사부 풍종걸(馮宗傑)은 기회가 닿을 때마다 그를 일깨우고자 했다.

"너는 화산제일의 기재다. 그러니 천하의 어느 누구 앞에서도 당당해도 좋다."

약관 무렵까지만 해도 이약인은 당당하고 패기만만한 청년이었다.

그는 화산파 장문인의 하나뿐인 제자였고, 또래 항렬들 중에서 그를 능가하는 이는 없었다.

그러나 언젠가 견문을 넓히고 경험을 쌓고자 짧은 강호 외유를 하고 난 후, 그는 다시는 당당하고 패기만만했던 청년으로 돌아가지 못했다.

천하는 넓었다.

화산파에서 제일이었던 그는 화산을 벗어나는 순간 자신이 결코 제일이 못 된다는 사실에 직면하였다.

한눈에 보기에도 그를 능가하는 소위 천하 기재들 앞에서 그는 초라함을 느끼지 않을 수 없었다.

그들 앞에 서면 그는 괜히 위축되고 말았다.

혹시 그들이 그를 무시하지나 않을까, 그럼으로써 나아가 화산파가 무시당하지나 않을까 지레 노심초사하기 일쑤였다.

사부는 그런 그를 다독이려고 무던히도 애를 썼다.

"남과 너를 단순히 비교하는 것은 무의미한 일이다. 더욱이 그로 인해 스스로 위축되는 마음을 가지는 것은 참으로 못난 짓이다. 사람마다 제각기 뛰어난 재능이 따로 있기 마련인데, 어찌 한두 가지의 능력만 보고서 제일(第一)이니 제이(第二)니 하며 순서를 매길 수 있겠느냐? 사부가 보기에 너는 참으로 많은 장점과 재능을 가지고 있어서 천하의 그 어떤 기재와도 능히 견줄 만하다. 그러니 너는 스스로에 대해 자신감을 가져라! 지금 네가 극복해야 할 가장 큰 적수는 그들 천하기재들이 아니라 바로 네 자신이다. 네 자신을 완벽히 이겨낸다면 너는 천하의 어떤 뛰어난 사람 앞에서도 당당할 수 있을 것이다!"

그러나 어찌하랴!

사부의 말씀이 옳다는 걸 알고, 또한 그 말씀에 따르려고 무진 애도 써보았지만, 막상 자신보다 뛰어나다고 생각되는 사람 앞에 서면 그는 어쩔 수 없이 한순간에 작아지고 말았다.

그리고 위축된 스스로를 감추기 위해 그 스스로도 놀라고

말 정도로 돌발적이고, 거칠고, 과격하게 변하고 마는 것이었
다.

그럴 때마다 그는 마치 그 본래의 자아가 아닌, 다른 정신
의 지배를 받는 듯한 처절한 자괴감을 느껴야만 했다.

3

"적면랑! 당신을 체포하겠다!"

이약인의 그 외침은 너무도 돌발적인 것이어서 함께 있던
매화오검의 맏이 송운(宋雲)은 흠칫 당황하지 않을 수 없었
다.

그가 반사적으로 좌우를 돌아보니 그의 네 사제 또한 당황
한 시선으로 그를 보고 있었다.

송운은 지그시 이를 물었다.

일단 문파 밖으로 나온 이상에는, 더욱이 장문인의 명을 받
들고 나온 이상에는 어떠한 형태로든 분열이 있어서는 안 되
는 것이었다.

지금 이 자리에서의 지휘권자는 이약인이었다.

당연히 그의 명령은 절대적이어야만 했다, 그것이 어떤 종
류의 명이 되었든.

송운의 굳어진 안색을 보고 그의 사제들은 신속히 이약인
의 뒤쪽으로 대열을 갖춰 늘어섰다.

"너는 누구냐? 그리고 무슨 연유로 나를 체포하겠다는 것이냐?"

폐립인, 적면랑이 짐짓 궁금한 듯이 묻자, 이약인은 가슴을 쭉 펴며 크게 말했다.

"나는 화산파 이대제자 이약인이다. 당신이 정체를 숨긴 채 섬서 땅으로 들어온 이유가 무엇이며, 또한 꾸미고 있는 음모가 무엇인지 조사하기 위함이다."

그에 적면랑이 다소 놀랐다는 듯이,

"화산파?"

하고 반문하고 나서 문득 소리 내어 웃으며 말을 이었다.

"하하하! 좋다! 과연 내게 무슨 음모가 있다고 치자. 그러나 그것은 아직까지 드러나지도 않은, 다만 내 마음속의 일일 뿐이어서 화산파에 대해 그 어떠한 손해도 끼친 바가 없거늘, 대체 화산파가 무슨 이유로, 또한 무슨 권한이 있기에 함부로 사람을 체포하고 말고 할 수 있다는 것인가?"

순간 이약인은 언뜻 대답이 궁해진 기색이 되었다. 그러나 이내,

"무슨 권한이냐고 물었느냐? 이곳 섬서 지역의 관할자로서 대화산파가 가지는 권한이다!"

하고 큰 소리로 외쳐 말했다. 그에 적면랑이 잠시 어이없다는 빛으로 새삼스럽게 이약인의 모습을 훑어보고 나서,

"화산파의 권한이 그처럼 대단한지 미처 몰랐구나. 그런데

섬서의 땅이 결코 좁지 않은지라 하루에 들고 나는 사람만 해도 족히 수백 수천을 넘을 터인데, 다만 그와 같은 이유로 사람을 체포하려면 보통의 수고가 필요한 일이 아닐 터, 아마도 내가 모르는 사이에 화산파의 세와 규모는 엄청난 확장을 이룬 모양이로구나!"

하고 말하는데, 다분한 조롱이 녹아 있었다.

이약인이 당장에 얼굴을 벌겋게 물들이며 격한 호통을 토해냈다.

"닥쳐라! 무벌이 아무리 강성하다고 해도 이곳 섬서 땅에서는 함부로 행세하지 못하거늘, 네 기껏 그곳의 개 노릇이나 하는 주제에 뉘 앞에서 감히 같잖은 허세를 떨려 하느냐?"

순간 적면랑이 안색을 무겁게 가라앉히며,

"무벌의 개 노릇이나 하는 주제라?"

하고 반문하고 나서 차갑게 웃으며 다시 말했다.

"흐흐흐! 너는 그 말에 대해 분명히 책임을 져야만 할 것이다!"

그러나 이약인은 더욱 기세가 등등하여,

"흥!"

하고 거칠게 코웃음을 친 다음에 뒤를 향해 크게 외쳤다.

"매화오검은 즉시 저자를 체포하라!"

그러자 곧바로 두 명의 무사가 앞으로 나서는데,

챙!

채앵!

발검하며 그들이 취하는 자세가 상당히 특이했다.

두 사람이 각기 상하의 공간을 나누어 점하듯이 한 사람은 자세를 낮춘 채 검을 가슴 높이로 끌어당겨 하방(下方)의 공간을 횡(橫)으로 벨 태세였고, 다른 한 사람은 검을 상단세로 곧추세워 상방(上方)의 공간을 종(縱)으로 가를 태세였다.

"양의추영검진(兩意追影劍陣)이로군!"

노달의 나직한 중얼거림에 선변이 흥미로운 빛으로 고개를 끄덕였다.

양의추영검진은 드물게도 단 두 명의 검수로 구성되는 화산파의 독특한 검진인데, 단독의 강력한 적수를 상대로 펼쳐지며, 검진의 운용에 음양의 이치를 절묘하게 조화시킴으로써 가장 적은 인원으로 가장 완벽한 공격과 방어를 펼치는 것으로 평가되는 검진이었다.

그때였다.

"어린 친구가 너무 제멋대로 노는군!"

문득 투덜거리듯이 내뱉으며 앞으로 나서는 이는 바로 윤파였다. 그에 이약인이,

"누가 함부로 나서느냐?"

하고 날카롭게 외쳤는데, 윤파가 손가락으로 마차 지붕 위의 깃발들을 가리키며 천천히 말했다.

"나는 해남파 제이십일대 장문인 윤파다."

순간 이약인이 설핏 당황하는 듯했으나, 이내 차갑게 코웃음을 치며 말했다.

"흥! 해남파가 멸문을 당한 지 이미 십 년이 넘었는데, 이제 느닷없이 그곳 장문인의 출현이라? 하하하! 당신과 적면랑은 서로 무관하지 않은 사이로 보이던데, 유유상종이라 하였으니 당신은 지금 가소롭게도 해남파의 장문인을 사칭하여 허세를 부려보고자 하는 것인가?"

그러나 윤파는 오히려 담담한 투로,

"예로부터 화산파 제자들은 그 정명(正明)한 기상으로 유명하다고 들었는데, 오늘 너를 보니 그 언행 하나하나가 참으로 경박하기 짝이 없어서 화산파의 명성이 이미 옛 것이 되지 않았나 참으로 우려하지 않을 수 없구나!"

하고 훈계하여 말하고는, 다시 호탕하게 웃으며 덧붙였다.

"하하하하! 어린 친구야! 네가 나에 대해 그런 의혹을 가진다면 말 대신 검으로 직접 확인해 보는 것이 어떠하냐?"

그 노골적인 조롱과 무시에 이약인이 분기를 참지 못하고,

"이놈! 네놈 따위에게 귀한 화산의 검을 쓸까 보냐?"

하고 외치며 곧장 윤파를 향해 달려들었다.

그때 그의 양 손가락은 매의 발톱 형상을 하고 있었는데, 양손이 허공에서 한차례 교차하자,

파아아앗!

하고 날카로운 파공성이 일었다. 그것을 보고 윤파가 또한

크게 호기가 일어난 듯이,

"좋다! 과연 너의 진재 실력 또한 그 방자한 입놀림만큼 되는지 어디 한번 보자!"

하고 외치며 마주 나아갔다.

그런데 윤파의 무공이야 검을 떼놓고서는 말할 수 없는 것이니, 그는 등 뒤에 멘 쌍검 중 하나를 뽑아 들어 곧장 이약인을 향해 겨누었다.

그에 이약인이 더욱 분기탱천하여,

"놈!"

하고 짧게 일갈하는 순간, 그의 양손이 눈부시게 공간을 누비는데, 어느 틈엔지 그의 우수에는 한 자루의 철선(鐵扇)이 들려 있었다.

파파파팟!

콰콰콰콱!

이약인의 좌수는 매의 발톱처럼 날카롭게 윤파의 빈틈을 찍고 할퀴는 한편, 때때로 금나수(擒拿手)로 전환하며 윤파의 팔과 어깨를 잡아채려는 시도를 끊임없이 하였다.

또한 우수에 들린 부채로는 윤파의 검을 막으며, 동시에 마치 뱀이 대가리를 쳐들고 먹이를 공격하는 듯이 번개처럼 윤파의 요혈을 찍어갔다.

좌수의 응조공(鷹爪功)과 우수의 선법(扇法).

이약인에게서 그 두 가지의 무공이 절묘하게 조화되며 마치 매와 뱀이 서로 맹렬하게 다투는 듯 치열하면서도 참으로 눈부신 연결 동작들을 만들어내고 있었다.

둘의 격돌을 지켜보던 사람들 중 몇몇은 이내 알아볼 수 있었다, 그것이 바로 화산파의 절초인 칠십이초(七十二招)의 생사응사박(生死鷹蛇搏)이라는 것을.

"제법이구나!"

윤파의 목소리에 언뜻 흥이 녹아들었다.

그러나 그의 사정이 그리 여유있게 보이지는 않았다.

생사응사박이 화산파의 절학 중에서도 다시 손꼽히는 절학인데다 이약인의 수련 경지가 또한 결코 얕은 것이 아니었으니, 아무리 윤파라고 하더라도 단검(單劍)만으로는 대적하기가 빠듯한 듯 보였다.

그러던 한순간이었다.

챙!

윤파가 이윽고 나머지 한 자루의 검을 마저 뽑아 들었다.

이어 그의 쌍검이 다만 가볍게 허공에 떨쳐지는데,

타라라라랑!

하며 철선이 어지럽게 튕겨 나가더니, 금방 이약인의 움직임이 어지러워지고 말았다.

뒤이어 윤파의 정반합삼십육검(正反合三十六劍)이 그 무한의 조합을 지닌 희대의 검법이 본격적으로 펼쳐지려는 찰나,

"그만하세요!"

하고 누군가 뾰족한 소리로 외쳤다.

선변이었다.

선변의 생각에 더 이상 사태가 확대되어서 좋을 일은 조금도 없었다. 화산파와 괜한 사달을 만드는 것도 피해야 할 일이지만, 나아가 자칫 무림맹과의 문제로 확대라도 된다면 앞으로의 계획에 커다란 차질 요인으로 작용할 수도 있는 일이었다.

선변이 외치는 동시에 윤파는 뒤로 펄쩍 물러서며 검을 거두었다.

물론 윤파가 선변의 염두까지야 알 리 없었고 신경 쓸 리도 없겠지만, 다만 선변이 외쳤다는 사실만으로도 그럴 만한 까닭이 있을 것이라 짐작한 때문이었다.

그런데 그때였다.

"한낱 어린 계집이 어딜 함부로 끼어드느냐?"

느닷없이 터져 나온 이약인의 폭언에 대해 선변은 차라리 얼떨떨해하는 기색이 되고 말았다.

그러나 선변은 이내 엷은 미소를 떠올렸다.

그녀가 누구이던가?

비록 어린 나이이나 이미 세상의 온갖 험하고, 거칠고, 더러운 일들을 숱하게 경험해 본 입장이 아닌가?

그리고 지금도 그녀는 그런 험하고, 거칠고, 더러운 환경에 있는 집단을 대표하는 입장인 것이다.

누구보다도 당황한 사람은 바로 폭언을 내뱉은 이약인 본인이었다.

평상시의 그였다면 결코 하지 못할 망발이었다.

화산파의 장문제자로서, 어떤 경우에서든 그는 그렇게 거친 언사를 내뱉어서는 안 되는 것이었다.

더욱이 나이 어리고 아름답기까지 한 여인에 대해서는 결코 해서는 안 될 종류의 폭언이었다.

그러나 정말로 대단치 않게 보았던 윤파에게 생각지도 못하게 밀리고 만 상황에서 선변의 개입은 곧 지독한 무시와 모욕으로 여겨졌다.

그리고 그 순간 그는 스스로 통제하기 어려운 자가당착에 빠져들었고, 의도와는 관계없이 돌발적으로 그같이 어이없는 폭언을 불쑥 토해내고 만 것이다.

“당신, 방금 그 말, 나에게 한 것인가요?”

비록 미소를 떠올리며 하는 말이었지만, 오히려 그 때문에 선변의 기색은 시리도록 차가웠다.

그에 대해 이약인은 더욱 거칠게 대응함으로써 내심의 당황과 모순을 감추어야만 했다.

“흥! 그렇다면 어찌하겠느냐?”

순간 선변의 입가에서 미소가 사라지며 눈빛이 깊숙이 가라앉았다.

그것이 곧 살의(殺意)의 발현이라는 것을 짐작할 수 있었기에, 유정이 얼른 나서며 이약인을 꾸짖었다.

"당신은 참으로 무례하기 짝이 없군요? 나는 나중에 화산파의 장문인께 반드시 오늘의 일에 대해 따져 보도록 하겠어요."

그러나 유정의 그 말은 다시금 이약인의 폭언을 이끌어냈을 뿐이었다.

"닥쳐라! 계집! 대화산파의 장문인이 어떤 신분이시라고, 감히 너 따위 계집이 함부로 따지고 말고 하겠다는 것이냐?"

순간 유정은 멍한 얼굴이 되고 말았다.

그녀가 언제 이와 같이 거친 언사와 욕을 들어보았겠는가?

놀라 동그랗게 뜨여진 유정의 두 눈에 언뜻 한 겹의 습기가 도는 듯하더니, 이윽고는 참기 어려운 듯 이를 악물고서 파르르 눈까풀을 떨고 마는 것이었다.

짝!

경쾌한 소리가 울린 것은 바로 그때였다.

흠칫 놀란 사람들이 소리가 난 곳으로 시선을 모았을 때는 이약인이 크게 허리를 휘청거리고 있었다.

더불어 극도로 경악한 표정으로 보아 그는 마치 불의의 일격을 당한 사람 같았다.

그러나 누가 보기에도 그것은 그 혼자서 취하는 행위에 불과했다.

그가 공격받았다는 정황은 조금도 없었다.

다만 이약인의 오른쪽 뺨이 선명히 붉게 변해 있을 뿐 아니라, 다소간 부풀어 오르는 느낌이 든다는 점에 대해서는 의아해하지 않을 수 없었다.

제대로 경악을 추스르지 못한 중에도 이약인은 사방을 돌아보며 날카롭게 외쳤다.

"어떤 놈이냐? 비겁하게 숨지 말고 모습을 드러내라!"

순간 그 외침에 대답이라도 하듯이,

짜자자작!

하고, 이번에는 연속적으로 경쾌한 소리가 울렸다.

그에 따라 이약인의 머리는 좌우로 두세 번 정신없이 흔들렸다.

다만 이번에 몇몇의 사람들은 번뜩하였다가 찰나간에 사라지는 희미한 그림자 같은 것을 보았다.

가히 불가사의한 빠르기였다.

그 희미한 그림자가 어디로부터 와서 어디로 사라졌는지, 사람들의 시선은 미처 쫓아가지 못했다.

그런 지경이니 그것이 사람이 만든 잔영(殘影)이라고는 도저히 상상조차 하기 힘든 일이 아닐 수 없었다.

잠깐 만에 이약인의 뺨은 홍시처럼 붉어졌다.

그리고 이제는 완연히 두드러질 정도로 부풀어 올라 있었다.

상황은 분명했다.

누군가 사정없이 이약인의 뺨을 후려갈긴 것이다.

그러나 이약인은 당하고도 누구에게 당했는지 알 수 없었고, 그 '누구'를 보지 못한 것은 다른 사람들도 마찬가지였다.

그러나 다른 사람들은 몰라도 잡조는 알았다, 그 '누구'가 바로 강산이라는 것을.

그러한 능력이 오직 강산에게만 있다는 것과, 또한 유정이 그처럼 험한 욕을 듣는 것을 그가 결코 참아내지 못할 것이라는 사실을 너무도 잘 알고 있었으므로.

선변은 사뭇 곤란한 심정이었다.

상황이 이렇게 번지는 것은 결코 바람직하지 못했다.

그러나 이 같은 상황에서 그녀는 강산을 탓할 수가 없었다.

더욱이 탓할 이유 또한 찾지 못했다. 그녀 또한 충분히 강산의 분노에 공감하기에.

만약 자신이 그런 지경에 처했다면, 누군가 자신을 위해 강산과 같이 행동해 주기를 바라기에.

그런 점에서 선변은 그 흉중에 무엇이 들어있든 간에 이제 갓 스물하나의 앳된 청춘이었다.

어느 한순간,

"으아아아!"

극도의 분노, 그리고 당황과 수치심 등등이 뒤섞인, 거칠기 이를 데 없는 포효(咆哮)를 터뜨리며 이약인이 부르짖었다.

"죽여 버리고 말겠다!"

동시에,

차앙!

하는 맑은 검명이 울리며 그의 손에는 한 자루의 낭창거리는 연검이 쥐어졌다.

그 검신에 청명한 푸른빛이 번뜩이는 것이, 한눈에도 범상치 않은 보검임을 짐작할 수 있었다.

이약인이 한차례 거칠게 연검을 떨치자, 푸른빛 도는 검신 주위를 다시 연한 자색의 기류가 감싸며,

차르르르릉!

하고 맑은 울림 소리가 사방 허공으로 은은하게 번져 나갔다.

그 광경을 보고 두 마디 당황과 낭패의 소리가 동시이다시피 흘러나왔다.

"어어? 난 아닌데?"

하고 짐짓 당황한 듯이 내뱉은 윤파의 그 말은, 이약인의 그 한 자루 보검이 곧바로 자신을 겨누고서 쇄도해 들어오는 것에 대한 당황보다는 차라리 억울하다는 느낌으로 들렸다.

동시에,

“이런?”

하고 뱉는 다급한 느낌의 중얼거림은 선변의 것이었다.

그녀는 지금 막 이약인의 검이 바로 자미연검(紫微軟劍)이며, 그가 일으킨 내공이 바로 자하신공(紫霞神功)이라는 알아본 터였다.

자미연검이 곧 화산파의 매화검수에게 전해지는 보검이요, 자하신공 또한 장문인이 될 인물에게만 전수되는 무공인 것이다.

그러나 그녀가 사태를 중지시킬 방도를 강구하기에는 이미 늦었다고 할 수밖에 없는데, 더욱이 바로 그때에,

짜자자자자작!

하고 경쾌하다 못해 통렬하다는 느낌마저 드는, 마치 번개불에 콩 튀기는 듯한 빠르기로 들린 그 일련의 소리는 이윽고 그녀를 완전히 체념하게 만들고 말았다.

“조장님!”

하소연이라도 하듯 나직이 외치며 선변이 질끈 두 눈을 감았다가 다시 뜨는 그 잠깐의 사이에, 이약인은 코피가 터지고 입술이 터져 온 얼굴이 붉은 피로 범벅이 되어 지독히도 낭패스러운 몰골로 변해 있었다.

선변이 반사적이다시피 한쪽을 흘깃 쏘아보았다.

원망 담긴 그 눈총에 이강이 대번에 흠칫 움츠리는 기색이 되고 말았다. 그 눈총이 자신이 아닌, 곁에 선 강산에게로 향

하는 것이란 사실을 잘 알면서도.

4

"잠깐! 고인께선 부디 손속에 사정을 두어주시오!"

다급한 중에도 정중함을 잃지 않은 그 말은 허공중에서 들렸다.

푸른색 도포 차림의 한 노인이 서쪽 허공을 가로지르며 쾌속하게 날아와 일행이 선 상공에 도달해서는 급하게 아래로 떨어져 내렸다.

그런데 그가 착지한 곳은 이약인의 바로 앞이었고, 그를 뒤에다 두고 곧바로 양팔을 벌리는 모습에서 우선 이약인을 보호하고자 하는 뜻을 읽을 수 있었다.

청수한 인상의 노인은 바로 화산현자(華山賢者) 능화명(陵和溟)이었다.

그는 본래 사형 풍종걸(馮宗傑)의 당부 겸 지시를 받고 원거리에서 사질 이약인의 동행을 살피던 중이었는데, 마침 개방에서 나온 인물과 이번의 일과 관련된 의논을 할 것이 있어 잠시 자리를 비운 사이에 이 같은 일이 벌어지고 만 것이었다.

그에게 급한 소식을 전해준 개방 제자에게서 대강의 정황을 들은바 있거니와, 능화명은 한눈에 대강의 상황을 파악할 수가 있었다.

일이 이 지경으로까지 된 데에 이약인의 조급한 성격과 충동적 독단이 주요한 원인이 되었을 것이란 점은 의심할 여지가 없어 보였다.

그리고 주변의 인물들, 아마도 잡기마차와 연관된 인물들 중에는, 잠깐의 관찰로도 범상치 않아 보이는 기도와 기세를 지닌 인물들이 몇이나 있었다.

이어 급하게 전해져 온 매화오검의 맏이 송운의 전음으로 자신의 짐작들이 대개는 틀리지 않았다는 사실을 확인하고서 능화명은 지체없이 깊숙이 허리를 숙였다.

"소생은 화산파의 장로 능화명입니다. 제가 직접 보지는 않았으나 여기 있는 제 사질이 여러분께 무슨 잘못을 범하였음은 능히 짐작할 수 있으니, 우선 사죄의 말씀부터 드리겠습니다. 더불어 비록 못난 인물이나 장문인이신 제 사형의 하나밖에 없는 제자이니 부디 너그러이 용서해 주실 것을 간곡히 청하는 바입니다."

지나치다 싶을 정도로 스스로를 낮추며 하는 능화명의 간청에 유정과 선변 등은 일시 난감한 기색이 되고 말았다.

그런데 그때 굳은 듯이 허공만 쏘아보고 있던 이약인이 문득 정신을 차린 듯이 능화명을 향해 격렬하게 외쳤다.

"사숙! 지금 누구에게 무슨 사죄를 한다는 것입니까? 제가 무엇을 잘못하였기에 저따위의 자들에게 용서를 빈다는 것입니까?"

거칠게 갈라지는 목소리였다.

능화명이 잠시 착잡한 눈빛으로 이약인을 바라보다가 돌연 불같이 노한 호통을 토해냈다.

"네 이놈! 네 감히 사람들이 보는 자리에서까지 사숙인 나를 능멸하는 것이냐?"

순간 이약인은 흠칫하는 기색이 되었으나, 이내,

"지금의 사정이 그런 것이 아니지 않습니까?"

하고 격렬한 기세로 반발하였다. 그에 능화명이 더욱 격노하여,

"닥쳐라! 지금 너의 그 방자한 품행이 과연 화산파의 제자가 사숙을 대하는 태도이더냐?"

하고 호통치고 난 다음에, 다시 추상같은 위엄을 담아 외쳤다.

"너의 사숙으로서 명하니, 너는 이제부터 단 한 마디라도 입을 열지 말라! 만약 네가 이마저도 듣지 않을 시에는 기사멸조의 죄를 묻지 않을 수 없으니, 이 자리에서 가차없이 네 목을 치고 난 연후, 장문인 앞에 가 자결함으로써 내 독단의 죄를 씻으리라!"

삼엄하고도 결연한 명령이요, 선언이었다.

능화명이 이처럼 진노하는 것은 이약인으로서도 처음 보는 모습이었다.

　이약인이 평소 자신에 대해 사사건건 따지고 책을 잡아온 능화명에 대해 까다롭고 고리타분한 늙은이라 경원해 온 것은 사실이었다.

　그러나 화산현자라 불리는 능화명의 성격이 일단 하고자 작정한 일에 대해서는 대쪽같이 굳건하여 결코 비켜나가는 일이 없다는 것에 대해서 또한 누구보다 잘 알고 있는 바였다.

　그러니 능화명이 지금 저런 정도의 결연한 기세로 뱉은 말이면 반드시 결행하고야 말 것이었다.

　이약인이 내심의 들끓는 격정과 원망에도 불구하고 감히 더는 입을 뻥긋하지 못하였다.

　유정은 능화명을 잠시 가까이로 청해 패 하나를 꺼내어 보여주었다.

　그리고 곧바로 굳은 안색이 되고 마는 능화명에 대해 차분한 투로 말했다.

　"이 패를 알아보셨다면 혹시 저희에 대해 어떤 오해나 의혹을 가지고 계시더라도 묻지 마시고 조용히 물러나 주십시오!"

　서너 걸음 뒤떨어져 축 처진 어깨로 따라오고 있는 이약인을 보고 능화명은 짙은 연민지정을 느꼈다.

　그가 지금까지 봐온 이약인은 언제나 자신의 주장만을 앞세웠고, 그 주장에 모순됨이 뚜렷한데도 꺾지 않으려 했으며, 그 결과가 잘못되더라도 인정하지 않으려 하는, 한마디로 경박한 성품의 소유자였다.

　게다가 화산파 내에서는 그처럼 기세를 세우면서도 막상 화산파를 벗어나서는 상반되게도 지극히 소심하게 변하여 또래의 청년들과의 교류에 소극적인 것은 물론이고, 별것 아닌 일에도 쉽게 기죽어하는 경우가 많았다.

　그런 까닭으로 지금까지 능화명은 이약인에 대해 늘 부정적이기만 했다.

　그는 늘 이약인의 단점에 대해 지적만 했고, 우려만 해왔다.

　그럴 수도 있겠다고, 그의 입장에서 공감해 준 적은 단 한 번도 없었으며, 이해해 보려는 노력을 제대로 기울여 본 적도 없었다.

　진심으로 그를 설득하고 변화시켜 진정한 화산의 동량지재(棟梁之材)로 만들어보리라는 의지를 가져 본 적도 없었다.

　명색이 화산파의 유일한 장로이며, 그 이전에 이약인의 하나뿐인 사숙이면서도 말이다.

　문득 능화명의 내심으로 한자락의 짙은 회한이 스쳐 갔다.

'아아! 어쩌면 벽 속에 스스로를 가둔 것은 저 아이뿐만 아니라, 나 역시 마찬가지였는지도 모른다. 아니, 저 아이는 자신이 그러한 것을 알고 괴로워하기라도 했지만, 나는 내가 갇힌 줄도 모르고 있었던 것이리라.'

그러나 곧이어 새로운 다짐과, 희망과, 감개(感慨)가 또한 떠올랐다.

"그래! 이제라도 아주 늦지는 않은 것이다! 벽을 한번 허물어보는 거다! 저 아이의 벽을! 아니, 그 이전에 나 자신의 벽부터! 그리고 사형의 말씀대로 훌륭하지는 못하더라도 무난한 정도의 다음 대 장문인을 한번 만들어보는 거다! 사실, 훌륭하기보다는 무난하기가 더 어려운 것인지도 모른다. 무난하다는 것은 당장의 대단한 성과를 이루지는 못하더라도, 비록 느린 걸음일지라도, 적어도 오늘보다는 나은 내일을 향해 한 발 한 발 무던히 걸어가야 하는 것이니 말이다."

6

선변은 적면랑에 대해 경계하는 기색을 굳이 감추지 않았다.

그녀로서는 오래된 과거도 아닌 바로 일 년여 전에 생사를 다투는 적으로 만난 적이 있었으니, 이를 나무라거나 이상하다고 할 일은 결코 아니었다.

그러나 힐끗 선변을 보는 윤파의 눈빛은 다분히 불만스럽기만 했다.

사내들의 세계를 잘 모르는 여인네의 좁은 속내로만 보이는 것이었다.

사내들은 뜨거운 가슴으로 사귀는 것이다.

서로의 가슴을 열어 진정을 나눌 수만 있다면, 그 상대가 이전에 무엇이었든 어떤 처지였든, 심지어는 내일 당장 다시 적이 될 형편이라고 할지라도 오늘만큼은 친구로서 한잔 술을 나눌 수 있는 것이다.

"나가지!"

윤파가 앞장서자 적면랑은 묵묵히 그 뒤를 따랐다.

그런 적면랑의 입가에 희미하게 미소가 걸렸다.

일 년여 전 그가 '다음에 다른 곳에서 다시 만나게 된다면 술이나 한잔하자!' 하고 말하였을 때, 윤파는 굳이 대답하는 대신에 다만 이를 드러낸 채 씨익 웃기만 했는데, 일 년 만에야 그는 그렇게 대답을 내놓고 있는 것이었다.

선변이 우려를 거두지 못하는 것을 보고서 이강이 자진하여 두 사람의 뒤를 따라나섰다.

그리고 이강에게 업히다시피 하여 윤파가 객잔으로 돌아온 것은 다음날 새벽이 되어서였다.

이강이 말하기를, 윤파와 적면랑 두 사람은 밤새 그야말로

코가 비뚤어질 때까지 엄청나게 마셔댔는데, 새벽녘이 되어
갈 즈음에 적면랑은 온다 간다 말도 없이 조용히 사라졌다고
했다.

七十一
차질(蹉跌)

1

섬서를 지나 감숙(甘肅)으로 접어들면서 잡기마차는 달리는 속도를 한층 배가했다.

감숙은 마교의 천 년 숨결이 도도히 살아 숨 쉬는 곳이다.

선변은 마교나 무벌 측에서 그 동안에는 잡기마차의 행로에 대해 지켜보기만 했으나, 이제 감숙에서부터는 어떤 형태로든 도발을 감행해 올 것을 각오해야만 한다고 주지를 하였다.

그러나 잡기마차의 이동 속도가 워낙 빠른 덕분인지, 혹은 서북향(西北向)으로 길게 뻗은 감숙 땅의 끝에 위치한 마교의 본산 마고산(摩古山)까지는 아직도 긴 여정을 남겨 두고 있는 때문인지, 아직까지는 이렇다 할 징조나 사건은 일어나지 않고 있었다.

다만 시간이 지날수록 고조되고 있는 잡기마차에 대한 강호의 관심을 말해주듯이, 마차가 달리는 주변으로는 다양한 행색을 한 무림인들이 빈번히 출몰하고 있었다.

2

요즈음 이강과 노달은 전에 없이 많은 얘기를 나눌 수 있었다.

하긴 하루 종일 달리기만 하는 마차 안에 단둘이만 타고 있으니―물론 마부가 있긴 하지만, 그는 어차피 격리된 공간에 있으니 그의 존재에 대해 익숙해진 다음부터는 없는 사람이나 마찬가지로 치부하게 되었다―지루함을 이기기 위해서는 없는 얘기라도 지어내서 해야 할 판이었다.

오늘 이강은 그 동안 그 스스로가 금기시하다시피 언급을 피해오던 얘기를 꺼냈다.

바로 마교에 대한 관심이었다.

그것이 비록 소극적이고 근원적인 부분에 국한되는 얘기이긴 하였으나, 노달로서는 이강의 그러한 변화에 기꺼운 마음마저 드는 것이었다.

"종교라면 의당히 위로는 하늘의 도를 구하고, 아래로는 제세구민(濟世求民)의 바른 법을 설파해야 하는 것일진대, 어찌하여 마(魔)를 신봉하는 것입니까?"

사뭇 진지한 얼굴로 묻는 이강에 대해 노달이 잠시 생각을 정리하고 난 다음에 또한 진중하게 대답했다.

"강호의 역사 속에서 마교는 숱하게 나타났다. 그런데 그것들이 모두 지금의 마교와 같은 줄기인 것은 아니고, 그때 당시의 지배 계층들이 자신들에게 반(反)하거나 위협이 되는 집단이나 세력을 일괄하여 정(正)에 반하는 마(魔)로 몰아붙이는 경우가 많았다고 할 수 있다. 이를테면, 마교라 불렸던 집단에 속했던 인물이라도 후일 정권을 잡은 다음에는 곧 천하에 다시없는 정(正)의 본(本)으로 되는 경우도 없지 않은 것이다. 대관절 정은 무엇이고, 마란 무엇이겠느냐? 결국은 사람이 규정하는 것이다. 신(神)의 이치에서 보자면 정도, 마도 다 큰 섭리 안에 들어 있는 것이 아니겠느냐? 하니 정이라 한다면 정 안에서 도를 추구하면 될 것이오, 마라 한다면 또한 마 안에서 도를 추구하면 되는 것일 뿐, 그 모든 것은 도를 추구하는 사람의 마음과 자세에 달렸다고 할 것이다."

"정과 마가 그리 명쾌히 정의되는 것이라면 어찌하여 세상 사람들은 창세 이래로 끝없이 정과 마로 갈려 그토록이나 치열하게 싸워와야만 했습니까?"

"아마도 편견 때문일 것이다. 내 것이 아닌 다른 이의 것에

대한 편견, 그리고 너무도 명료한 것을 비틀고 또 비틀어서
결국에는 만들어내고야 마는 편견 같은 것들 말이다. 그러나
그것이 또한 세상의 속성이라면, 그러한 세상에 더불어 살고
있는 너도, 노부도 또한 편견에서 완전히 자유롭지는 못하다
고 할 터인데… 허허! 못나고 부족한 노부가 그 어떤 말로, 더
욱이 아직 젊디젊어 세상에 물들지 않은 네게 그러한 도에 대
해 능히 설파할 수 있으랴?"
　이어 노달이 문득 소리 내어 웃으며,
　"허허허! 노부가 경문 몇 마디를 외워볼 터이니, 나중에 시
간이 된다면 그 의미를 되새겨 보려느냐?"
　하고 말한 다음에 곧 나직이 읊조렸다.

　아약향도산(我若向刀山)
　도산자최절(刀山自催折)
　아약향화탕(我若向火湯)
　화탕자소멸(火湯自消滅)

　아약향지옥(我若向地獄)
　지옥자고갈(地獄自枯渴)
　아약향아귀(我若向餓鬼)
　아귀자포만(餓鬼自飽滿)

아약향수라(我若向修羅)
악심자조복(惡心自調伏)
아약향축생(我若向畜生)
자득대지혜(自得大智慧)

　그 몇 구절의 경문은 아마도 불문(佛門)에서 유래된 것일
터인데, 이강이 한때 몸담았던 도문(道門)이 불문과도 무관하
지 않은지라, 그가 가만히 그 의미를 음미해 보았다.

내가 만약 칼산에 가게 된다면
그 칼산이 저절로 다 부러지고,
내가 만약 화탕에 들어간다면
그 화탕이 저절로 다 소멸하고,

내가 만약 지옥에 가게 된다면
그 지옥이 저절로 고갈되어지고,
내가 만약 아귀계에 가게 된다면
그곳의 아귀들이 저절로 굶주림을 면하게 되고,

내가 만약 수라계에 가게 된다면
그곳 수라들의 악심이 저절로 녹아지고,
내가 만약 축생계에 가게 된다면

3

잡기마차에 대한 천하의 이목이 급하게 집중되고 있었다.

잡기마차에 꽂힌 깃발 때문이었다.

기왕서부터 꽂혀 있던 깃발들이지만, 그 깃발들 중 한 개에 대해 새로운 해석과 소문이 나돌았기 때문이다.

검은 바탕에 적색으로,

마(魔).

라고 적힌 깃발.

천마기(天魔旗)!

마교의 사대호교신물(四代護敎神物)로, 천년마교의 권위를 상징하는 일인일패일공일기(一印一牌一功一旗) 중 일기(一旗)에 해당하는 하나의 깃발.

잡기마차에 꽂힌 '마(魔)' 자 깃발이 바로 그 천마기라는 것이었다.

더욱이 소문의 진위에 대해 서둘러 입장 표명을 해야 마땅해 보이는 마교 측에서 아직까지 아무런 언급조차 하지 않고

있다는 점에서도 소문은 보다 비중있게 퍼져 나가고 있었고,
급기야 강호무림을 술렁이게 만들고 있었다.

4

선변은 신중한 입장이었다.

수집된 정보와 분석한 결과를 종합해 본 바, 그녀가 가장
우려하고 있는 무벌에서는 아직까지 어떤 직접적인 대응의
조짐을 보이지는 않고 있는 것으로 판단이 되었다.

아마도 잡기마차의 실체가 바로 잡조라는 사실을 파악해
냈을 것이고, 이미 제거되었다고 믿고 있던 존재들의 갑작스
러운 부활 사실은 그들에게도 어느 정도는 당혹스러웠을 것
이다.

더하여 파행(跛行)과 변칙(變則)이라고밖에 볼 수 없을 잡
조의 움직임에 대해 그 목표와 진위가 분명히 드러날 때까지
는 가벼이 어떤 조치를 취하기보다는 일단 좀 더 추이를 지켜
보고 있는 중일 것이다.

다음으로 마교의 내부에서는 약간의 갈등과 동요가 감지
되고 있었는데, 그러한 동요가 과연 의미를 부여할 만한 것인
지에 대해 선변은 심각히 고민을 하고 있는 중이었다.

사실 선변은 잡기마차의 출범 전에 이미 마교의 내부 사정
에 대해서도 조사를 한 바가 있었고, 그 결과에 준해 몇 가지

의 조치들을 취해놓고 있는 중이었다.

우선 선변은 마교 내부에 잠복한 일련의 갈등 조짐에 주목한 바 있었다.

비록 뚜렷한 정도는 아니지만, 그래서 당장의 판세에 어떤 영향을 끼칠 정도는 아닌 것으로 보였지만, 마교 내부에 일부의 불만 세력이 분명히 존재하고 있는 것이었다.

그렇다고 그 일부의 세력들이 뚜렷이 친(親)노달, 아니, 친 진여송의 노선을 표방하고 있는 것은 아니었다.

다만 굳이 그 성향을 정의해 보자면, 현재 마교가 취하고 있는 정책 방향들에 대해 불만을 가지고 있다는 정도일까?

즉, 천년마교가 가지는 유구한 역사와 전통, 그리고 여전히 천하마도의 정통이라는 강한 자부심을 가지고 있는 마교인들의 상처받은 자존심이라고 할 수 있을 것이었다.

그들의 마교가 당금에 이르러 기껏 무벌의 오대전(五大殿) 중 하나로 전락하고 만 데 대해서 말이다.

어쨌든 마교 내부의 그러한 사정은 잡조의 입장에서는 상당히 고무적이지 않을 수 없었기에 선변이 그러한 점들에 근거해서 몇 가지의 조치들을 취한 것이었다.

이를테면, 잡기마차에 대해 강호의 이목을 집중시킨 연후에 마침내 그 최종 목적지가 마교라는 사실을 흘린 것도 그러한 조치들 중의 하나였다.

그럼으로써 마교 내부의 잠재적 갈등들을 보다 표면화시

키고, 나아가 표출시켜 어떤 가시적인 변화를 일으켜 내기를
기대해 보는 것이었다.

그러나 잡기마차가 이미 감숙성의 깊숙한 곳까지 들어왔
고, 이제 곧 마교의 본거지를 눈앞에 두게 되는 시점인 지금,
전반적인 제반의 상황들은 아무래도 선변의 예측과 판단에
상당히 못 미치고 있는 실정이었다.

'이대로 다음 단계로 나아가기는 불확실한 점이 지나치게
많다. 문제는 시간이다. 시간 예측을 너무 촉박하게 한 탓으
로 여러 항목들에서 예상했던 것보다 상당한 지연이 발생하
고 있다. 그러나 각 조치 항목들이 꾸준히 진전되고는 있으니
여기서 조금의 시간만 더 확보한다면 결국 모든 것은 처음에
예측한 대로 갈 수 있을 것이다.'

그것이 선변의 최종 판단이었다.

5

"여기까지 와서 물러나자는 말인가?"

노달의 목소리에는 평소와 달리 다분한 흥분이 녹아 있었
다.

선변이 애써 차분하게 대답했다.

"물러나자는 것이 아니라, 여기에서 멈춰 잠시간의 여유를
가지자는 것입니다."

"네가 생각했던 것보다는 상황이 여의치 않다는 것은 이해하고도 남음이 있다. 그러나 어떤 종류의 일이든, 더욱이 큰 일일수록 미처 예측하지 못한 변수는 언제라도 생기게 마련이니, 일을 함에 있어 그런 정도는 늘 각오를 해야 하는 것이 아니더냐?"

"그러나 잠시간 멈춤으로써 예상되는 위험 요소들을 상당 부분 완화시킬 수 있을 뿐 아니라, 그동안의 관련 정세 또한 마교를 압박하는 쪽으로 작용할 것이므로 마교 내부의 갈등은 저절로 심화될 것입니다. 그러니 우리로서는 조금도 손해 볼 것이 없는 선택이라 할 것입니다."

그러나 노달은 강하게 고개를 저었다.

"이제 와 하는 말이다만, 그것은 잔인한 일이다. 물론 마교 내부에 노부의 입장을 지지하는 세력의 잔존 여부를 확인하고, 그들의 규합을 시도해 본다는 것에는 노부 또한 큰 틀에서 동의한 바가 있다. 그러나 그것은 다만 노부와 단애방(端厓邦) 간의 싸움에 대해 마교 전체가 휩쓸리지 않도록 중심을 잡아줄 중립 세력이 정립되기를 바란 것이지, 마교가 둘로 갈라져 상잔(相殘)하는 상태로까지 가기를 바라는 것은 결코 아니다. 마교의 모든 교도들은 형제지간인데 어찌 형제간에 상잔이 있어서야 되겠느냐?"

선변이 가만히 고개를 젓다가,

"후우~!"

하고 길게 한숨을 내쉬고는 마지막으로 한 번 더 설득해 본
다는 심정으로 말했다.

"할아버님께서 조급해하시는 심정을 모르는 바는 아닙니
다. 그러나 지금쯤이면 어떤 성과가 있거나 최소한 윤곽은 보
이리라 예측했던 일들이 대부분 불확실한 실정인데, 그에 대
한 아무런 대책도 없이 무작정 서두르는 것은 스스로 무덤을
파는 것이나 마찬가지 아니겠습니까? 조금만 기다려 주십시
오! 넉넉잡고 열흘 정도만 기다리시면 제가 어떻게 하든 방도
를 마련해 볼 것입니다."

그러나 노달은 완강하기만 했다.

평소 같았으면 선변이 그 정도 주장하고 설득했으면, 설사
납득하지 못하는 사안에 대해서라도 적당히 넘어갔을 노달인
데, 지금은 결연하고도 완고히 끝까지 자신의 뜻을 꺾으려 하
지 않았다.

그런 노달의 모습은 마치 다른 사람을 보는 듯이 낯설기까
지 하여서 사람들에게 '저런 모습이야말로 노달이 아니라 예
전의 마교주 진여송으로서의 진면모가 아닐까?' 하는 생각을
절로 해보게 만드는 것이었다.

"제가 모시겠습니다."

차분한 어조로 말하고 나선 사람은 이강이었다.

그에 선변이 두 눈을 확 치뜨고서,

"너까지 왜 이래?"

하고 노달에게는 차마 터뜨리지 못한 심화를 퍼부을 태세인데, 이강은 그저 담담히 웃음 지을 뿐이었다.

선변이 다시금 매섭게 이강을 흘겨보고 나서 언뜻 강산에게로 눈을 돌렸다, 강산이 현재의 상황에 대해 합리적으로 정리를 해주기를 바라면서.

강산은 사뭇 애매한 입장이었으나 중재에 나서지 않을 수 없었다.

이렇게 서로의 뜻이 정면으로 대치될 경우에는 그가 나서지 않으면 안 되는 것이다.

어쨌든 잡조의 기치 아래 그들은 여기까지 온 것이고, 그는 어디까지나 잡조의 조장이니 말이다.

강산이 노달을 돌아보며,

"모두가 위험에 빠질 것이 분명한데도 무작정 앞으로 나아갈 수는 없겠지요."

하고 말하자 노달은 당장에 딱딱하게 표정을 굳혔지만, 그렇다고 곧바로 토를 달지는 않았다.

강산이 이번에는 선변을 향해,

"너의 상황 분석이 대개는 정확하리라 믿는다. 그러나 우리 눈으로 직접 본 사실없이 다만 수집된 정보에만 의존한 것이니, 만에 하나라도 사실과 다를 가능성이 아주 없다고는 말하기 어려울 것이다. 그렇지 않느냐?"

하고 말했다.

선변이 언뜻 불만스러운 표정이 되었으나, 그녀 또한 당장에 토를 달지는 않았다.

강산의 말이 참으로 두루뭉술했으니, 콕 꼬집어 틀렸다고 하기에는 참으로 애매하기도 했다.

그때 강산이 문득 빙그레 웃으며 다시 말했다.

"일단 이렇게 하지요! 이쯤에다 본진을 두되, 몇 사람이 앞서 가서 마교의 사정을 직접 확인하고 오는 것으로!"

순간 노달과 선변의 표정이 다 같이 애매하게 변하는데, 이강이 싱긋 웃으며 강산의 말을 받았다.

"제가 두 분을 모시도록 하겠습니다!"

이강의 그 말은 강산이 말한 그 '몇 사람'을 자연스럽게 확정해 버리고 마는 것이었다.

그때 윤파가 짐짓 이마를 찌푸리며 투덜거렸다.

"영감님과 조장님, 그리고 이강까지 가겠다니, 이건 뭐, 싫어도 끼지 않을 도리가 없겠군?"

이강이 다시금 싱긋 웃는 얼굴이 되는데, 선변이 돌연 코웃음을 치며 말했다.

"흥! 마음대로들 하세요. 그러나 저는 네 분과 같은 의리를 보이지는 못하겠으니, 이번에는 차라리 배신자가 되기로 하죠."

새침하니 화를 내 하는 말인데, 짐짓 내보는 화가 아니라 정말의 화인 것 같았다.

그때 유정이 가볍게 웃으며,

"그럼 저도 배신자가 되기로 하죠!"

하고는 이어 도순학과 모걸을 보며 말했다.

"도 조장님과 특별 호법께서도 저와 함께 배신자가 되어주시겠죠?"

가벼운 농이 섞인 듯한 유정의 그 말에 대해 도순학은 웃음기없는 정색으로 허리를 숙였고, 모걸은 다소간 겸연쩍어 하는 기색이 되었다.

유정이 다시 선변에게,

"어떻게 하겠어, 나와 동생이라도 뒤에 남아서 저 대책없는 양반들 뒤치다꺼리를 하는 수밖에."

하고 말하며 짐짓 밝게 미소 지었다.

유정의 그 환한 미소 덕분으로 굳어 있던 분위기가 그나마 조금은 풀어지는 듯하였다.

6

노달과 강산, 그리고 윤파와 이강이 따로 논의를 하기 위해 자리를 옮겼고, 도순학과 모걸 또한 자신들의 마차로 돌아간 까닭에 마차 안에는 선변과 유정, 둘만이 남았다.

"어떻게 하실 생각이세요?"

선변의 물음에 유정이 담담하게 대답했다.

"어떻게 하겠어? 강구할 수 있는 모든 수단과 방법을 다 고려해 보는 수밖에."

"혹시……?"

하고 말끝을 흐리는 선변에 대해 유정이 잠시 바라보고 있다가 문득 차분한 소리로,

"상인은 상도의(商道義)에 따를 뿐, 강호 도의에 굳이 연연해하지는 않아!"

하고 말하였다. 그에 선변이 부지불식간에,

"아!"

하고 나지막한 탄식을 흘리고 말았다.

선변은 잠시간 침묵을 지키고 나서야 가만히 한숨을 불어 내쉬며 다시 입을 열었다.

"이번 일로 인해 어떤 책(責)을 잡히기라도 한다면, 그것은 곧 사해상단이 언젠가 어떤 방식으로든 갚아야만 하는 결코 간단치 않은 부채가 될 거예요. 더욱이 만약에 결과가 잘못되기라도 한다면 그 여파는 상상할 수 없어서, 어쩌면 사해상단은 일시에 모든 것을 다 잃어버릴 위험에 직면하게 될 수도 있어요."

사뭇 무거운 어조였다.

유정이 언뜻 정색을 하며,

"그건 이미 동생의 계산에 다 들어가 있는 것 아니었어?"

하고 물었다. 순간 선변이 흠칫 놀라며,

"언니!"

하고 나직이 외치고 마는데, 유정이 오히려 안색을 풀며,

"호호호!"

하고 소리 내어 웃었다. 그리고 다시 밝은 표정이 되며 말했다.

"그날 밤 동생의 큰 계획을 듣는 순간에 나 또한 이미 각오를 했던 일이야. 그리고 내 할아버님께서도, 내게 총수 권한 대행을 맡기실 때 이미 그런 각오쯤은 하신 것이겠지. 이 못난 손녀에게 당신의 일평생 피땀이 서린 가업의 운명을 걸어야 할 수도 있다는 각오 말이야."

유정이 여전히 웃는 얼굴을 하고 있었지만 선변은 어두운 안색에서 쉽게 벗어나지 못하다가 지그시 입술을 깨물며 말했다.

"저는 할아버님을 믿어요."

유정이 궁금함을 드러내며 물었다.

"노달 영감님 말이야?"

"예! 만약 그렇지 않았다면, 저는 그분들이 마교로 가겠다는 것에 대해 끝까지 말렸을 거예요."

"음!"

"만약 할아버님 혼자라면 죽음을 각오하고라도 마교행을 감행하실 분이시죠. 그러나 다른 사람들, 특히 이강을 아무

대책 없이 첨예한 위험 속으로 끌어들일 분은 못 되세요. 할 아버님께 이강은 이제 당신의 목숨보다도 더욱 소중한 존재 가 되어 있는지도 모르니까요. 그러니 비록 자세한 말씀을 하 시지는 않았지만, 그분께는 분명히 나름의 무슨 생각이 있으 신 것이지요.”

유정이 문득 얼굴의 웃음기를 거두며 말했다.

“동생의 그 말은 왠지… 좀 냉정하다는 생각이 드는군.”

그에 대해 선변은 차라리 담담한 얼굴이 되며 말했다.

“정말로 냉정하게 말한다면… 언니가 그분들을 끝까지 반 대하지 않은 데에도 조장님에 대한 믿음이 어느 정도는 있었 던 것 아닌가요?”

유정이 흠칫 놀랐으나 이내 차분하게 반문했다.

“그게 무슨 뜻이지?”

“이를테면… 조장님이라면 그 어떤 상황에서도 자신의 몸 하나 정도는 능히 빼서 나올 수 있다는 믿음 같은 것 말이에 요.”

유정의 눈빛이 이윽고는 맑게 빛났다. 시리도록 맑은 눈빛 이었다.

유정이 확연하도록 차갑게 가라앉은 목소리로 말했다.

“동생이 그런 생각까지 하였다니… 참으로 무섭다는 생각 이 드는군! 물론 난 그에게 충분히 그럴 역량이 있다는 것을 믿어. 그러나 그가 그 자신만의 안위를 보존하기 위해 다른

사람들을 사지(死地)에 남겨놓은 채 혼자만 도망쳐 나올 사람
이 결코 아니라는 것을 나는 또한 믿어. 그렇기 때문에 나는
지금 내가 가진 모든 역량을 다 동원해서 만약의 사태에 대한
준비를 하려는 거야."

순간 선변의 얼굴이 창백하게 변하며,

"언니……?"

하고 당황한 외침을 토해냈다.

그러나 유정은 조금도 기색을 흩뜨리지 않고 이어 말했다.

"그렇지만 나도 동생의 판단이 틀리지 않기를 바라! 그래
서 내가 준비하려는 모든 것들이 다만 쓸데없는 짓이 되기를
정말로 바라!"

"아아! 언니! 저는… 저는……!"

선변은 일시의 놀라고 당황한 마음을 추스르지 못해 말조
차 제대로 잇지를 못하였다.

그에 유정이 문득 안타까운 기색이 되며 희미하게나마 한
가닥의 엷은 웃음기를 떠올렸다.

그제야 선변이 겨우 진정하는 기색인데, 그녀의 커다란 두
눈망울에는 어느새 그렁그렁 눈물방울이 매달려 있었다.

선변에게 저렇게 여린 일면도 있었던가?

참으로 뜻밖이기도 하고, 또한 애처로워 유정은 가만히 선
변의 어깨를 품으로 끌어당겼다.

그리고 그녀의 작은 등을 토닥거려 주었다.

"그래! 되었다! 이 언니가 너무 지나쳤구나!"

7

노달과 강산, 그리고 윤파와 이강은 마교를 향해 떠났다.

바로 이어 유정과 도순학, 그리고 모걸 또한 감숙의 성도(省都)인 난주를 향해 떠났다.

그렇게 모두가 떠난 곳에는 선변만이 홀로 남았다.

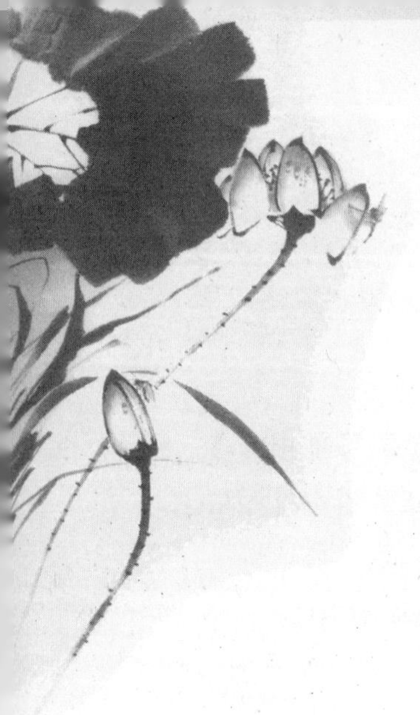

七十二
혼마신(魂魔神)

1

사방이 트인 황야지의 중심지에 마차를 멈추게 한 다음, 선변은 마부들에게 말들을 풀어내라고 지시했다.

선변이 예측해 보건대, 향후 최소 보름 동안에는 상황에 어떤 주목할 만한 변화가 생기지는 않을 듯했다.

그동안 열여섯 마리나 되는 말들을 돌보기도 마땅치 않으니 아예 놓아줄 작정으로 풀어놓은 것이었다.

말이야 나중에 필요한 시점에 다시 구해보면 될 일이니 말이다.

그러나 아예 고삐마저 풀어주었건만 말들은 마차에서 그리 멀리는 가지 않고, 근처에서 무리를 지어 한가로이 풀을

뜯고 있었다.

어쨌든 이곳은 이제부터 하나의 기지(基地)가 될 것이었다.

마교 내의 돌아가는 사정을 포함한 모든 관련 정보들이 집결되고, 다시 각종의 지시와 명령들이 나가는 곳으로.

마부들은 네 대의 마차를 네모난 방진(方陣)의 형태로 재배치한 뒤, 다시 네 대의 마차 내부가 서로 통하도록 연결했다.

그러한 작업들은 아주 신속하게 이루어졌다.

네 대의 잡기마차 각각은 사실상 움직이는 거대한 기관 장치나 마찬가지였다.

마차들의 외부는 정련된 철갑으로 방호될 뿐만 아니라, 그 내부에는 각종의 암기 발사 장치는 물론이고, 소형의 화포까지 설치되어 있었다.

더욱이 지금처럼 네 대가 상호 유기적으로 결합된 상태로 운용될 시에는 하나의 치밀한 기관진(機關陣)으로 변환되어, 가히 난공불락의 요새화가 되는 것이다.

네 명의 마부는 밀문(密門) 소속으로, 모두가 기관 장치의 전문가들이었다.

잡기마차의 내부 장치를 직접 설계하고 제작한 인물들이니, 선변은 그들을 마부로서가 아니라 지금과 같은 상황에서 기관진을 운용할 기사(技師)로서 이번 여정에 동행시킨 것이었다.

사실 선변이 강산과 유정 등 잡조의 사람들을 모두 떠나보

내고서도 홀로 황야에 남을 작정을 한 데는 바로 그러한 잡기
마차의 숨겨진 위력을 믿는 바가 컸다.

2

선변이 믿고 있는 비장의 무기는 또 있었다.

바로 밀위(密衛)들이다.

네 대의 마차 중 한 대에 실려 있는 그들이야말로 지금 선
변이 자신의 의지만으로 언제라도 발동할 수 있는 가장 강력
한 수단이자 절대적으로 믿을 수 있는 힘이었다.

애초에 마교를 적으로 삼고자 했을 때, 선변은 마교가 지닌
힘과 그 무한한 저력에 대해 경계하고 두려워하지 않을 수 없
었다.

그런 중에서도 그녀가 가장 두려워한 것은 바로 마교의 강
시들이었다.

곧 마교에서 마신체(魔神體)라 부르는 마물들이었다.

일 년여 전 무당산 근처의 어느 계곡에서 그녀가 직접 맞닥
뜨려 본 바 있는 그 마물들의 위력은 너무도 놀라워, 차라리
끔찍할 정도였다.

그녀가 더욱이 우려하지 않을 수 없었던 점은, 그때 보았던
그 마물들이 최종적으로 완성된 형태가 아니라는 점에 대해
서였다.

또한 그것의 완성을 위하여 마교에서 지속적인 노력과 시
도가 이루어지고 있음을 나중에 알게 되었기 때문이다.

바로 황도에서 벌어졌던 묘지 훼손과 시신 도굴 사건에서
였다.

그때 강산 등이 실종된 우방(禹防)의 흔적을 쫓아 들어갔던
황도 외곽의 어느 깊숙한 계곡 속 동굴독지(洞窟毒池)에서 발
견된 열 구의 독강시는 바로 완성 직전 상태로 있던 마교의
마신체(魔神體)들이었다.

그것들은 일 년여 전에 보았던 것들에 비해서 한층 더 단단
해진 신체와 더욱 강력해진 독공을 지니고 있었는데, 안타깝
지 않을 수 없는 것은 그중 한 구를 강산이 양단 내버렸다는
것이다.

나머지 아홉 구를 수습한 후에 선변은 하오문의 비축된 역
량을 그야말로 총동원했다.

바로 혼마신(魂魔神)을 만들고자 한 것이었다.

혼마신은 전설로 전해지는 배교의 수호신이다.

기연으로 선변에게 전해진 배교의 기록에 의하면, 혼마신
을 완성시키기 위해서는 비전 비법 두 가지가 함께 베풀어져
야만 하는 것인데, 그중의 먼저는 연신(鍊身)이요, 나중은 제
혼(制魂)이다.

그런데 둘 중 연신의 비법은 천 년 전 마교와 배교의 전쟁
중에 마교에 찬탈당한 것으로 기록되어 있었고, 선변이 얻은

것은 다만 제혼의 비법뿐이었다.

그러니 선변이 비록 혼마신에 대해 깊은 관심이 있었으나 그전까지는 아예 시도조차 해볼 수가 없었던 것이다.

어쨌든 그런 연유로 선변이 마교의 마신체를 처음 보았을 때, 그것이 배교의 혼마신과 무관하지 않다는 것을 대번에 알아볼 수 있었던 것이다.

또한 마교에서 아마도 제혼비법을 대신할 다른 편법의 방도를 강구하였음을 짐작할 수 있었다.

그런 중에 전혀 예기치 않게도 마교에서 온갖 심혈을 기울였을 완성 직전 상태의 아홉 구 마신체가 고스란히 그녀의 손으로 넘어온 것은 그야말로 천운이라고밖에는 할 수 없는 일이었다.

선변이 그 아홉 구의 마신체에 대해 배교의 제혼비법을 베풀고 여타의 노력들을 경주한 끝에, 비록 배교비서(拜教秘書)에서 전하는 완전한 형태의 혼마신에까지는 이르지 못하였으나, 적어도 마교의 마신체에 비해서는 한 단계 이상 진전된 수준의 강시를 만들어낼 수가 있었으니, 그것들이 바로 밀위들이었다.

밀위들은 천하에서 오로지 그녀의 명령만 듣는, 그야말로 비밀스러운 호위들이었다.

스스로의 목숨을 돌보지 않으며 결코 배신하지 않는, 절대적이고도 맹목적인 충성을 바치는, 그야말로 세상에서 가장 믿을 수 있는 존재들이었다.

　만약 그 아홉 구의 밀위가 없었다면, 아무리 노달의 원(願)과 원(怨)이 절절했다고 하더라도, 또한 그녀 스스로의 야망이 아무리 크다고 하더라도 아직까지는 선변이 감히 마교를 도모해 보겠다는 무모하기 짝이 없는 시도에 선뜻 동의하지는 못했을 것이다.

　그러나 아무리 그 능력이 상대적으로 우위에 있다고 하더라도, 겨우 아홉의 밀위로 마교의 마신체들과 능히 상대가 되리라 생각하는 것은 아무래도 무리였다.

　선변이 예전 직접 목격한 마신체의 숫자만도 백(百)을 훌쩍 넘고, 또한 그 동안에 얼마나 많은 숫자가 새로이 만들어졌는지 알 수 없는 일이 아니던가?

　다만 선변이 비밀스럽게 그녀 혼자만의 기대로 가지고 있는 것이 한 가지 있기는 했다.

　바로 제혼비법이다. 밀위들을 완성시키는 과정에서 자연스럽게 터득한 배교 비전의 제혼대법.

　즉, 밀위들을 절대복종하도록 만드는 그녀의 제혼술(制魂術)이 다만 밀위들에게만 통하는 것이 아닐 수도 있다는 가정(假定)에 근거한 기대이다.

　그러나 만약에 그러한 가정이 실제가 된다면, 그때는 누구도 상상하지 못했던 기상천외의 일이 벌어질 수도 있는 일이었다.

또한 그러한 가정이 종내 가정으로만 그쳐야 하는, 아주 허황된 것인 것은 결코 아니었다.

비록 마신체를 제어하는 방법이 밀위와 다르긴 하겠으나, 마신체를 이루는 연신의 근간은 결국 배교에서 나온 것이 아니던가?

더욱이 배교의 제혼대법이야말로 천하 만(萬) 가지 제혼술의 조종이 되는 궁극의 대법이었다.

그러니 그것으로 마신체를 직접 제어하지는 못한다 할지라도 마신체를 제어하는 자와 마신체들 간의 심령상 연결 고리를 어느 정도라도 흩뜨리고 방해하는 것은 가능하지 않을까 하는 계산이 서기도 하는 것이었다.

3

황야의 밤이 깊었다.

밤하늘 높이 흔들리듯 편월이 걸려 있을 뿐, 사위는 적막하기만 했다.

선변은 오늘 오후부터 기껏 한 건의 첩보를 전해 받았을 뿐이고, 그것조차도 특별한 사항은 없는 그저 일상적인 보고에 불과했다.

선변은 편한 자세로 마차의 벽에 기대앉았다.

참으로 오랜만에 가져 보는 느긋함 때문인지, 문득 이런저런 상념들이 어지러이 피어올랐다.

지난 몇 달간은 참으로 빠듯하게 오로지 앞만 보고 달려왔다.

당면한 상황들에 급급해하느라 잠시도 마음의 여유를 가져 보지 못했던 것이다.

선변은 문득 자신의 가슴이 많이 메말라 있고 삭막하게 변했다는 느낌을 가져 보았다.

웃으며 정답게 애기를 나눠본 적이 언제였던가? 사람들과 그리고… 이강!

'아아!'

이강! 그 이름을 떠올리는 순간 선변은 가슴 밑바닥으로부터 싸한 무언가가 가득히 차오르는 것만 같았다.

아마도 막막한 슬픔 같은 것일까?

그녀가 이강을 좋아하는 마음은 지금도 여전했다.

아니, 시간이 갈수록 점점 더 애절해져만 갔다.

하지만 그와의 거리는 점점 더 벌어지고 있는 것만 같았다.

비록 늘 가까이 있지만, 그녀를 바라보는 그의 눈에는 예전과 같은 열정이 사라져 버린 것만 같았다.

그의 눈은 차분하고 담담해졌다.

그의 무공이 비약적인 발전을 이룬 때문일 것이다.

또한 그의 정신이 한층 완숙해진 때문일 것이다.

그러한 이유들 때문이라면, 그를 위해 참으로 잘된 일이 아닐 수 없었다.

그러나 그녀는 그런 마음으로만은 될 수가 없었다.

안타까웠다. 슬펐다. 그가 예전의 모습 그대로가 아니라는 것이.

그러다 선변은 문득 입가에 쓴웃음을 그리고 말았다.

'나는 너무 이기적인 것일까?'

변한 것으로 치자면 그녀 자신이 오히려 더 많이 변했다고 해야만 했다.

결코 그때처럼 순수하고 맑지 못하다는 것을 스스로 인정하지 않을 수 없었다.

늘 염원해 오던 것들이 당장의 현실로 가까이 다가온 지금, 그것이 멀고 막연하기만 했던 과거와 같이 순수할 수는 없었다.

'훗! 그래! 난 분명히 이기적인 거야! 비록 나는 변했더라도, 변할 수밖에 없었더라도, 그는, 설혹 그에게도 변할 수밖에는 없는 이유가 있다고 하더라도, 그럼에도 불구하고 언제까지나 원래의 이강으로 남아 있기를 바라는 지독한 이기심!'

무수히 떠올랐다 사라지는 상념들에 하염없이 빠져 있던 중에 선변은 언뜻 멀리서,

푸르륵!

하는 희미한 소리를 들은 것 같았다.

말이 투레질하는 소리 같았다.

'아직까지도 근처를 맴돌고 있는 모양이구나!'

길들여진 말들이 혹시 맹수라도 만나면 속절없이 당하지 않을까 하는 걱정으로까지 이어졌지만, 선변은 이내 가볍게 고개를 흔들었다.

그럼으로써 그녀의 생각 언저리에 머물고 있던 상념의 조각들도 파르르 떨며 털려 나가고 말았다.

바깥을 보기 위해 관측 창에 눈을 가까이 가져가는 순간, 선변은,

"헛!"

하고 헛바람을 들이켜며 펄쩍 뛰다시피 뒤로 엉덩방아를 찧고 말았다.

바깥에서 안을 들여다보는 한 쌍의 눈과 마주친 것이다.

푸른 인광으로 은은히 빛나는 그 한 쌍의 눈은 마치 야수의 그것과 같은 치열한 적의(敵意)를 담고 번들거리다 한순간 사라졌다.

급하게 놀란 가슴을 추스른 다음 선변은 다시 관측 창으로 다가가 바깥을 살폈다.

전신을 덮고도 남아 바닥까지 치렁거리는 흑포를 걸친 거구의 괴인 하나가 마차에서 이 장여 떨어진 곳에 우뚝 버티고 서 있었다.

어깨까지 흘러내린 흑발은 얼굴 대부분을 가리고 있었으

나, 그 사이로 드러난 굵고 높게 솟은 콧날과 강한 턱 선은 희미한 달빛 속에서도 유난히 선명하다 싶을 정도의 구릿빛이었다.

비록 물러서기는 했으나 괴인은 여전히 적의가 가득한 눈빛으로 선변을 노려보고 있었다.

괴인에게서 눈을 떼지 않은 채 선변은 벽에 달린 줄 하나를 가만히 당겼다.

기사(技師)들에게 보내는 경계 신호였다.

그런데 바로 그때, 푸른 인광으로 빛나던 괴인의 눈빛이 언뜻 붉게 변하는 듯했고, 순간 선변의 시야는 온통 먹빛으로 변해 버렸다.

괴인이 믿을 수 없는 빠르기로 마차를 덮쳐 온 것이다.

선변이 경악하는 중에도 다급하게 벽의 줄을 다시 잡아당기는데,

쾅!

하고 벼락 치는 소리가 나며 격렬한 충격이 가해졌다.

순간 선변은 그대로 뒤로 나동그라지며 마차의 벽면에 어깨를 세차게 부딪치고 말았다.

동시에 마차의 방호 체계가 작동하였다.

파아아아아!

마차의 벽면 일부가 열리며 붉은 화염이 거세게 뿜어졌다.

홍린마화(紅鱗魔火)였다.

무엇에든 일단 옮겨 붙으면 마치 비늘을 입힌 것처럼 더 이상 태울 게 없어질 때까지 꺼지지 않는다는 마(魔)의 불꽃.

괴인에게 굳이 피할 의지가 없나 싶을 정도로 괴인은 고스란히 홍린마화의 화염을 뒤집어썼다.

화르륵!

불의 비늘이 되어 괴인의 몸을 촘촘히 뒤덮은 붉은 불꽃들은 순식간에 괴인의 옷을 태웠다.

그때 선변은 놀라운 광경을 목격하였다.

온몸이 타들어가는 그 참혹함 속에서도 괴인은 꼿꼿하게 서 있었다, 지독한 고통을 호소하는 그 어떤 작은 몸짓조차 없이.

괴인의 그런 모습은 너무도 태연하여 마치 자신의 몸을 태우는 불꽃을 즐기는 듯이 보이기조차 하였다.

흑포가 금세 다 타버렸기에 이제는 괴인의 몸이 타들어갈 차례였다.

그러나 믿을 수 없게도 마의 불꽃이라는 홍린마화는 괴인의 몸을 태우지 못했다. 오히려 검푸른 연기를 내며,

피직!

피지직!

하고 꺼져들더니, 이내,

퍽!

하고 완전히 꺼져 버리고 마는 것이 아닌가?

"아아!"

선변은 이윽고 경악의 신음을 내뱉지 않을 수 없었다.

완전한 나신으로 우뚝 서 있는 괴인.

그는 마치 사람이 아닌 듯했다.

구릿빛 얼굴에 은은한 광택이 흐르는 검은 나신.

마치 무쇠로 만들어진 철인이 있다면 아마도 그런 모습이리라.

홍린마화는 기껏 괴인의 흑포를 태웠을 뿐, 막상 그의 몸에는 작은 물집하나조차도 만들지 못했다.

심지어는 그의 장발조차도 멀쩡해 보였다.

그러나 언제까지 경악에 빠져 있을 수는 없었다.

우뚝 서 있던 괴인이 천천히 마차를 향해 다가서고 있었다.

뻣뻣한 듯하면서도 묘하게 미끄러지는 특이한 보행이었다.

선변이 흠칫 고개를 흔들고 난 다음에 다급하게, 그러나 침착하게 외쳤다.

"막아요! 모든 수단을 다 동원해서 저자가 마차에 접근하지 못하도록 막아요!"

그 즉시,

철컥!

철커덕!

하고 마차의 벽면 이곳저곳이 크고 작게 열렸다. 그리고 곧,

파아아아!

쉬익!

쉬이익!

파파파팟!

하는 다양한 소음들과 함께 홍린마화가 다시 뿜어졌고, 화살이 잇달아 발사되었으며, 쇠 구슬과 세침(細針) 등 무수한 암기들이 무차별적으로 발사되었다.

마차에 장착되어 있는 모든 무장(武裝)들이 일제히 발동된 것이다.

그러나 그 모두가 무용지물이었다.

괴인에게 어떤 타격도 주지 못했으며, 오히려 괴인의 분노만 촉발시킨 것 같았다.

"크아아아아!"

마차 안에서도 고막이 울릴 정도의 괴음에 선변이 퍼뜩 놀라며 번개처럼 몇 개의 단어들을 잇달아 떠올렸다.

'강시? 마교? 마신체?'

그러나 연이어 그녀는 고개를 갸웃거렸다.

'하지만……?'

괴인이 보이는 위력은 예전 마신체의 그것과는 또 다른 차원의 것이었다.

선변의 미간이 잔뜩 좁혀졌고, 그러는 사이에도 괴인에 대

한 공격은 계속되고 있었다.

파아아아!

쉬익!

쉬이익!

파파파팟!

암기와 화염이 마치 폭우처럼 괴인을 뒤덮었다.

그러나 여전히 괴인을 어떻게 하지는 못하였고, 그 걸음조차 지체케 만들지 못하였다.

선변은 당황하지 않을 수 없었다.

마차에 준비되어 있던 무장들은 이제 곧 소진되고 말 것이다.

그녀가 있는 마차를 제외한 다른 세 대의 마차는 각기 다른 방향을 향하고 있었기에 지금 상황에서 무용지물이나 마찬가지였다.

물론 각각의 마차는 말이 없이도 내부의 기관 장치 조작만으로 약간의 거리를 움직일 수 있긴 하지만, 지금이야 어디 그럴 여유가 있겠는가.

더욱이 괴인이 강시의 일종이라는 판단이 선 이상, 괴인을 상대할 방법은 하나뿐이었다. 바로 밀위!

생각이 그러한 데까지 미치자 선변은 차라리 허탈해지지 않을 수 없었다.

조금 전까지만 하더라도 비장의 힘이라고 자부하던 밀위

들이었다.

그런데 계획에도 없던 이런 순간에, 그것도 궁지에 몰려 마지막 최후의 수단으로나 쓰게 될 줄이야.

그러나 다른 선택의 여지는 없었다.

선변이 왼손으로 제혼(制魂)의 수인(手印)을 맺고,

'밀위현신(密衛現身)!'

하고 심령으로 외치자, 그 즉시 좌측의 마차에서,

쾅!

하는 굉음이 났다. 마차의 벽면 하나가 통째로 열리는 소리였다.

4

은색의 면구와 전신을 가리는 은빛 갑주.

그들 아홉 밀위가 마차 밖으로 모습을 드러내자 사방으로 비릿하면서도 매캐한 냄새가 은은하게 번져 갔다.

선변은 마차의 중창(中窓) 하나를 활짝 열었다.

그녀의 심령과 밀위들의 심령이 하나로 연결되었으니, 그녀가 보는 만큼 밀위들도 볼 것이다.

그러니 시야를 최대한 확보해야만 했다.

"크ㅇㅇㅇ!"

괴음을 토하며 괴인이 움직이는 방향을 틀었다.

천천히, 그러나 이내 빠르게 미끄러지는 괴인의 목표는 바로 밀위들이었다. 순간,

"흐으으!"

"끄으으!"

하고 밀위들이 제각기 흘려내는 나직한 소리에 선변은 흠칫 어깨를 떨고 말았다.

'왜?'

심령을 통해 전해져 오는 그 느낌은 은은한 두려움 같은 것이었다.

밀위들은 선변과의 심령 동조 없이 본능적이다시피 어떤 두려움에 반응하고 있었다.

참으로 이해할 수 없는 현상이었다.

그러나 선변은 지그시 미간을 모으며 심력을 배가했다.

그러자 앞 열에 있던 밀위 둘이 경중거리며 달려나가 괴인을 맞았다.

퍽!

퍼억!

연한 녹광이 번쩍이는 밀위들의 손바닥이 연타로 괴인의 가슴과 옆구리에 적중하였고, 그 자리에서는 대번에,

피식!

피시식!

하는 소리와 함께 자욱하게 흰 연기가 피어올랐다.

그러나 괴인은 별다른 반응을 보이지도, 또한 반격을 하지도 않았다. 다만,

"크르르!"

하고 나직이 괴음을 흘렸을 뿐이다.

그때 선변은 다시금 두려움의 느낌을 받았다. 그 느낌은 이제 차라리 급박한 공포로 전이되고 있었다.

잇달아 벌어지는 이해할 수 없는 현상들에 대해 선변은 당황을 금치 못하였다. 그때였다.

두 밀위가 돌연 주춤 뒤로 물러나고 있었다.

기이한 것은 그런 중에도 괴인의 가슴과 옆구리에서 손을 떼지 않고 있다는 점이었다.

'뭔가 잘못되어 가고 있다!'

선변의 당황은 이윽고 낭패와 극도의 불안으로 치달았다.

그녀는 두 눈을 감았다.

그녀의 얼굴이 빠르게 붉어졌다. 혈류가 급격히 머리로 집중되기 때문이었다.

그녀는 지금 전력을 다해 심력을 끌어올리는 중이었다.

이내 그녀의 이마와 콧잔등에 송알송알 땀방울이 맺혔다.

그러나 그녀의 안색은 이제 창백하게 변해가고 있었다.

그녀의 심력이 증폭되면서 밀위들과 연결된 심령의 범위 또한 점차로 확대되어, 이윽고는 밀위들의 주변으로까지 그 영향력을 확대해 나갔다.

괴인이 마신체의 변형이든 또 다른 괴물이든, 사람이 아닌 강시임에 분명하다면 멀지 않은 곳에 누군가 통제하는 자가 있을 것이니, 선변은 지금 괴인과 그자와의 심령상의 연결 고리를 끊어버리거나 최소한 방해하여 혼란을 주려는 시도를 하고 있는 것이었다.

그러나 선변의 계산은 결과적으로 오산이었다.

"크아아아아아!"

사방의 어둠과 대기를 떨어 울리는, 그 기괴하면서도 거대한 부르짖음은 결코 고통이나 위기를 호소하는 부르짖음이 아니었다.

그것은 거대한 포효였다.

"아아!"

제혼대법이 한순간에 깨어져 버리는 충격에 번쩍 눈을 뜬 선변은 비명처럼 경악을 토해내고 말았다.

보면서도 믿지 못할, 더 이상 기괴할 수 없는 광경이 벌어지고 있었다.

그것은 말 그대로 변고(變故)였다.

"아아! 저것은… 설마 절전되었다는 마교의 흡성대법(吸星大法)? 하지만 어떻게 강시가?"

선변은 도무지 정신을 차리지 못할 정도의 경악과 당황에 빠져 버렸다.

도저히 있을 수 없는 광경이 지금 그녀의 눈앞에서 현실로 벌어지고 있는 중이었다.

"끄으으!"

"흐으으!"

두 밀위는 흐느끼는 듯이 기성을 흘려내며 발버둥을 치고 있었다.

그 광경은 마치 밀위들이 괴인에게서 떨어지려고 애를 쓰지만, 그들의 손이 괴인의 몸에 달라붙은 채로 떨어지지 않고 있는 것 같았다.

그리고 곧 밀위들이,

"키애액!"

"키애애액!"

하고 마지막으로 내는 비명인 듯 크게 울부짖었고, 동시에 괴인이 또한 길게 포효했다.

"크아아아아!"

그 포효에는 진한 만족감이 녹아 있었다.

두 밀위가 이윽고는 바닥으로 무너져 내렸는데,

텅!

터엉!

하고 갑주가 바닥에 부딪치며 나는 소리가 몹시도 공허하게 들렸다.

그 소리에서 선변은 아마도 갑주 안 밀위들의 몸이 앙상하게 뼈만 남은 모습으로 변해 있을 거라는, 결코 하고 싶지 않은 상상을 떠올려야만 했다.

그러던 중에 그녀는 다급한 부르짖음을 토해내고 말았다.

"안 돼! 멈춰!"

남은 일곱 구의 밀위가 돌연 움직이고 있었다.

절규이다시피 한 선변의 외침에 밀위들이 잠시간은 멈칫거렸으나, 이내 더욱 빠르게 움직이기 시작했다.

밀위들에 대한 선변의 통제는 이미 통하지 않았다.

밀위들은 마치 강력한 자석에 끌려가는 쇠붙이처럼 괴인을 향해 다가가고 있었다.

"끄으으!"

"흐으으!"

흐느끼는 듯한 기성, 그리고 곧이어진 비명과도 같은 커다란 울부짖음.

"케애액!"

"키애애액!"

일곱 구의 밀위가 다시 똑같은 과정으로 괴인에게 모든 정수(精髓)를 흡수당하는 것을 지켜보면서 선변은 아득히 절망의 나락으로 추락하고 말았다.

'도대체 무엇이, 어디서부터 잘못된 거지?

아득한 중에도 선변의 뇌리는 그녀의 의지와는 관계없는 듯이 저절로 돌아가고 있었다.

그러나 어떻게 해서 지금 이런 일이 벌어지게 된 것이며,

무엇에서부터 일이 잘못되기 시작했는지는 좀처럼 분명해지
지가 않았다.

그러나 지금의 이 일이 초래할 결과만큼은 이내 명료해졌
다.

이 일에 처음부터 마교의 치밀한 안배가 개입되어 있었는
지 혹은 그렇지 않는지, 결과적으로 그녀는 밀위들을 마교에
고스란히 바친 격이 되고 만 것이다.

마교에서 가능하지 않았던 제혼대법까지 베풀어 보다 완
벽하게 제련된 밀위들을 말이다.

그 결과가 무엇이겠는가?

'아아! 마신체의 완성이다.'

그때였다. 일곱 구의 밀위가 동시이다시피 바닥으로 허물
어지면서,

텅!

터엉!

탕!

타앙!

하고 갑주 부딪치는 소리를 잇달아 울리고 있었다. 그리고
허공을 우러르며 괴인이 길게 포효했다.

"크아아아아아아아!"

순간,

우르릉!

하고 주변의 대기가 울리며 마차가 흔들렸다. 연이어 기사들이 귀를 틀어막으며,

"윽!"

"큭!"

하고 고통스러운 신음 소리들을 뱉었다.

고막이 진동하며 극렬한 통증을 느끼기는 선변 또한 마찬가지였다.

그러나 그녀는 이를 악다물었다. 두 눈을 부릅뜨고 바깥을 살폈다.

괴인은 오연히 버티고 서 있었다.

좀 전까지 검은색이었던 피부는 이제 얼굴과 같이 구릿빛으로 연해졌다. 그러나 광택은 더욱 짙어졌다.

순간 선변은 자신도 모르게 중얼거리고 말았다.

"아아! 혼마신이다!"

그랬다. 마치 하나의 거대한 청동상이 서 있는 것 같은 괴인의 위용은, 그녀가 기록에서 본 전설의 혼마신이 그대로 재현해 있는 것이었다.

그런데 선변이 경악에 넋을 잃고 있는 바로 그때였다.

"으하하하하하!"

누군가 크게 웃어젖히는 소리였다.

웃음소리 주인의 모습은 보이지 않았으나, 그 대소(大笑) 소리에는 그야말로 통쾌함을 참지 못하겠다는 듯한 흡족함이

그대로 녹아 있었다.

순간 선변은 온몸에 얼음물을 뒤집어쓴 듯이 흠칫 몸을 떨고 말았다. 소름이 쫙 끼치는 듯했다.

그녀가 방금 예측하고 판단해 본 것들이 구체적인 현실임을 잔인하게도 확인시켜 주는 웃음소리였다.

동시에 그녀는 언뜻 마차들의 진형이 바뀌고 있다는 것을 감지하였다.

끼이익!

그르르륵!

진작부터 급하게 돌아가고 있는 기관의 작동 소리를 그녀는 이제야 들은 것이다.

방진 형태로 있던 나머지 세 대의 마차가 그녀가 타고 있는 마차를 중심으로 하여 부채꼴 형상으로 재배치되고 있는 중이었다.

아마도 그녀가 넋을 놓고 있는 동안 기사들이 자체적으로 판단을 내린 모양으로, 그러한 배치는 이미 거의 완성되고 있는 중이었다.

순간 선변은 이 시점에서 그녀가 해야만 하는, 마지막으로 시도해 볼 수 있는 단 한 가지의 일이 무엇인지를 퍼뜩 판단해 낼 수 있었다.

화포! 바로 화포였다.

애초에 마차에 화포를 장착한 용도가 대인용(對人用)인 것은 결코 아니었다.

또한 화포의 정확도에는 한계가 분명히 있는 터에, 지금 군집한 무리도 아닌, 오로지 괴인 하나를 겨누어 화포를 쏜다는 자체가 말이 안 되는 상황이긴 하였다.

그러나 네 대의 마차가 부채꼴로 배치된 상황이라면 한가닥의 가능성을 걸어볼 수도 있는 일이었다.

아니, 단 한 점의 가능성조차 존재하지 않는다고 하더라도 그녀가 지금 그러한 시도를 하지 않을 수는 없었다.

"장전!"

선변의 나직한 명령에 따라 각 마차들의 전면에 장착된 열두 문씩의 포구들이 일제히 열렸다. 그리고 다시 이어지는,

"발사!"

명령에 따라 마흔여덟 번의 포성이 일제히 터져 나왔다.

콰콰콰콰콰쾅!

가히 지축을 울리는 엄청난 포성이었다.

그러나 선변은 이내 목격하여야만 했다. 두려움에 질린 눈으로.

일대를 자욱하게 뒤덮은 포연 속을 뚫고 느긋한 걸음으로 마차를 향해 다가오고 있는 괴인을.

"아아!"

선변의 입에서 절로 공포에 깃든 신음 소리가 흘러나왔다.

치 떨리도록 공포스러운 광경이었다.

그리고 불가항력이었다.

그러나 선변은 다시 이를 악물었다.

포기할 수는 없었다. 마지막 순간까지 할 수 있는 모든 것을 다해봐야만 했다.

괴인을 제거하고자 하는 것이 아니었다. 선변 자신이 살아남아야 하는 문제였다.

"재장전!"

선변은 크게 외쳤다, 그녀가 낼 수 있는 가장 큰 목소리로.

바로 그때였다.

"잡기마차가 제법 유명하더니, 오늘 보니 과연 꽤나 재미있는 물건이로군! 또 무슨 재주가 남았는지 좀 더 구경하고 싶다만, 오늘은 시간이 여의치 않으니 다음 기회로 미루어두도록 하마!"

그러나 암중 인물의 말에 조금도 상관하지 않고 선변은 단호히 발사 명령을 내렸다.

"발사!"

콰콰콰콰콰쾅!

다시 엄청난 포성이 지축을 뒤흔들었다.

그리고 한 치 앞이 안 보이는 포연 속에서 선변은 다시 외쳤다, 목이 쉬도록.

"재장전!"

세 번째의 장전. 그것은 잡기마차에 준비된 마지막 장전이었다.

그러나 선변은 조금의 지체도 없이 마지막 명령을 내렸다.

"발사!"

콰콰콰콰콰쾅!

5

자욱한 포연이 사라지기를 기다려 선변은 조심스럽게 밖을 살폈다.

탁 트인 황야의 사방이 서서히 밝아오고 있었다, 조용하게.

선변은 잠시를 더 기다렸다가 그래도 아무런 동향이 없자 그제야,

"휴우~!"

하고 가늘게 떨려 나오는 긴 한숨을 뱉어냈다.

화포의 발사는 그녀가 괴인에게, 아니, 괴인을 통제하던 암중의 인물에게 부려본 최후의 시위였다.

'집중 발사하는 화포에 괴인이 아주 파괴되지는 않는다 할지라도 조금이나마 상할 수는 있다!'

앞뒤 사정을 조금만 따져 본다면 그것은 졸렬한 허장성세에 불과했다.

그러나 선변은 그 최후의 시위가 통하느냐, 통하지 않느냐에 그녀의 생사를 걸었다.

물론 암중의 인물 또한 그러한 실정에 대해 아주 짐작을 못 하지는 않았을 것이다.

그럼에도 암중의 인물이 간단히 취할 수도 있었을 선변의 목숨을 끝내 거두지 않고 물러간 것에는, 정말 괴인이 조금이라도 상할 가능성을 우려했고, 그것을 감수하면서까지 그녀를 죽여야 할 가치는 없다고 생각한 것일까?

어쨌든 선변은 살아남았다.

그러기에 그녀는 보다 절박해졌다.

그녀가 그처럼 애써 살아남으려고 했던 것은 그렇게 속절없이 죽기가 너무도 억울했기 때문이기도 하지만, 살아남아서 반드시 해야만 하는 절박한 사정이 있기 때문이기도 했다.

잡조에게 알려야만 했다, 전설의 마물 혼마신(魂魔神)의 현신을.

"말을 구해보세요!"

선변의 급한 재촉에 기사들이 즉시 사방으로 나뉘어 흩어졌고, 잠시 후 그들은 네 마리의 말을 끌어왔다.

지난밤 그 요란한 소동 중에도 아주 달아나지는 않고 근처의 숲 속에 머물러 있던 말들이었다.

기사들이 한 대의 마차에다 말들을 매는 사이 선변은 급히 서신 한 통을 작성했다.

"곧 유정 언니가 이곳으로 올 거예요. 그녀에게 이 서신을 전해주세요."

마차를 몰 한 명의 기사 외에 나머지 세 기사로 하여금 현 위치를 고수하도록 지시하고 나서 선변은 급히 마차를 출발시켰다.

"제발! 내가 도착할 때까지 그들에게 아무 일도 없기를!"

비록 신을 믿지는 않았으나 선변은 간절한 마음으로 기도했다, 그녀가 아는 모든 신적 존재들에게.

「잡조행」 5권 끝

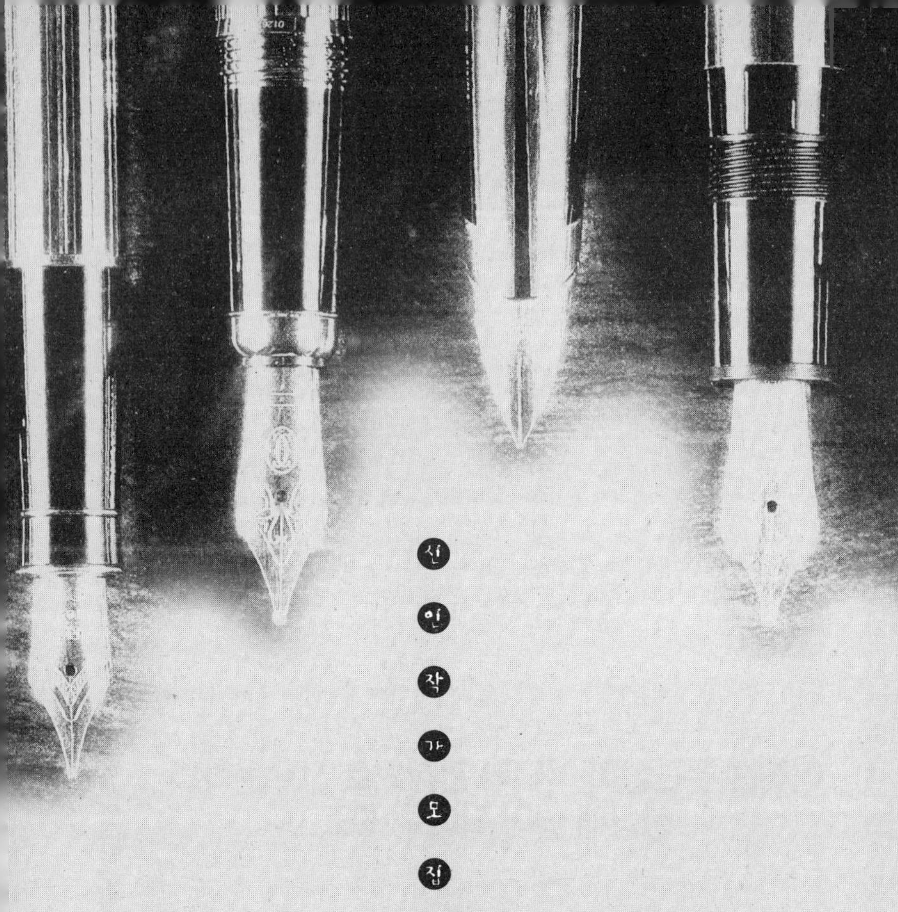

신

인

작

가

모

집

시작이 반이라고 했습니다.
작가의 길에 대한 보이지 않는 벽을 과감히 깨뜨리십시오!
청어람은 작가 지망생 여러분들의
멋진 방향타가 되어드리겠습니다.

저희 도서출판 청어람에서는
소설 신인 작가분들을 모집합니다.
판타지와 무협을 사랑하시는 분들의 많은 참여를 바랍니다.
소정의 원고(A4용지 150매)를 메일이나 우편으로 보내주시면
검토 후 출판 여부를 알려드리겠습니다.

주소:경기도 부천시 원미구 심곡1동 350-1 남성B/D 3F 우편번호420-011
TEL:032-656-4452 · FAX:032-656-4453
http://www.chungeoram.com
e-mail:chungeoram@chungeoram.com

共同傳人
공동전인

설경구 新무협 판타지 소설

마교를 재건하라.

혈마옥에 갇히며 마교 장로들의 공동전인이 된 시무진에게 주어진 과제.
역사상 가장 착한 마교의 교주.
하지만 역사상 가장 강한 마교의 교주가 되고 싶다.

고정관념을 버려요.

마교도라고 해서 꼭 나쁜 놈일 필요는 없잖아요.

지금까지와는 다른 마교.

이제 시무진이 만들어가는 새로운 마교가 모습을 드러낸다.

歡喜密功

환희밀공

설봉 新무협 판타지 소설

무유칠덕(武有七德), 금폭(禁暴), 집병(戢兵), 보대(保大),
정공(定功), 안민(安民), 화중(和衆), 풍재(豐財), 자야(耆也),
〈좌전(左傳), 선공 십이년(宣公 十二年)〉

무에는 일곱 가지 덕이 있다.
첫째, 난폭을 금지한다. 둘째, 무기를 거두어들인다. 셋째, 큰 나라를 보전한다.
넷째, 공적을 정한다. 다섯째, 백성을 편안하게 한다. 여섯째, 대중을 화합하게 한다.
일곱째, 물자를 풍부하게 한다.

섬서성(陝西省) 육반산(六盤山)에 신력(神力)을 바탕으로
패공(覇功)을 구사하는 가문(家門), 육반루가(六盤婁家).
세상에게 외면받고 멸시당하는 환희교(歡喜敎).
육반루가의 후손과 환희교 교주의 운명적인 만남.

"넌 환희교를 지키는 수문장('守門將)이 될 거야.
강하게, 아주 강하게 키워주마."
'아버지처럼 죽지 않을 거야. 아무도 날 죽일 수 없어.
세상에서 최고로 강한 사람이 될 거야.'

태룡전

『마신』, 『뇌신』에 이은
작가 김강현의 또 하나의 대작!!
『태룡전』

김강현
新무협 판타지 소설

내가 이곳 미고현에 위치한 천망칠십오대에
온 지도 벌써 두 달이 넘었거든.
그런데 아직도 이해하지 못한 일이 하나 있어.
그게 뭐냐고? 우리 대주 말이야.
우리 대주님이 가장 좋아하는 게 뭔지 아나?
바로 침상에서 좌우로 데굴데굴 굴러다니는 거야.
그다음으로 좋아하는 게 그렇게 뒹굴다 잠드는 거고……
나려타곤(懶驢打滾)!
더도 덜도 아닌 딱 우리 대주님을 지칭하는 말일세.

천망칠십오대 대주 단유강!!
격동의 무림은 그에게 휴식을 허락하지 않는다.
단유강, 그의 일보가 천하를 떨쳐 울린다!

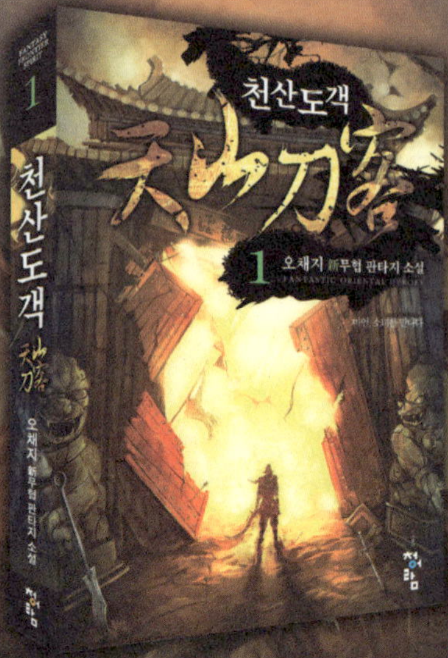